Lotte Minck

Mausetot im Mausoleum

Lotte Minck (*1960) ist von Geburt halb Ruhrpottgöre, halb Nordseekrabbe. Nach 50 Jahren im Ruhrgebiet und etlichen Jobs in der Veranstaltungs- und Medienbranche entschied sie sich, an die Nordseeküste zu ziehen. Erst kürzlich überkam sie heftiges Heimweh nach dem Ruhrpott, als sie nach Jahren auf dem Land zum ersten Mal in einen echten Stau geriet, der aus mehr als sieben Autos vor einer Ampel bestand und sich diese Bezeichnung dank einer halben Stunde totalen Stillstands redlich verdient hatte. Ihre Heldin Loretta Luchs und alle Personen in Lorettas Universum sind eine liebevolle Huldigung an Lotte Mincks alte Heimat.

Besuchen Sie Lotte Minck im Internet:
www.facebook.com/lotte.minck
www.lovelybooks.de/autor/Lotte-Minck/
www.roman-manufaktur.de

Ruhrpott-Krimödien mit Loretta Luchs bei Droste:
Radieschen von unten
Einer gibt den Löffel ab
An der Mordseeküste
Wenn der Postmann nicht mal klingelt
Tote Hippe an der Strippe
Cool im Pool
Die Jutta saugt nicht mehr
Voll von der Rolle

Lotte Minck

Mausetot im Mausoleum

Eine Ruhrpott-Krimödie mit Loretta Luchs

Droste Verlag

Vielen Dank!
In diesem Band besucht Loretta die Astrologin Stella Albrecht, die gleichzeitig die Heldin einer neuen Krimödienreihe ist (siehe Leseprobe am Schluss).
Für ihre große Unterstützung bedanke ich mich bei meiner langjährigen Freundin Monika Heer, deren Beruf die Astrologie ist.
www.astrologos.de

Bibliografische Informationen der Deutschen Nationalbibliothek
Die Deutsche Nationalbibliothek verzeichnet diese Publikation in der Deutschen Nationalbibliografie; detaillierte bibliografische Daten sind im Internet über http://dnb.d-nb.de abrufbar.

Umschlaggestaltung: Droste Verlag unter Verwendung einer Illustration von Ommo Wille, Berlin
Satz: Droste Verlag
Druck und Bindung: GGP Media GmbH, Pößneck
ISBN 978-3-7700-1561-0

www.drosteverlag.de

Prolog

Unterwegs in einer anderen Welt – bei ziemlich hoher Luftfeuchtigkeit, aber irgendwas ist ja immer

Es war beinahe totenstill. Der Nebel war so dicht, dass ich die Bäume nur als graue Schemen wahrnahm. Er schluckte nicht nur die Farben, sondern auch die meisten Geräusche. Bis auf das Knirschen meiner Schritte hörte ich von Zeit zu Zeit einen Wassertropfen aus einer Baumkrone zu Boden platschen. Nur der Weg unter meinen Füßen bot ein gewisses Maß an Orientierung.

Erstaunlich, wie sehr sich der mir vertraute Park bei dieser Witterung veränderte. Er hatte sich in einen mystischen Ort aus blassen Grautönen verwandelt, an dem sich außer mir niemand aufzuhalten schien. Ich stellte mir vor, dass ich nie wieder herausfinden würde, weil ich mich unrettbar in dieser blickdichten Orientierungslosigkeit verirrte. Komischerweise war dieser Gedanke eher tröstlich als beängstigend. Der Nebel war wie ein Schutzschild oder ein Tarnumhang – wenn für mich alles unsichtbar war, musste ich es umgekehrt für alle anderen auch sein, oder? Unsichtbarkeit könnte mich schützen, vor den besorgten Fragen meiner Freunde nach meinem Befinden, zum Beispiel.

Fragen nach Pascal und mir, um genau zu sein.

Nach dem Stand unserer On-/Off-Beziehung, um *ganz* genau zu sein. Und wie sein endgültiger Auszug gestern Abend für mich gewesen war.

Mit anderen Worten: Fragen, die ich nicht beantworten konnte. Oder wollte.

Jetzt gerade, an diesem frühen Sonntagmorgen im November, wollte ich nichts weiter tun, als durch den Nebel zu spazieren, ein paar Fotos zu machen und dann meinen besten Kumpel Frank in seinem Kiosk zu besuchen, der am Rand des Parks lag. Falls ich aus dieser dicken Suppe jemals wieder herausfinden würde.

An alle, die ein Abenteuer suchen: Das hier sind die wahren *Fifty Shades of Grey*, dachte ich grinsend und hob die Kamera, um eine diffuse Gruppe Baumstämme zu fotografieren, die sich nach oben hin ins Nirgendwo auflösten.

Klack. Das kurze, abgehackte Geräusch des Auslösers durchbrach die Stille, dann ging ich langsam weiter. Konzentriert scannte ich das Buschwerk am Wegesrand nach Spinnennetzen, die heute durch die hohe Luftfeuchtigkeit mit Hunderten Wassertröpfchen verziert waren.

Als ich ein Prachtexemplar von Netz entdeckte, stellte ich die Fototasche auf den Boden und hockte mich hin, um das Objektiv zu wechseln. Nachdem ich das Makro eingesetzt hatte, erhob ich mich und blickte durch den Sucher auf die Tautropfen. Das Objektiv surrte leise, als es sich automatisch einstellte – dank der völligen Windstille war das möglich. Ich kannte die Kamera noch nicht besonders gut, sodass ich die Automatikfunktion gerne in Anspruch nahm.

Ohne abgedrückt zu haben, nahm ich die Kamera wieder herunter, um das Motiv probeweise über das Display ins Visier zu nehmen.

»Ist es nicht ein Segen, dass man das Display herausklappen kann?«, sagte eine Stimme neben mir.

Eine Stimme aus dem Nichts. Ich hatte niemanden kommen hören.

Mit einem Aufschrei fuhr ich hoch. Vor Schreck ließ ich die Kamera los, aber der Trageriemen um meinen Hals bewahrte sie davor, auf den asphaltierten Weg zu knallen.

Sofort trat der Mann zwei Schritte zurück und hob die Hände, die Innenflächen in der international gültigen Ichwill-dir-nichts-tun-Geste mir zugewandt. »Ich muss mich entschuldigen, ich habe Sie erschreckt.«

Allerdings hast du das, du blöder Honk, dachte ich grimmig, die Rechte auf mein galoppierendes Herz gepresst. Ich war noch zu atemlos, als dass ich hätte antworten können.

»Ich bin davon ausgegangen, dass Sie mich bemerkt haben«, fügte er sichtlich zerknirscht hinzu. »Meine Schritte, meine ich.«

»Wie Sie sehen, habe ich Sie nicht bemerkt«, fauchte ich. Was mir unter normalen Umständen sicherlich nicht passiert wäre, wie ich insgeheim konstatierte – er war nämlich ziemlich attraktiv. Dennoch: Ich war stinksauer auf ihn, weil er sich angeschlichen hatte. Aber wären sich nähernde Schritte im Nebel besser gewesen? Vermutlich nicht. Wahrscheinlich sogar noch furchteinflößender als sein unvermitteltes Auftauchen an meiner Seite.

Er stand da, glubschte mich durch seine Brillengläser an und wartete auf ein Signal von mir, dass ich ihm verzieh. Das war zumindest die einzige Erklärung, die mir einfiel. Irgendeinen Grund musste es schließlich geben, aus dem er sich nicht trollte. Sollte ich ihm die Absolution erteilen?

»Ich bin übrigens auch auf einem Fotospaziergang«, sagte er, drehte sich zur Seite und deutete mit dem Daumen über die Schulter auf seinen Rucksack. »Ich mag es, wenn die Welt um mich herum schwarz-weiß wird.«

»Und grau.«

Er nickte lächelnd. »Und grau.«

Ich lächelte zurück. »Vielleicht sollten wir einfach mal unsere Brillen putzen. Vielleicht stellen wir dann fest, dass es überhaupt nicht neblig ist, sondern unsere Gläser bloß total verschmiert waren.«

Seine Augen weiteten sich verblüfft, dann brach er in brüllendes Gelächter aus. »Sie sind mir ja ’ne Marke!«, schnaufte er schließlich und streckte mir die Hand hin. »Wenn ich mich vorstellen darf: Stefan Neumüller.«

Ich schlug ein. »Loretta Luchs.«

»Sind Sie häufiger hier unterwegs?«, fragte er.

Äh ... stopp mal. Was sollte das werden – eine Anmache?

»Ab und zu«, erwiderte ich schmallippig.

»Ich wohne erst seit Kurzem in der Gegend«, sagte er. »Vielleicht könnten wir ja mal ...«

Ich ließ ihn nicht ausreden, sondern warf einen Blick auf meine Armbanduhr und rief: »Ach herrje, so spät schon? Ich muss weiter. Hat mich gefreut.«

Ohne seine Reaktion abzuwarten, marschierte ich los. Fotos machen konnte ich auch auf dem Rückweg. Ein bisschen tat es mir für ihn leid, aber mir war gerade nicht nach Vielleicht-könnten-wir-mal, vollkommen egal, wie unverbindlich dieser Stefan Neumüller seinen Vorschlag gemeint hatte.

»Nix los heute Morgen«, sagte Frank zur Begrüßung, »kein Wunder bei so 'ne Suppe.«

Wenn er so aus seinem Verkaufsfenster guckte, wirkte es beinahe wie Kasperletheater, wie ich einmal mehr amüsiert feststellte. Fehlte nur noch, dass er »Naaa, liebe Kunden, seid ihr alle da?« quäkte und mit der Kasperklatsche um sich schlug, anstatt Süßigkeiten einzutüten.

»Wird schon werden«, sagte ich. »Es ist den Leuten heute draußen zu ungemütlich, die bleiben lieber etwas länger im Bett liegen. Waren denn die Gassigeher auch noch nicht da?«

»Klaro warn die da. Weißte doch selbst, die stehn immer um sieben auffe Matte, auch am Sonntach.«

Da ich immer mal zwischendurch sonntags die Frühschicht übernahm, wenn Not am Mann war, wusste ich natürlich Bescheid.

»Wollz'n Käffken?«, fragte er.

Ich schüttelte den Kopf. »Nee, lass mal. Ich mach mir gleich zu Hause einen richtigen Kaffee. Du weißt schon: einen richtig leckeren.«

Frank gackerte; um ihn ernsthaft zu beleidigen, müsste ich schon schwerere Geschütze auffahren als meine traditionelle Meckerei über seinen Kaffee.

Kapitel 1

Loretta steht vor einem Tribunal,
aber eine Inquisition kann auch liebevoll gemeint sein,
wie sie feststellt

»Fällt euch denn gar nichts ein, wie wir sie aufmuntern könnten?«, fragte Doris leise.

»Ich bin nicht taub! Ich kann euch hören!«, rief ich aus der Küche zu den anderen hinüber, die in Isoldes Wohnzimmer saßen.

Beinahe unglaublich, aber wir hatten es nach ewigen Zeiten geschafft, einen samstäglichen Kaffeeklatsch nur für uns Mädels zu organisieren. Endlich verbrachten wir mal wieder ein paar Stunden miteinander, ohne dass mindestens zwei unserer Kerle am Grill standen und mit Fleischbatzen um sich warfen. Stattdessen würden wir gleich verschiedene kleine Törtchen genießen. Sie waren appetitlich auf einer großen Platte arrangiert, die ich nun aus der Küche zum Kaffeetisch brachte. Isolde hatte für uns prachtvoll eingedeckt: mit traumhaft schönem Geschirr – einem Mitbringsel von einer ihrer Reisen –, Blumenschmuck aus Dahlien sowie farblich passenden Kerzen. Der Tisch war eine einzige Orgie aus flammenden Herbsttönen; sogar der Fondant-Überzug der Törtchen fügte sich harmonisch ins Bild.

Ich stellte die Platte ab und setzte mich. »Zum allerletzten Mal: Ihr müsst mich nicht aufmuntern. Es geht mir gut.«

Bärbel, Isolde und Doris wechselten wissende Blicke, die mir keineswegs entgingen.

»Niemandem, der Liebeskummer hat, geht es gut, Schätzchen«, sagte Doris. »Wir machen uns Sorgen.«

Ich gab meiner Stimme einen munteren Klang. »Wirklich, das müsst ihr nicht. Andere Mütter haben auch schöne Söhne.«

Wieder diese Blicke zwischen ihnen, dann legte Bärbel ihre Hand sanft auf meine. »Süße, du und Pascal … allmählich ist da mal eine endgültige Entscheidung fällig. Dieses ewige Hin und Her ist auf Dauer nicht gesund.«

Sagt mir doch mal was, das ich noch nicht weiß, dachte ich.

Sie hatten ja recht: Eigentlich waren Pascal und ich längst getrennt, aber uneigentlich kamen wir nicht voneinander los. Zwar wählte er zurzeit nur Jobs aus, bei denen er auf Reisen war, aber es gab immer wieder Treffen – wenn auch in größeren zeitlichen Abständen –, bei denen wir uns gegenseitig wort- und tränenreich versicherten, nicht ohne den anderen leben zu können. Oder zu wollen. Oder zu können glauben oder was weiß ich. Das war wirklich nicht gesund. Jedenfalls nicht auf Dauer.

Es war ja nicht so, dass ich meine Freunde ständig damit volllaberte, ganz im Gegenteil. Manchmal telefonierte ich mit Diana, meiner besten Freundin und ehemaligen Mitbewohnerin, die mittlerweile glücklich verheiratet an der Nordseeküste lebte. Das war auch schon alles. Diana war die Einzige, der ich anvertraute, wie ich mich fühlte – was sich durchaus von einem Tag zum nächsten komplett verändern konnte.

Das Problem war, dass es keine wirkliche Lösung für Pascal und mich gab. Bei aller Zuneigung füreinander passten unsere Lebensentwürfe nicht zusammen, ein anderes Wort dafür fällt mir nicht ein. Ich liebte es, Verbrechen aufzuklären, während Pascal schier ausflippte, wenn ich das tat. Er machte sich Sorgen um mich, und genau das wollte er nicht mehr. Das Vertrackte war, dass er mein mörderisches Hobby respektierte und mich keineswegs verändern wollte, und dafür mochte ich ihn umso mehr. Andererseits schaffte ich es nicht, Verbrechen beziehungsweise ihre Aufklärung zu ignorieren, was sogar schon dazu geführt hatte, dass ich Pascal belogen hatte. Bis heute ist mir das zutiefst peinlich, und völlig zu Recht war er stinksauer auf mich gewesen. Nicht nur das: Dank meiner dämlichen Prioritäten hatte ich ihn aus meinem Leben vertrieben. Jedenfalls als Partner. Und deshalb saß ich jetzt hier und wollte am liebsten ganz woanders sein. Irgendwo, wo der Beziehungsstatus zwischen Pascal und mir nicht das zentrale Thema war. Also überall, bloß nicht hier an der schönen, herbstfarbenen Kaffeetafel.

»Fotografierst du eigentlich gerne?«, fragte Isolde. Da sie mich ansah, war wohl ich gemeint.

»Hm … keine Ahnung«, erwiderte ich achselzuckend. Also gut, manchmal knipste ich mit meiner kleinen Digitalkamera so vor mich hin. Ich hatte sie auch schon für Tatort-Fotos benutzt oder um heimlich Bilder von Verdächtigen zu machen.

»Hättest du Lust, es mal auszuprobieren?« Isolde sah mich erwartungsvoll an, Bärbel und Doris ebenfalls.

Aha – daher wehte der Wind. Das war wohl nun die Idee, wie sie die arme Loretta aufmuntern könnten. Und vom Sofa an die frische Luft locken. Wusste man ja, dass frische Luft gegen depressive Verstimmungen helfen sollte. Tatsächlich hatte ich mich in den letzten Wochen zurückgezogen und viel Zeit allein zu Hause verbracht. Okay, das stimmte nicht ganz: Kater Baghira leistete mir Gesellschaft.

Allerdings hatte sich herausgestellt, dass die Abende und Nächte schwer auszuhalten waren, also hatte ich meinen Chef Dennis gebeten, mich für die Nachtschicht einzuteilen.

Wer nun meint, nachts sei an der Sexhotline mehr zu

tun als tagsüber: Irrtum. Das Gegenteil war der Fall, denn nachts waren die meisten unserer Kunden brav daheim bei ihren Lieben, während sie ihre Anrufe bei uns gerne während ihrer Mittagspausen, mal zwischendurch vom Büro aus oder von unterwegs erledigten. Soweit jedenfalls meine Theorie, denn natürlich haben wir noch niemals eine Kundenbefragung durchgeführt. Aber mit den Jahren machte man sich halt so seine Gedanken über die Männer, die unsere Dienste in Anspruch nahmen. Um zum Beispiel darauf zu kommen, dass diejenigen, die sich bei uns als Boss mit devoter Sekretärin inszenieren ließen, im realen Leben vermutlich eher in untergeordneter Position tätig waren, musste man nicht Psychologie studiert haben.

»Hallo, Loretta, bist du noch bei uns?«

Isoldes Frage riss mich aus meinen Gedanken. »Sorry. Ob ich gerne fotografieren würde, wolltest du wissen, richtig?« Isolde nickte.

»Wieso? Will Maria mir ein Praktikum anbieten?«

»Quatsch. Du hast doch einen Beruf.« Sie stutzte und setzte hinzu: »Wärst du denn interessiert?«

Ein Praktikum bei einer der begehrtesten und höchstbezahlten Fotografinnen der Welt zu machen und ständig auf Reisen zu sein? Sorry, aber wer kümmert sich dann um meinen Kater? Spaß beiseite: Natürlich wäre das interessant. Aber vielleicht doch an mich vergeudet.

Ich schüttelte den Kopf. »Nee. Ist ja nicht so, dass ich seit Jahrzehnten für die Fotografie brenne, oder? Keine Ahnung, ob ich dafür ein Talent habe.«

»Dann solltest du es unbedingt ausprobieren!«, tirilierte Isolde und sprang auf. Sie eilte in einen Nebenraum und kehrte mit einer eckigen Umhängetasche zurück, die sie mir in die Arme drückte. »Bitte sehr! Von Maria und mir.«

Ich sah in die Tasche und entdeckte: eine Kamera und drei Objektive. Wie bitte? Weder stand mein Geburtstag ins Haus – der war im März –, noch fiel mir irgendein anderer Grund für ein derart kostspieliges Geschenk ein.

»Seid ihr verrückt? Das nehme ich nicht an«, sagte ich entschlossen und zog den Reißverschluss der Tasche wieder zu.

Isolde winkte ab. »Ist nur geliehen. Doris sagt, du machst jetzt erst mal Nachtschicht. Dann hast du doch tagsüber Zeit, spazieren zu gehen und Fotos zu machen.«

Ich warf Doris einen wütenden Blick zu, aber sie zuckte nur gleichmütig mit den Schultern. Die Vorstellung, dass meine Freundinnen sich hinter meinem Rücken über mich unterhielten und Pläne ausheckten, um mich zu beschäftigen, schmeckte mir nicht.

»Wenn ich nachts arbeite, schlafe ich tagsüber. Irgendwann muss ich schließlich schlafen.«

»Aber doch nicht den gesamten Tag, oder?«, fragte Bärbel. »Ich könnte mir vorstellen, dass es dir Spaß macht.«

Mir reichte es. »Was bin ich – euer offizieller Pflegefall, der eine Beschäftigungstherapie nötig hat?« Grimmig blickte ich in die Runde. »Ihr rottet euch konspirativ hinter meinem Rücken zusammen und …«

Doris hob die Hand, um mich zu unterbrechen. »Jetzt mach mal halblang, Loretta. Wir haben ja nicht gerade eine Intrige gesponnen, um dich loszuwerden, oder? Wir machen uns Sorgen um dich. Du wirst immer blasser und stiller. Du denkst doch nicht etwa, dass wir uns das kommentarlos angucken, ohne etwas zu unternehmen?«

So viel zu unserem gemütlichen Mädels-Kaffeeklatsch. Ich fühlte mich wie vor einer Prüfungskommission, die über mein seelisches Gleichgewicht zu befinden hatte. »Das ist ja wohl total übertrieben. Nur weil ich mal eine kurze Phase habe, in der ich mich ein bisschen zurückziehe, müsst ihr ja nicht gleich durchdrehen, oder?«

»Kurze Phase? Das geht jetzt schon einige Monate lang so«, sagte Bärbel. »Du vertraust dich uns nicht an, aber auch das haben wir respektiert, genau wie dein Bedürfnis nach Rückzug. Aber jetzt ist Schluss damit. Wir sind deine Freunde, und wir wollen, dass es dir endlich wieder besser geht.«

Vor meinem geistigen Auge entstand ein Bild: Ich stand barfuß, strubbelig, hornbebrillt und im Büßerhemd vor einer Empore, auf der meine drei Richterinnen saßen und mich streng musterten. Die stets glitzernde Doris mit ihrem feuerroten Haarschopf, die beinahe schon meine Großmutter sein könnte. Die klassische, höchst stilvolle Isolde, auch schon über sechzig, und die schmale, blonde Bärbel, mit Ende dreißig minimal jünger als ich, und Mutter von drei Kindern. Äußerlich betrachtet würde wohl kaum jemand auf die Idee kommen, dass wir beste Freundinnen waren, aber das Schicksal und diverse aufgeklärte Verbrechen der letzten Jahre hatten uns in dieser Konstellation zusammengewürfelt. Sie alle lebten in glücklichen und soliden Beziehungen, während ich …

Oh nein, nicht heulen, dachte ich entsetzt, als meine Augen plötzlich feucht wurden und die ersten Tränen auf meinen Kuchenteller tropften.

Zack – schon kramte Doris in ihrer Handtasche und legte dann ein Päckchen Papiertaschentücher neben meinen Teller. Schweigend warteten meine Freundinnen ab, bis ich mich wieder beruhigt und ordentlich geschnäuzt hatte.

»Du hast Liebeskummer«, sagte Isolde schließlich. »Und so kann es nicht weitergehen. Du musst aufhören, der Vergangenheit mit Pascal hinterherzutrauern. Du musst nach vorne blicken. Geh endlich zu Stella.«

Zustimmendes Gemurmel von Bärbel und Doris. Leider

verstand ich kein Wort. »Wer bitte schön ist Stella? Und was soll ich dort?«

»Stella Albrecht ist die Astrologin, zu der ich dich schon seit fünf Monaten schicken will. Ich habe dir eine Beratung bei ihr geschenkt, erinnerst du dich?«

Ich schnaubte. »Eine Astrologin? Und die soll mir helfen? Wie denn, bitte? Ach, ich weiß: Die guckt in ihre Glaskugel und faselt dann was von einem großen blonden Prinzen, der schon hinter der nächsten Ecke auf mich wartet. Oder zieht irgendwelche geheimnisvollen Karten, in denen angeblich meine Zukunft steht. Danke, auf so einen Hokuspokus kann ich gut verzichten.«

»Hokuspokus?« Isolde hob die Brauen. »Du denkst, ich frequentiere regelmäßig jemanden, der mit *Hokuspokus* arbeitet? Ich dachte, du würdest mich besser kennen.«

»Ich war bei Stella«, warf Bärbel ein. »Und sie hat mich sehr beeindruckt.«

»Mich übrigens auch«, fügte Doris hinzu.

Na, super. Jetzt hatte ich drei auf einen Streich beleidigt, weil ich mich abwertend über eine Frau geäußert hatte, die ich nicht einmal kannte.

»Ihr wart bei einer Astrologin?«, fragte ich verdutzt, an Doris und Bärbel gewandt. »Wann denn? Das habt ihr mir gar nicht erzählt!«

»Natürlich nicht!« Doris verdrehte die Augen. »Wir sehen uns ja nur noch auf der Arbeit! Nur noch kurze Höflichkeitsbesuche bei unseren Festen, und dann gehst du auch schon wieder nach Hause. Immer hast du angeblich Kopfschmerzen oder bist müde. Niemand hat dir je einen Vorwurf gemacht, aber wir vermissen dich.«

»Aber ich bin doch hier«, murmelte ich, ehrlich betroffen.

»Schon.« Bärbel nickte. »Aber wir wollen die alte Loretta

zurück, verstehst du? Die fröhliche Loretta. Meine Güte, du musst ja nicht ständig ein Feuerwerk der guten Laune abbrennen, aber du hast dich echt verändert.«

Es war mir nicht bewusst gewesen, dass ich meinen Freunden schon seit Monaten einiges an Verständnis abverlangte. Ging das wirklich schon so lange? Ich war offenbar derartig auf die Problematik zwischen Pascal und mir konzentriert gewesen, dass alles andere an mir nur vorbeigerauscht war. Ich sah meine Freundinnen an, in deren Gesichtern ich nichts als Zuneigung und echte Besorgnis entdeckte. Plötzlich schämte ich mich, ihnen Vorwürfe gemacht zu haben.

»Es tut mir wirklich leid«, sagte ich. »Aber ich fühle mich so orientierungslos. Und ich nehme um mich herum kaum noch etwas wahr.«

»Ein Grund mehr, so bald wie möglich zu Stella zu gehen«, befand Isolde mit strenger Stimme. »Vielleicht kann sie dir ein wenig Orientierung geben. Und die Kamera wird dich vor die Tür locken und dir dabei helfen, deine Umgebung wieder zu sehen. Entdecke die Schönheit der kleinen Blümchen am Wegesrand.«

Kapitel 2

Loretta hat ihre ganz eigenen Theorien zur Ausbildung von Astrologinnen, und darin spielen Aluhüte und Einhörner eine wesentliche Rolle

Was ich sehr schnell herausfand, war Folgendes: Schwarze Katzen lassen sich ganz schlecht fotografieren. Meinen spontanen Plan, ein paar sensationelle Porträts von Baghira zu machen, gab ich so schnell wieder auf, wie ich ihn gefasst hatte. Warum? Ganz einfach: Auf den Bildern war er nur ein konturloser – meist verschwommener – Klumpen mit grünen Augen. Auch der Einsatz des Blitzes führte nicht zum gewünschten Ergebnis, denn dann sah er aus, als hätte ich ihn mit Öl übergossen, da sein tiefschwarzes Fell das grelle Licht ganz vortrefflich reflektierte.

Überdies reagierte er ziemlich ungehalten darauf, von mir mit der Kamera verfolgt zu werden. Dem Kater dermaßen auf die Pelle zu rücken und dazu noch zu erwarten, dass er stillhalten würde … nun ja. Klappte nicht. Mist.

Ich blätterte in dem Handbuch, das Isolde mir mitgegeben hatte. Es hatte die Ausmaße eines dieser handelsüblichen Schul-Atlanten und schüchterte mich ziemlich ein. Also beschränkte ich mich einstweilen darauf, nachzugucken, was die vielen Knöpfe am Korpus der Kamera bedeuteten, wie ich sie an- und ausschaltete und wie die Objektive gewechselt wurden. Aha, da unten saß der Akku … interessant. Zur Ausrüstung gehörten neben den zusätzlichen Objektiven ein Ladegerät und ein Ersatz-Akku.

Da Baghira kein lohnendes Model war, schlenderte ich durch die Wohnung und knipste alles Mögliche, um ein Gefühl für die Kamera zu bekommen. Schade, dass es im November schon so früh dunkel wird, denn ich würde jetzt zu gern … Moment mal. Kaum hatte ich das Gerät in der Hand, schon wollte ich runter vom Sofa und nach draußen. Also schien Isoldes Plan tatsächlich aufzugehen.

Aber das musste bis morgen warten. Ich machte es mir auf dem Sofa bequem und zappte durchs Fernsehprogramm. Nichts fesselte mich so richtig, und ich blieb bei einer Dokumentation hängen, in der ein Sprecher mit monotoner Stimme über deutsche Wälder referierte. Wunderbar einschläfernd, also kriegte ich fast einen Infarkt, als das Telefon klingelte. Zu meiner großen Freude war es Diana.

Ich erzählte ihr vom Kaffeeklatsch mit den anderen Mädels, und sie seufzte. »Ach, Loretta, so wohl ich mich hier oben im Norden fühle – das vermisse ich wirklich. Pack doch die wunderbaren Weiber mal alle ins Auto, und dann kommt ihr für ein Wochenende zu uns hoch, ja?«

»Oder du besuchst mich mal wieder.«

Oh … ich hatte *mich* gesagt, nicht *uns*. Bedeutete das etwa, dass ich mich innerlich von Pascal verabschiedete? Gab es für mich tatsächlich kein *uns* mehr?

Diana schwieg einen Moment lang. Hatte sie es auch bemerkt? Ja, hatte sie. »Du und Pascal … gibt's was Neues zu berichten?«

Unwillkürlich schüttelte ich den Kopf, dann fiel mir ein, dass sie es ja nicht sehen konnte. »Nein. Aber die Mädels haben mir heute ins Gewissen geredet. Isolde sagt, ich soll endlich mal zu dieser Astrologin gehen. Ich weiß nicht recht.«

»Wieso nicht?«

»Ich bitte dich. Astrologie. Man weiß doch, was man davon zu halten hat.«

»Nein, weiß ich nicht. Und was *man* davon hält, ist mir sowieso schnurz. Außerdem: Was hast du schon zu verlieren?«

»Meine Fassung, zum Beispiel? Da sitzt doch bestimmt so eine schräge Trulla mit Turban und wallendem Kaftan aus billigem Pannesamt, die mir irgendeinen Scheiß erzählt. Wie diese Witzfiguren bei Astro TV oder wie das heißt. Und dann versucht sie vermutlich, mir einen Stein am Lederband für 80 Euro anzudrehen, der angeblich ein Kraftstein ist und die schlechten Energien von mir weghalten wird, in Wirklichkeit aber bloß einer von diesen blöden Kieseln ist, die sie säckeweise im Baumarkt kauft. Gewinnspanne drölfzig Millionen Prozent. Du glaubst doch nicht, dass ich dabei ernst bleiben kann, die lache ich doch aus. Das wird ein Desaster.«

»Es geht doch um diese Stella, bei der Isolde auch manchmal ist, oder? Ich kann mir kaum vorstellen, dass Isolde sich einer Frau anvertrauen würde, wie du sie gerade beschrieben hast.« Diana kicherte und sagte dann: »Kraftstein am Lederband für 80 Euro, also wirklich. Du spinnst, Loretta, echt.«

»Hast du etwa noch nie im Fernsehen diese Gestalten gesehen, die angeblich Kontakt zu höheren Wesen haben und Botschaften von Erzengeln empfangen? Die haben doch allesamt einen an der Klatsche. Ein Wunder, dass sie keine Hüte aus Alufolie tragen. Was sie privat vermutlich tun, nur vor der Kamera nicht. Weil sie ja *seriös* wirken wollen. Ha.«

Diana quiekte vor Lachen. Als sie sich wieder eingekriegt hatte, sagte sie: »Ich glaube, du wirfst da ein paar Sachen durcheinander, meine Liebe. Ganz sicher gibt es in dieser Branche eine Menge Scharlatane, das will ich nicht bestreiten. Natürlich kann auch ich nicht gutheißen, dass sie gutgläubigen, hilfesuchenden Menschen das Geld aus der Tasche ziehen, das ist erbärmlich. Aber Isolde sagt, mit dieser Stella ist es eher, als würde man mit einer Therapeutin reden.«

»Wenn ich mit einer Therapeutin reden will, dann gehe ich zu einer *Therapeutin.* Dafür gibt es die nämlich, stell dir vor. Die haben das gelernt. Und nicht auf einer Zauberschule studiert, bei der auch die korrekte Pflege von Einhörnern auf dem Stundenplan steht.«

Diesmal ließ sie vor Lachen den Hörer fallen, jedenfalls hörte es sich so an. Es rumpelte und krachte, dann sagte sie kichernd: »Aluhüte und Einhörner, also wirklich! Aber noch einmal: Was hast du zu verlieren? Nichts. Noch nicht einmal Geld, weil Isolde dir den Besuch bei der Astrologin schenkt, was ich ausgesprochen nett finde. Schon aus Respekt vor Isolde solltest du dieses Geschenk annehmen. Eine Phrase wie ›*Man weiß doch, was man davon zu halten hat*‹ ist echt dämlich. Sei nicht so verflucht spießig, Loretta.«

Holla, *der* Treffer saß. Ich? Spießig? Gut, ich hatte jede Menge Vorurteile und bildete mir ein Urteil, ohne diese Stella überhaupt jemals getroffen zu haben. Und ja, ich hatte eine Phrase gedroschen. Oh mein Gott, ich war tatsächlich spießig!

»Keine Sorge, ich habe mir vorgenommen, diese Stella zumindest mal kennenzulernen«, sagte ich. »Ganz unverbindlich. Und dann entscheide ich, ob ich diese Beratung bei ihr mache. Zufrieden?«

Diana lachte leise. »Gutes Mädchen. Aber es geht nicht darum, dass *ich* zufrieden bin. Dir soll es wieder besser gehen, Süße. Du igelst dich jetzt seit Monaten ein.«

»Isolde hat mir heute eine Kamera aufgedrängt, damit ich wieder vor die Tür gehe.«

»Das ist doch super!«, rief Diana – eine Spur zu munter für meinen Geschmack. Vermutlich war sie ohnehin an diesem Komplott beteiligt. »Raus in die Natur, das wird dir Spaß machen. Du weißt ja: Ich habe das Fotografieren auch für mich entdeckt.«

Ja, das wusste ich, denn sie überflutete mich per Mail mit wunderbaren Fotos vom Strand, von Sonnenauf- und -untergängen, Nordseewogen und Wolken bis zum Horizont.

Und natürlich von ihrem struppigen Hund Heini, der eigentlich ihrem Gatten Okko gehörte. Heini, wie er ganz süß guckte, schlief, bettelte oder einfach nur auf seinem kleinen Hintern saß, wie er im Sand buddelte oder ein Stück Treibholz herumschleppte.

»Ich bin gespannt auf deine ersten Fotos«, fuhr sie fort, »die musst du mir unbedingt sofort schicken.«

»Vielleicht schon morgen. Ich will in den Park gehen.«

»Perfekt. Und ich will dann alles über dein Treffen mit der Astrologin wissen, hörst du? Brühwarm und detailliert. Versprochen?«

»Versprochen.«

Als hätte ich Diana jemals etwas abschlagen können.

Um am nächsten Morgen mit dem Sonnenaufgang losgehen zu können, hatte ich mir den Wecker gestellt. An einem Sonntag. Freiwillig.

Während Baghira laut schmatzend sein Frühstück verdrückte, hockte ich missmutig am Tisch, schlürfte meinen Espresso und hätte mich ohrfeigen können. Rechts und links, aber so richtig mit Schmackes. Draußen erhellte das erste Morgenlicht den Himmel, und ich hatte auf kaum etwas weniger Lust, als jetzt durch den Park zu latschen. Was gestern Abend noch ein guter Plan gewesen war, erschien mir nun in der Morgendämmerung völlig hirnrissig. Warum zum Teufel hatte ich den Wecker auf sieben Uhr gestellt? Warum lag ich jetzt nicht in meinem schönen warmen Bett und zog mir die Decke über den Kopf? Weil ich mich hatte bequatschen lassen.

Nein, weil du dich nicht länger hängenlassen willst, sagte meine innere Stimme.

Hm ... das stimmte so nicht. *Die anderen* wollten, dass ich mich nicht mehr hängenließ – ich selbst hatte mich in diesem Zustand komfortabel eingerichtet und fühlte mich dabei nicht einmal besonders unwohl. Gut, es hatte in meinem Leben schon fröhlichere Zeiten gegeben. Aber das war doch ganz normal, dass man zwischendurch mal durchhing, oder?

Nur Comedians hatten fortwährend gute Laune, aber die wurden auch gut dafür bezahlt. Außerdem hielt sich hartnäckig das Gerücht, dass die meisten Komödianten depressiv waren. Aber dann gab es noch diese Moderatoren im Frühstücksfernsehen, die ich wegen ihres Dauergrinsens manchmal wegschalten musste, weil ich es schlicht nicht aushielt. Das konnten meine Freunde doch nicht ernsthaft wollen, dass ich permanent grinste und so tat, als wäre das Leben nichts als Zuckerwatte und Lollipops.

Irgendwie war ich in Rage geraten und schnaubte lautstark. »Ich bin doch nicht euer Pausenclown, verdammt. Lasst mir gefälligst meine schlechte Laune.«

Baghira, der sich vermutlich angesprochen fühlte, drehte sich zu mir um und starrte mich aus großen runden Augen an.

»Brauchst gar nicht so zu gucken«, sagte ich. »Ja, es ist so weit: Deine Dosenöffnerin redet mit sich selbst. Und? Was willst du dagegen machen?«

Offensichtlich nichts, denn er drehte sich desinteressiert wieder weg und fraß weiter. Wäre er dazu in der Lage gewesen, mit den Schultern zu zucken, hätte er es wohl getan.

»Weißt du was?«, ereiferte ich mich weiter, »scheiß auf den Park. Ich latsche doch jetzt nicht los, weil die das wollen! Ich gehe zurück ins Bett. Ich verbringe meinen verdammten Tag, wie *ich* das will.«

Hörst du dir eigentlich selbst zu, Loretta? Kriegst du mit, welchen Unfug du gerade laberst?, meldete sich meine innere Stimme wieder zu Wort.

Prompt kam ich mir blöd vor. Hier saß ich nun und schmollte vor mich hin, völlig idiotisch. Wem wollte ich hier etwas beweisen?

»Loretta macht sich zum Vollhorst – das Soloprogramm«. Demnächst auch in Ihrem Theater.

Jetzt aber Schluss mit dem Quatsch, befahl ich mir selbst. Und siehe da – ich gehorchte. Brav spülte ich meine Tasse aus und stellte sie ins Spülbecken, dann schlüpfte ich in eine warme Jacke und hängte mir die Fototasche über die Schulter.

Die Haustür fiel hinter mir ins Schloss, und ich atmete tief durch. Es war erfrischend, aber nicht zu kühl. Manchmal konnte sich der November – besonders zu Anfang – ja nicht so recht entscheiden, ob er noch zum Sommer gehören oder bereits winterliche Merkmale zeigen wollte. Heute neigte sich die Waagschale eindeutig in Richtung Sommer, und das gelbe Laub, das die Straßenbäume bereits abgeworfen hatten, raschelte unter meinen Füßen. Auch auf meinem Auto, das ich ein paar Meter die Straße hoch geparkt hatte, türmten sich trockene Blätter, die aber rasch herunterwehen würden, sobald auch nur ein wenig Wind aufkam.

Als ich daran vorbeischlenderte, stutzte ich, denn etwas zwischen den Blättern auf der Frontscheibe erregte meine Aufmerksamkeit. Durch die herbstlichen Gelb- und Brauntöne blitzte ein leuchtend grünes Blatt, das keinesfalls hier vom Baum gefallen sein konnte. Mit der Hand wischte ich vorsichtig das Laub beiseite und glotzte verdutzt auf einen Farnwedel, einen perfekten, unterarmlangen Farnwedel. Er klemmte unter dem Scheibenwischer und wirkte irritierend saftig und frisch. Ich wusste, dass Farn – einmal gepflückt – rasch welkte. War er erst vor wenigen Minuten hier deponiert worden? Aber dann sah ich, dass er in einer dieser wassergefüllten Plastikphiolen steckte, in denen man Orchideenzweige kaufen konnte.

An den Wedel war mit rotem Geschenkband ein zusammengerolltes Stück Papier gebunden, auf dem eine Nachricht stand, wie ich rasch herausfand: *Kennst Du die Blumensprache?*

Was zum Henker …? Wie schräg war das denn? Nein, ich kannte die Blumensprache nicht. Natürlich wusste ich – wie vermutlich jeder Mensch auf der Welt –, dass rote Rosen »Ich liebe dich« sagen. Und ich wusste, dass es noch andere Blumen gab, die eine Botschaft transportieren, wenn man sie verschenkt. Aber damit hatte sich mein Wissen auch schon erschöpft.

Ich kam zu dem Schluss, dass es sich um einen Irrtum handeln musste, dass jemand mein Auto verwechselt hatte. Bestimmt war ich gar nicht gemeint. Aber was sollte ich mit dem Farnwedel anstellen?

Ich dachte kurz nach, dann wischte ich das Laub vom Autodach und legte den Farn darauf. Konnte ja sein, dass irgendwer in der Nachbarschaft einen floralen Gruß erwartete und schon vergeblich danach gesucht hatte. Jetzt reichte ein Blick aus dem Fenster, um ihn zu finden.

In dem wohltuenden Bewusstsein, den Tag mit einer guten Tat begonnen zu haben, eilte ich beschwingten Schrittes in den Park. Dank der Sonne am mittlerweile blauen Himmel leuchtete alles in herbstlichen Farben. Die knallgelben Blätter einer Gruppe von schlanken Ginkgobäumen strahlten so intensiv, als wäre jedes einzelne von innen beleuchtet – das sollte mein erstes Foto werden.

Ich stellte die Kameratasche auf eine Bank und holte die Kamera heraus. Nachdem ich den Objektivdeckel abgenommen hatte, blickte ich durch den Sucher. Das knallige Gelb der Blätter, durchzogen von schwarzen Ästen, die nur deshalb sichtbar waren, weil sich das Laub bereits gelichtet hatte ... Im Hintergrund der blaue Himmel ... Hätte ich diesen wunderbaren Anblick überhaupt wahrgenommen und zu schätzen gewusst, wenn ich nicht auf der Suche nach einem lohnenden Motiv gewesen wäre? Ich knipste aus verschiedenen Perspektiven, zoomte einzelne Blätter heran, stellte mich dann dicht an einen Stamm und fotografierte daran entlang nach oben in den Himmel.

Danach war mein Jagdinstinkt erwacht. Die Tasche umgehängt, die Kamera im Anschlag, pirschte ich weiter durch den Park. Wo immer ich einen farbenfrohen Strauch sah, stürzte ich mich mit Feuereifer darauf. Je näher ich heranging, desto mehr entdeckte ich: zarte Spinnennetze, winzige Insekten, vertrocknete Samenstände, einige letzte Blüten. An dichter bewachsenen Stellen des Parks zwängte sich die noch tiefstehende Sonne in dicken Streifen aus Licht schräg zwischen den Baumstämmen hindurch – ein Anblick, den ich buchstäblich mit angehaltenem Atem fotografierte. Schon jetzt ahnte ich: Das Foto würde wie ein Gemälde aussehen. Als Nächstes machte ich einen Abstecher zum Ententeich, dessen spiegelglatte Oberfläche die Bäume am Ufer eins zu eins reflektierte. Hoffnungsvoll kam eine kleine Gruppe Enten angepaddelt, drehte aber sofort wieder ab, als klar war, dass ich nicht mit Futter um mich warf. Sie brachten das Wasser in Bewegung, was interessante Muster und wellenförmige Strukturen hervorrief, die ich wie besessen knipste.

Irgendwann ließ ich die Kamera sinken – für den Moment hatte ich genug.

Kapitel 3

Loretta entdeckt die Welt durch den Sucher der Kamera ganz neu, und auch Frank entdeckt etwas: ungeahntes Potenzial in der Blumensprache nämlich

»Loretta! Dat is aber schön!« Frank lehnte lässig im Verkaufsfensterchen seines Kiosks und schenkte mir ein breites Begrüßungsgrinsen. »Warsse spaziern?«

»Fotospaziergang«, erwiderte ich und klopfte auf die Kameratasche.

Frank nickte. »Bärbel hat erzählt. Vonne Kamera, mein ich. Und? Hasse schöne Fottos gemacht? Zeich mal.«

»Ich komme rein. Machst du mir einen Kakao?«

Im Kiosk schwang ich mich auf einen der Barhocker am Stehtisch und holte die Kamera aus der Tasche.

»Sag mal, hast du noch Brötchen für mich? Ich war länger im Park unterwegs als geplant.«

»Zwei Körner und fünf normale. Welche wollze?«

»Die beiden Körner.«

»Sollze haben.«

Brötchentüten raschelten, die Heißgetränkemaschine fauchte, am Verkaufsfenster bedauerte ein Kunde lautstark, dass die Körnerbrötchen aus waren. Währenddessen klappte ich das Display der Kamera heraus und zappte durch die Fotos.

»He, ich will auch kucken.« Frank kam an den Tisch und stellte den dampfenden Kakao ab.

Ich gab ihm die Kamera und zeigte ihm, wie er sich durch die Bilder manövrieren konnte. Während er sich die Fotos ansah, fragte ich: »Sag mal, verstehst du zufällig was von Blumensprache?«

Frank hielt inne und sah mich erstaunt an. »Von wat für ’ne Sprache?«

»Blumensprache. Welche Bedeutung es hat, wenn ich bestimmte Blumen überreicht bekomme. Botschaften. So wie rote Rosen für Liebe.«

»Blumensprache … Wat is dat denn fürn Mumpitz?« Frank grinste. »Als würd ich wat von Blümskes verstehn, also echt. Ob die aufm Tisch stehn oder ’n Becher mit Buntstifte …« Er zuckte mit den Schultern.

»Hätte ja sein können.«

»Sach ma, seit wann kennze mich jetzt? Bin ich etwa einer, der mit Blümskes irgendwelche Botschaften erzählt?« Er gackerte und fuhr fort: »Sach ma – gibbet nur Blumen für schöne Botschaften? Oder auch welche für Beleidigungen? Wat is denn wohl die Blume für ›*Du blöden Heiopei*‹? Da könnte man sich viele Streitereien ersparn. Einfach ’n Gestrüpp vorn Latz knallen und gut is.«

Ich schlürfte meinen Kakao und schwieg, denn ich wusste, er war mit dem Thema noch lange nicht durch.

»Hömma, dann würd ich aber wacker auf Blumenhöker umsatteln«, fuhr er fort. »Und ich wette, Blümskes für Beleidigungen würden viel besser gehen als die andern. Dat wärn dann bestimmt Brennnesseln und Disteln und so. Und welche, die ganz übel stinken. Und wie Kriege dann wohl aussehn? Aussem Fluchzeuch schmeißen die dann keine Bomben mehr, sondern Kaktusse. Und die Soldaten hauen sich dann gegenseitich Brombeerranken umme Ohrn.«

»Wäre doch super. Keine Toten mehr, sondern nur noch ganz viele Leute mit ganz vielen Kratzern.«

»Hehehehe«, machte Frank, der mittlerweile hinter seinem Verkaufstisch herumkramte. Plötzlich sah er hoch. »Wieso frachse mich dat überhaupt? Du frachs sowat doch nich ohne Grund.«

Ich erzählte ihm von dem Farnwedel, den ich unter meinem Scheibenwischer gefunden hatte, und er hob die Brauen.

»Merkwürdich. Meinze, dat war für dich? Wer soll dir denn sowat ans Auto stecken?«

Ich zuckte mit den Achseln. »Keine Ahnung. Bei mir in der Straße parken noch mindestens vier andere silberne Kleinwagen, die leicht mit meinem zu verwechseln wären. Vor allem im Dunkeln.«

»Ich sach ma so«, sagte Frank, »wenn dat 'n heimlichen Galan wär, der würde doch nich so 'n Gestrüpp aussuchen, oder?«

»Ich weiß es wirklich nicht, aber du hast recht. Von einem Verehrer würde ich eine Rose erwarten. Mindestens. Nee, ich denke, da hat sich jemand im Auto geirrt.«

Damit schien ich recht zu haben, denn der Farnwedel war bei meiner Rückkehr nach Hause verschwunden. Dachte ich zumindest, denn er lag nicht mehr auf dem Dach meines Autos. Ein paar Schritte weiter fand ich ihn vor der Motorhaube auf der Erde, zerfetzt, die Plastikphiole zertreten. Ups. War wohl ein Passant dafür verantwortlich? Einfach mal zerstören, obwohl die angehängte Nachricht und der kleine Wasserbehälter doch deutlich signalisierten, dass es den Farnwedel nicht zufällig auf mein Auto verschlagen hatte? Oder hatte die Botschaft den Adressaten erreicht, war aber nicht willkommen gewesen? Ich fragte mich, welche Geschichte dahinterstecken mochte, denn irgendjemand hatte die Nachricht für eine bestimmte Person hinterlassen. Es *musste* eine Geschichte geben.

Weil ich neugierig auf die Fotos war, machte ich mir nur einen Espresso und verschob das Frühstück auf später. Als ich das Material auf meinen Laptop überspielte, stellte ich verdutzt fest, dass ich sage und schreibe hundertsiebenundneunzigmal auf den Auslöser gedrückt hatte; ich hätte auf allenfalls sechzig bis siebzig Bilder getippt.

Natürlich war eine Menge Schrott dabei, wie ich ziemlich schnell erkannte. Vieles entpuppte sich – jetzt da ich es größer als auf dem Display sah – als verwackelt, unscharf, schief abgelichtet oder entsprach meinen Vorstellungen aus anderen Gründen nicht. Manchmal stellte sich etwas, das ich für ein gutes Motiv gehalten hatte, dann doch als langweilig heraus. Nachdem ich alles gelöscht hatte, was mir nicht hundertprozentig gefiel, blieben knapp fünfzig Fotos übrig, mit denen ich überaus zufrieden war. Bunte Blätter vor blauem Himmel, Insekten, scharf bis ins Detail, zwei Aufnahmen vom Teich mit im Wasser gespiegelten Bäumen. Die Fotos, auf denen das Sonnenlicht zwischen Baumstämmen hindurchschien, fand ich fantastisch. Zufrieden lehnte ich mich zurück. Nach dem Frühstück wollte ich Isolde ein paar Bilder schicken, damit sie sah, dass ich die Kamera schon benutzt hatte. Das würde sie freuen, da war ich sicher.

Ich ließ mir die Körnerbrötchen schmecken und blätterte die Prospekte aus der Sonntagszeitung durch, als mir die Werbung einer Gärtnerei in die Hände fiel. Robuste Winter-Bepflanzung für Balkonkästen, Winterhartes für den Garten und dann die Überschrift: *Lasst Blumen sprechen.* Da war sie wieder, diese ominöse Blumensprache.

Ich schob den Teller weg, zog den Laptop heran und begab mich auf die Suche. Einen Suchbegriff später – ja genau: *Blumensprache* – überrollte mich eine Lawine von Informationen. Rote Rosen waren eine Liebeserklärung, das war klar, aber dann entdeckte ich endlose Listen, in denen die Bedeutungen von zig Blumen und Pflanzen aufgeführt waren.

Natürlich suchte ich sofort nach der Botschaft, die ein Farnwedel überbrachte, die sich dann aber als wenig spektakulär entpuppte: *Ich mache nicht gern viele Worte.* Aha. Und was, bitte, sollte das bedeuten? Dass der Überbringer des Farnwedels beabsichtigte, für jegliche weitere Kommunikation nur noch die Blumensprache zu benutzen? Obwohl ... vielleicht war diese Botschaft ja gar nicht die erste gewesen, sondern nur die erste, die ich gesehen hatte. Könnte ja sein. Und der zerfetzte Wedel war schlicht ein Zeichen dafür, dass der Adressat – oder die Adressatin – das gesprochene Wort schätzte und vom stummen Versender floraler Grüße die Schnauze voll hatte? Man wusste es nicht.

Man wusste ja überhaupt so wenig.

Ohne es zu merken, hatte ich mich im Internet festgelesen. Es war ziemlich dämlich von mir gewesen, so früh aufzustehen, da meine Schicht im Callcenter um 22 Uhr begann. Allerdings traute ich mich nicht, mich jetzt, am frühen Nachmittag, noch mal für ein paar Stunden Schlaf ins Bett zu legen, denn das würde todsicher dazu führen, dass ich später völlig desorientiert und mit einem Mini-Jetlag im Callcenter saß.

Alles schon ausprobiert.

Es war besser, die erste Nacht durchzuhalten und dann ausgiebig auszuschlafen; so war jedenfalls meine Erfahrung. Um die Zeit totzuschlagen, beschäftigte ich mich wieder mit meinen Fotos. Besser gesagt: damit, mich ins Bildbearbeitungsprogramm einzuarbeiten. Ich experimentierte bei einigen mit gewagten Ausschnittsvergrößerungen, veränderte bei anderen den Kontrast oder die Farbintensität und wandelte ein paar in Schwarz-Weiß-Fotos um.

Besonders fasziniert war ich von den Aufnahmen einiger Insekten, deren bizarre Schönheit erst durch die starken Vergrößerungen sichtbar wurde: Beispielsweise sah ich zum ersten Mal, dass eine Fliege Haare am Hintern hatte. Jetzt begriff ich auch den Unterschied zwischen meiner kleinen Digitalkamera und dem Hochleistungsgerät, das Isolde und Maria mir anvertraut hatten, um mich auf andere Gedanken zu bringen.

Ich stellte eine kleine Auswahl zusammen und schickte sie per Mail an Isolde; natürlich mit einem enthusiastischen Dankeschön und der Bitte, sie an Maria weiterzuleiten. Auch Diana bedachte ich mit ein paar großformatigen Insekten, die sie ganz bestimmt zum Kreischen bringen würden.

Auch wenn mein Appetit sich in Grenzen hielt, kochte ich mir Nudeln, um meinen Energiespeicher aufzufüllen und mich für die lange Schicht zu stärken. Da ich wusste, dass nachts an der Hotline nur wenig los war, packte ich etwas zu lesen ein: ein dickes Buch mit den gesammelten Reportagen, Essays und Porträts von Truman Capote. So fühlte ich mich bestens gewappnet.

Tagsüber, wenn zwanzig und mehr Menschen gleichzeitig telefonierten, herrschte im Callcenter ein Riesenlärm. Da wir Kopfhörer trugen und in Kabinen saßen, die nur nach hinten hin offen waren, störten wir uns gegenseitig nicht bei der Arbeit.

Unsere blickdichte Eingangstür war gut gesichert, damit sich niemand aus Versehen in unsere Räumlichkeiten verlaufen konnte; immerhin waren in dem großen Gebäude noch weitere Firmen untergebracht, und es herrschte reger Publikumsverkehr. Man stelle sich vor, jemand irrte sich in der Etage und stünde plötzlich inmitten dieser schrägen Sinfonie aus vielstimmigem Stöhnen, geheuchelten Orgasmen, Liebesgeflüster und barschen Befehlen von der Domina-Fraktion.

Es war kurz vor halb zehn, als ich den Zugangscode eintippte und das Callcenter betrat. Die Beleuchtung war nur spärlich und auf den Bereich konzentriert, in dem die wenigen besetzten Plätze lagen. Ich marschierte gleich durch in unseren Aufenthaltsraum, wo ich noch in Ruhe eine Tasse Espresso trinken wollte, den ich mir in einer Warmhaltekanne mitgebracht hatte. Da dort immer irgendwelche Magazine herumlagen, schnappte ich mir ein Klatschblatt und setzte mich an den Tisch.

Ich blieb nicht lange allein.

»Hey, Loretta, auch mal wieder auf Nachtschicht? Freut mich, wir haben uns lange nicht gesehen«, sagte Gudrun, genannt Gudi, die ausschließlich nachts im Einsatz war. Sie öffnete den großen Kühlschrank, in dem wir unsere Verpflegung deponieren konnten, und verschwand mit ihrem gesamten Oberkörper darin.

Ich kannte Gudi kaum, fand sie aber ganz nett. Sie schien für die Nachtschicht so etwas wie die Mutter der Kompanie zu sein. Gudi war knapp sechzig und lebte mit ihrem Sohn Ralf in einem kleinen Häuschen. Meiner Meinung nach war es ja ein wenig seltsam, dass ein erwachsener Mann noch bei seiner Mutter wohnte, aber Gudi betrachtete das Arrangement als sinnvolle Wohngemeinschaft, durch die beide Seiten viel Geld sparen konnten, zumal Ralf arbeitslos war.

Sie sprach ganz freimütig über diese Situation, und wie sehr sie sich wünschte, dass ihr Junge nicht mehr den ganzen Tag lang zu Hause rumhing. Zwar schmiss er wohl vorbildlich den gemeinsamen Haushalt, aber darauf hätte sie zugunsten einer Arbeitsstelle für ihn mit Freuden verzichtet.

»Wie geht es deinem Sohn?«, fragte ich, als sie wieder aus dem Kühlschrank aufgetaucht war und sich zu mir gesetzt hatte.

»Ralf geht es prima«, erwiderte sie und öffnete eine Dose

mit Butterbroten, die sie mir auffordernd hinhielt. Als ich den Kopf schüttelte, fuhr sie fort: »Stell dir vor, er hat einen Job gefunden. Endlich. Übrigens hier im Haus, in dem neuen Callcenter.«

Richtig – in die beiden Etagen über uns war ein großer Telefondienstleister eingezogen, nachdem der Vormieter, ein Personalvermittler, dichtgemacht hatte.

»Ich hatte zufällig aufgeschnappt, dass die Leute suchen«, plapperte Gudi weiter. »Die haben wohl mehrere Auftraggeber, unter anderem machen sie den Support für eine große Wohnungsbaugesellschaft. Da arbeitet mein Ralf. Termine machen und so.« Herzhaft biss sie in eine Leberwurststulle.

»Großartig! Das freut mich für euch.«

Sie nickte kauend und schluckte. »Ja, das wurde Zeit. Ich habe mir um den Jungen schon Sorgen gemacht. Das ist doch nicht gesund, nichts zu tun zu haben. Da kommt man nur auf dumme Gedanken.«

»Oh je, hattest du konkreten Grund zur Sorge?« Nicht, dass es mich ernsthaft interessierte, aber die Regeln des höflichen Smalltalks unter Kolleginnen verlangten es, mich danach zu erkundigen.

»Ach wo.« Sie schüttelte den Kopf. »Aber ein gesunder junger Mensch, der arbeiten will und so lange nichts findet … das ist einfach nicht gut. Da muss man auf Dauer doch zwangsläufig schwermütig werden, oder nicht? Aber das ist ja jetzt vorbei. Leider sehen wir uns praktisch nur noch am Wochenende, aber dann haben wir uns umso mehr zu erzählen.«

Fröhlich mampfte sie weiter ihre Stulle, während ich mich fragte, warum ich die Vorstellung, dass Mutter und Sohn am Wochenende dann die Ereignisse der Woche durchtratschten, so dermaßen seltsam fand. Dass er von seiner Arbeit erzählte, konnte ich ja noch nachvollziehen, aber berichtete sie ihm etwa umgekehrt bei einem gemütlichen Tässchen Tee von den Telefonsexkunden, die sie gehabt hatte? ›*Hahaha, Ralf, stell dir vor, für einen sollte ich heute eine unersättliche Nymphomanin spielen, die nur er allein wirklich zum Orgasmus bringen kann!*‹ – Das war echt bizarr. Und zutiefst verstörend.

»Wird er sich jetzt eine eigene Wohnung suchen?«

Grenzenlose Verblüffung lag in ihren wasserblauen Augen. »Warum sollte er? Wir verstehen uns prächtig. Wir haben Platz genug, um uns aus dem Weg zu gehen, wenn einer von uns seine Ruhe haben will. Aber das kommt fast nie vor. Wir sehen gemeinsam fern, wir kochen am Wochenende zusammen – das klappt einwandfrei.«

Was wohl passieren würde, wenn ihr Ralf sich in eine Frau verliebte und mit der zusammenwohnen wollte? Zu dritt würde es dann bestimmt doch ein bisschen eng.

Gudi blickte auf die Wanduhr und stand auf. »Meine Pause ist rum. Machst du die ganze Woche Nachtdienst?«

Ich nickte. »So ist es geplant.«

Vielleicht sollte ich mich komplett auf die Nachtschicht verlegen, dachte ich. Aber erst einmal reicht eine Woche.

»Super, dann sehen wir uns ja öfter. Freut mich sehr, Loretta. Vielleicht erzählst du mir ja ein wenig von deinen Abenteuern. Ich kriege ja immer nur Hörensagen mit. Das, was die anderen erzählen. Ich bin schon gespannt.«

Die Tür schloss sich hinter ihr, und mein Gesicht verzog sich von ganz alleine. Über meine *Abenteuer,* wie sie es genannt hatte, redete ich nur, wenn ich unbedingt musste. Ganz bestimmt waren sie kein Thema für eine nette Pausenplauderei unter Kolleginnen, aus meiner Sicht jedenfalls nicht. Nur meine engen Freunde kannten jedes Detail, zumal sie mal mehr, mal weniger selbst daran beteiligt gewesen waren.

Außerdem hatten genau diese Abenteuer dazu geführt, dass ich zurzeit vor den Scherben meiner Beziehung mit Pascal stand, was wiederum dazu geführt hatte, dass ich meinen Chef Dennis um die Nachtschicht gebeten hatte. Nachts erschien mir die Wohnung ohne Pascal deutlich leerer als tagsüber, hatte ich festgestellt.

Meine Freunde hatten absolut recht: Ich musste endlich eine Entscheidung fällen; und das bedeutete die endgültige Trennung. Ich würde ihn bitten, den Rest seiner Sachen aus meiner – ehemals unserer – Wohnung zu holen, das wäre ein wichtiger Schritt in die richtige Richtung.

Ich blickte auf die Wanduhr, es war kurz vor zehn. Zeit, mich ins System einzuloggen. Mit einem Seufzen stand ich auf und trank den restlichen Kaffee aus. Dann holte ich mir ein Glas Leitungswasser und ging zu einem der freien Plätze. Ich setzte die Kopfhörer auf, stellte den biegsamen Arm mit dem Mikrofon ein und loggte mich ein. Sofort klingelte das Telefon.

Kapitel 4

Jahrmarktsatmosphäre inklusive Glaskugel: Manchmal bewahrheiten sich Lorettas Vorurteile tatsächlich … Oder vielleicht doch nicht?

Mein Schlafdefizit machte sich während der Nacht deutlich bemerkbar. Die erste kurze Pause gegen Mitternacht verbrachte ich draußen, in der Hoffnung, die kühle Nachtluft würde mir einen kleinen Kick geben. Ich umrundete den Parkplatz, und als ich wieder zum Eingang kam, stand am Fuß der Treppe ein rauchender Mann.

Natürlich grüßte ich ihn im Vorbeilaufen und wollte schnell weiter, aber er sprach mich an.

»Hey. Auch gerade Pause?«

Nun, es war wohl kaum mein Hobby, mitten in der Nacht auf Firmenparkplätzen herumzulungern, oder?

»Hm. Hab ein bisschen frische Luft geschnappt.«

Super, Loretta – warum das Offensichtliche nicht zusätzlich noch mal erklären?

Er zog an der Zigarette und blies den Qualm aus. »Kann sich ganz schön hinziehen, so eine Nachtschicht. Arbeitest du immer nachts?«

Ich zuckte mit den Schultern. »Mal so, mal so.«

»Dachte ich mir schon, weil ich dich noch nie gesehen habe. Ich bin übrigens Mark.«

»Loretta.«

»Du arbeitest bei denen hier im Erdgeschoss, oder?« Auf mein Nicken hin fuhr er fort: »Was macht ihr eigentlich?«

»Wir machen den Support für die deutschsprachigen Kunden einer internationalen Privatbank«, erwiderte ich wie aus der Pistole geschossen, ohne rot zu werden.

»Ach. Auch nachts? Wer braucht denn mitten in der Nacht Auskünfte? Oder will etwas überweisen?«

»Zum Beispiel diejenigen unserer Kunden, die gerade in den USA sind. Die verschiedenen Zeitzonen, du verstehst? Aber die meisten rufen natürlich tagsüber an. *Unser* tagsüber. Deshalb benötigen wir nachts nur eine kleine Besetzung.«

Er nickte. »Wir auch. Kabelfernsehen, weißt du? Ein paar Leute schaffen es immer, sich nachts so gründlich auf ihrer blöden Fernbedienung zu vertippen, dass sie ihre Kanäle nicht mehr finden. Und dann müssen wir sofort helfen. Das duldet keinen Aufschub.«

»Verstehe. Wenn die Glotze nicht mehr funktioniert, bricht Panik aus. Äh ... ich muss wieder rein. Hat mich gefreut, Mark.«

»Mich auch. Bis die Tage.«

Das mit der internationalen Privatbank hatten Dennis und ich ausbaldowert, nachdem das andere Callcenter über uns eingezogen war. Da davon auszugehen war, dass die Angestellten und wir uns begegnen würden und vielleicht Fragen zur Natur unserer Dienstleistung aufkämen, hatten wir eine gute Geschichte gebraucht. Nicht, dass wir uns dessen schämten, was wir taten, keineswegs.

Aber es gab mindestens zwei gute Gründe, nicht offen damit umzugehen: Man stelle sich erstens vor, unsere Adresse wäre überall bekannt. Was würde passieren? Kunden würden hier aufkreuzen, um das Objekt ihrer Begierde persönlich zu treffen. Bestimmt nicht jeder von ihnen, aber ein paar reichten schon. Und damit wären wir auch schon direkt beim zweiten Grund: Wir verkauften Illusionen, und eine davon war, dass sämtliche Telefondamen jung, knackig und rattenscharf waren. Folgendes Szenario: Verehrer kreuzen hier auf, und dann kommt zum Beispiel Doris aus der Tür. Oder

Gudi. Die eine über siebzig, die andere um die sechzig. Und schon war die Fantasie von den schönen und willigen jungen Frauen zum Teufel. Dann doch lieber die internationale Privatbank.

Trotz meines Ausflugs an die frische Luft musste ich immer wieder dagegen ankämpfen, einzunicken. Wenn es kritisch wurde, stand ich auf und trabte ein wenig auf der Stelle, um meinen Kreislauf wieder in Gang zu bringen, denn auch mein Körper konnte nur eine gewisse Menge an Espresso verkraften. Noch zwei weitere Male spazierte ich in dieser Nacht um den Parkplatz herum, allerdings ohne Mark noch einmal zu begegnen.

Endlich graute der Morgen und kündigte das Ende meiner Schicht an. Nach und nach trudelten die Kollegen ein, und irgendwann stand Doris neben meinem Stuhl. Ich nahm mein Headset ab und rieb mir die Augen.

»Mein Gott, Schätzchen, du siehst ja verheerend aus«, sagte Doris. »Jetzt aber wacker nach Hause ins Bett mit dir. Kannst du überhaupt noch Auto fahren?«

Ich stand auf und streckte mich. »Wird schon gehen. Aber ich habe tatsächlich das Gefühl, als könnte ich hundert Jahre schlafen. Umgeben von einer Rosenhecke, die mich hoffentlich vor all denen beschützt, die mich wecken wollen.«

»Wie war die Schicht?«

»Nicht viel los«, erwiderte ich mit einem Achselzucken. »Wie immer in der Nacht von Sonntag auf Montag.«

»Dann wird es Zeit, dass ich mich an meinen Platz verfüge und mich einlogge. Schlaf gut, Dornröschen.« Sie umarmte mich und ging ein paar Meter weiter zu ihrer Kabine.

Es war wenige Minuten vor acht. Ich konnte mich nicht überwinden, mich noch einmal hinzusetzen, und loggte mich aus. Dann hatte ich halt ein paar Minuten Fehlzeit. War mir so egal wie nur was.

Mit letzter Kraft versorgte ich Baghira mit Futter und machte sein Klo sauber, dann torkelte ich ins Bett. Ich hatte auf tiefen, traumlosen Schlaf gehofft, aber Pascal geisterte durch meine Träume. Die Szenen, die mein Unterbewusstsein mir servierte, waren von geradezu lachhafter Symbolhaftigkeit: Immer wieder standen er und ich an gegenüberliegenden Ufern eines Flusses oder den steil abfallenden Rändern eines Abgrundes, immer wieder drehte sich schließlich einer von uns um und ging weg. Mal ich, mal er, aber die Botschaft war klar. Als ich am frühen Nachmittag aufwachte, war das Kopfkissen nass von meinen Tränen.

Nach einem opulenten Frühstück rief ich Isolde an und bat sie, für mich einen möglichst zeitnahen Kennenlern-Termin bei der Astrologin abzumachen.

Kaum zehn Minuten später rief sie mich zurück. »Sie erwartet dich in zwei Stunden. Zufällig hat gerade jemand abgesagt. Kannst du das einrichten?«

Klar konnte ich – mein nächster Termin war mein abendlicher Schichtbeginn.

Isolde erklärte mir den Weg. »Du parkst auf der Straße«, sagte sie zum Schluss. »Dann gehst du die Auffahrt hoch und rechts um die Villa herum. Stellas Räume befinden sich in der Orangerie.«

»Auffahrt? Villa? *Orangerie?* Willst du mich verhohnepiepeln? Orangerie?«

»Das ist ein großes Gewächshaus, das man früher speziell für Zitronen- und Orangenbäume errichtete.«

»Das weiß ich, liebe Isolde. Ich bin nur erstaunt, dass deine Astrologin in so hochherrschaftlichem Ambiente residiert. Gibt es sonst noch etwas, das ich wissen muss?«

»Lass dich einfach überraschen.« Sie kicherte und fuhr dann fort: »Ihr werdet euch gut verstehen, da bin ich sicher. Du wirst sie mögen.«

Nun, das war sehr gut möglich. Blieb abzuwarten, ob ich auch das mögen würde, was sie beruflich tat – falls man es überhaupt als Beruf bezeichnen konnte, wenn man Astrologin war.

Die Adresse, die Isolde mir genannt hatte, befand sich im Villenviertel, was keine besonders große Überraschung war. Nicht nur, weil der Begriff ›Villa‹ bereits gefallen war – es war auch unwahrscheinlich, dass sich eine Orangerie in einer Siedlung mit Mehrfamilienhäusern finden lassen würde. Ich fuhr durch eine Straße, an der eine Gründerzeitvilla neben der anderen lag – in gebührendem Abstand voneinander, versteht sich, schließlich legte man Wert auf angemessene Privatsphäre. Außerdem benötigten die umgebenden Ländereien einigen Platz; das Wort ›Garten‹ dafür zu benutzen, verbot sich von selbst. Nach einigem Suchen fand ich die richtige Hausnummer und stellte mein Auto ab. Das Grundstück war von einer – für mich kinnhohen – Mauer umgeben, die wiederum von einem schmiedeeisernen Zaun gekrönt wurde.

Beide Flügel des eisernen, geschwungenen Tors waren weit geöffnet. Ich ging hindurch und folgte der gekiesten, leicht ansteigenden Auffahrt, die schnurgerade auf die weiße, zweistöckige Villa zuführte. Grüne Fensterläden – auch an den nach oben hin halbrunden Fenstern der Dachgauben – ließen das Gebäude eher rustikal-gemütlich als imposant wirken. Rechts der Auffahrt erstreckte sich der wie ein Park angelegte Garten; von einer Orangerie war bisher nichts zu sehen. Links lag ein langgestrecktes, flaches Gebäude mit mehreren grünen Holztoren, hinter denen ich Stellplätze für Autos vermutete. Über dem Eingang der Villa befand sich ein auf Säulen ruhendes Vordach; die hohe Tür beeindruckte mit Buntglasscheiben, deren Ornamente mich an Jugendstil erinnerten. Nur mit größter Mühe widerstand ich dem übermächtigen Bedürfnis, mir die Nase an den schmalen Fenstern plattzudrücken, um einen Blick ins Innere des Hauses zu erhaschen.

Ich sollte rechts an der Villa vorbeigehen, hatte Isolde gesagt, also folgte ich dem gepflasterten Weg, der um die Villa herumführte. Kaum hatte ich die Hausecke erreicht, sah ich die Orangerie, ein beinahe vollständig verglastes Gebäude. Aus meiner Perspektive verhinderten Vorhänge und große Pflanzen den Blick ins Innere.

Der Weg zweigte nach links ab und endete vor einer Eingangstür. Rechts in Augenhöhe war ein mit Schnörkelschrift graviertes Messingschild angebracht. »*Madame Pythia*«, stand dort, und darunter, etwas kleiner: »*Tritt ein – Du bist willkommen*«.

Ich unterdrückte ein Prusten, das unbedingt rauswollte. *Madame Pythia?* Also bitte. Wo war ich denn hier gelandet? Stella, die Astrologin, hatte sich also einen Künstlernamen zugelegt. Zufälligerweise hatte ich erst letztens in einer Dokumentation gesehen, dass diese Pythia auch als das Orakel von Delphi bekannt war. Um genau zu sein: Sie war keine bestimmte Person, sondern die gerade amtierende, weissagende Priesterin in den Tempelanlagen. Um noch genauer zu sein: Die jeweilige Dame thronte auf einem dreibeinigen Höckerchen über einer Felsspalte und ließ sich von den daraus aufsteigenden Dämpfen beduseln, was offensichtlich Halluzinationen hervorrief, die sie dann als Prophezeiungen zum Besten gab. Gegeben hatte, besser gesagt, war ja schon lange her.

Sich ausgerechnet nach einer ständig bedröhnten Wahrsagerin zu benennen, sprach aus meiner Sicht Bände und fütterte zu meinem Vergnügen alle Vorurteile, die ich als mentalen Ballast zu diesem Termin mitgeschleppt hatte. Madame Pythia, tss.

Als wäre der Name noch nicht genug, sah ich mich bei meinem Eintreten in die mystischen Räumlichkeiten prompt ins Zelt einer Kirmes-Hellseherin versetzt. Wallende Tücher, geheimnisvolle Symbole und schwellende Diwane, wohin ich auch blickte. Durch die rot verhängten Glasfronten war das Licht schummrig, zumal lediglich einige dicke Kerzen brannten. Auf einem niedrigen, reich verzierten und überaus orientalisch aussehenden Tisch in der Mitte stand – ich traute meinen Augen kaum – eine kopfgroße Glaskugel, die auf einem geschnitzten Holzsockel ruhte. Wow.

Hinter einer provisorischen Wand, die aus mehreren, mit golddurchwirkten Stoffen bespannten Paravents bestand, hörte ich Geräusche, also rief ich: »Hallo? Madame Pythia?«

Die Geräusche verstummten, dann antwortete eine helle Frauenstimme: »Oh, ein Überraschungsgast! Machen Sie es sich bequem, ich bin gleich da! Ich habe gerade Tee gemacht. Sie mögen doch eine Tasse?«

»Äh … gerne.«

Überraschungsgast? Merkwürdig, schließlich hatte ich doch eine Verabredung mit ihr. Auch die Stimme überraschte mich, denn sie klang älter, als ich erwartet hatte.

Geschirr klapperte, Schritte näherten sich, und dann kam sie auch schon mit einem Tablett in den Händen um die Wand herum und strahlte mich an: Madame Pythia in all ihrer Pracht und Herrlichkeit.

Ich war absolut sprachlos. Sie war ein kleines Persönchen, nach meiner Schätzung ungefähr in Doris' Alter, also über siebzig. Ihre Ausstrahlung war beeindruckend. Ihren dunkelgrünen Samtturban, unter dem ein paar schneeweiße

Löckchen hervorlugten, zierte über der Stirn ein im Kerzenlicht funkelnder Stein, der einen zu zahlreichen Facetten geschliffenen Smaragd simulierte. Sie trug einen fließenden, bodenlangen Kaftan, der an den Säumen mit goldener Stickerei versehen war. Das Gewand war aus einem grün-blau changierenden Stoff gefertigt, der durchaus kostspielig wirkte. Ich war überrascht, dass sie keinen Schmuck angelegt hatte – ich hatte mir natürlich klimpernde Ketten, große Ohrringe und rasselnde Armreifen vorgestellt. Trotz des Tingeltangel-Ambientes in ihren Räumlichkeiten hatte sie genug Stilbewusstsein, um auf zusätzliches Geschmeide zu verzichten.

Sie stellte das Tablett auf einen Beistelltisch, lächelte mich mit sorgfältig geschminkten, kirschroten Lippen an und sagte: »Aber setzen Sie sich doch. Was kann ich denn für Sie tun, meine Liebe?«

Ich ließ mich auf eins der schwellenden Polster sinken. »Ich bin Loretta Luchs.«

In ihrem neugierig-freundlichen Gesicht geschah nichts, keine Erinnerung an eine Verabredung dämmerte. Sie schenkte Tee ein und reichte mir eine Tasse.

»Nun, wer ich bin, wissen Sie ja. Schließlich sind Sie zu mir gekommen.«

Ich nickte zögernd. Irgendetwas stimmte hier nicht. »Isolde hat Ihnen doch gesagt, dass ich heute nur unverbindlich hier bin? Bevor ich eine Beratung … äh … ich wollte Sie erst einmal kennenlernen. Das ist doch so abgesprochen, nicht wahr?«

Sie stutzte, und wir sahen einander abwartend an.

Dann hellte ihr Gesicht sich auf. »Ach, herrje – Sie wollen zu Stella, richtig?«

»Äh … ja. Sie sind also nicht Stella?«

»Aber nein! Ich bin Stellas Großmutter. Meine Enkelin finden Sie eine Tür weiter, auf der anderen Seite der Orangerie. Sie sind aber trotzdem herzlich eingeladen, einen Tee mit mir zu trinken.«

Ich war schon dabei, mich vom weichen Sofa hochzurappeln. »Vielen Dank, aber Ihre Enkelin erwartet mich. Vielleicht ein anderes Mal?«

»Aber gern.«

Sie begleitete mich zur Tür und erklärte mir noch einmal, wie ich an mein Ziel gelangte.

»Sie dürfen mich gerne wieder besuchen«, sagte sie zum Abschied.

Nun, das würden wir dann sehen. Spätestens, wenn ich Fragen zur korrekten Pflege von Einhörnern hatte.

Kapitel 5

Eine weitere Begegnung in der Orangerie, die zu Lorettas Erstaunen allerdings ganz anders verläuft

Ich ging wieder den Weg entlang und wandte mich bei der nächsten Gelegenheit erneut nach links.

Auch auf dieser Seite des Glashauses war der Blick ins Innere versperrt: durch üppige Pflanzen und ebenfalls durch Vorhänge, die aber im Gegensatz zu denen von Madame Pythia hell, duftig und leicht transparent waren.

Eine neue Tür, ein anderes Schild. Zwar war es auch aus Messing, aber hier war der Schrifttyp der Gravur sachlich und schnörkellos: »Stella Albrecht«. Mehr gab es dort nicht zu lesen.

Unschlüssig stand ich einen Moment lang vor der Tür, denn es gab weder eine Klingel noch eine Aufforderung, einzutreten. Schließlich klopfte ich. Nach einem kurzen Moment sah ich durch das Glas eine junge Frau herankommen, die mir öffnete und mir lächelnd die Hand hinstreckte. »Sie müssen Loretta sein. Ich bin Stella, herzlich willkommen.«

Aha. Vornamen und Siezen, sollte mir recht sein. Nachdem wir uns die Hand geschüttelt hatten, trat sie einen Schritt zurück, und ich ging an ihr vorbei hinein.

Größer hätte der Kontrast zu den Räumlichkeiten ihrer Großmutter nicht sein können. Alles war hier hell, klar und sachlich gestaltet, fast strenge Sitzgelegenheiten in skandinavischem Stil mit naturfarbenen Polstern, dazu einfache Beistelltische aus unbehandeltem Holz. Riesige Palmen und Birkenfeigen standen in Übertöpfen aus geflochtener Korbweide, was die Strenge des Mobiliars wieder etwas milderte. Kelimteppiche in pudrigen Farben sorgten für Gemütlichkeit. Ja, mit dieser Umgebung konnte ich schon mehr anfangen, hier fühlte ich mich spontan wohl.

»Bitte setzen Sie sich, Loretta«, sagte die Astrologin. »Isolde hat mir verraten, dass Sie gern Espresso trinken. Darf ich Ihnen einen anbieten?«

»Machen Sie sich bitte keine Mühe«, erwiderte ich, »ein Glas Leitungswasser tut es auch.«

»Ist schon alles vorbereitet.«

Natürlich war es das, ich war ja schließlich zu spät.

Sie verschwand hinter einer – wie nebenan – provisorischen Trennwand, die hier allerdings aus naturfarbenem Leinen bestand, das in hölzerne Rahmen gespannt war.

»Ich muss mich für meine Verspätung entschuldigen«, rief ich zu ihr hinüber. »Ich bin aus Versehen zunächst bei Ihrer Großmutter gelandet. Es hat einen kleinen Moment gedauert, bis ich das begriffen hatte.«

Herzliches Lachen erklang. »Ach du liebe Güte, was müssen Sie gedacht haben? Dass Isolde sich aus einer Glaskugel die Zukunft vorhersagen lässt?« Sie kam hinter der Wand hervor und stellte eine Tasse Espresso auf den niedrigen Tisch neben mir. Dann setzte sie sich mir gegenüber in einen Sessel.

»Zugegeben – das kam mir auch ein wenig spanisch vor. Diese Art von Jahrmarkts-Hokuspokus passt einfach nicht zu Isolde.«

Ach du Schande. Hatte ich das etwa laut gesagt? Immerhin sprach ich von ihrer Großmutter.

»Ich meine … ich wollte nicht …«, stammelte ich schuldbewusst los, aber sie winkte ab.

»Sie werden lachen: Meine Großmutter hat früher tatsächlich auf Jahrmärkten als Wahrsagerin gearbeitet. Mit Zelt und allem Drum und Dran. Sie hat phasenweise immer wieder in einem bunt bemalten Wohnwagen gelebt, und sie hat es geliebt.«

»Das klingt faszinierend.«

Sie nickte und nippte an ihrer Tasse. »Wissen Sie, wir existieren friedlich nebeneinander, und ganz gewiss nehmen wir uns nicht gegenseitig die Klienten weg.« Sie stellte die Tasse ab und fuhr fort: »Aber kommen wir zu Ihnen. Sie wollen mich kennenlernen, sagt Isolde. Sie haben bestimmt viele Fragen an mich. Ich werde sie alle ehrlich und aufrichtig beantworten, das verspreche ich Ihnen.«

Ich sah sie an, und all die kritischen und provokanten Fragen, die ich mir überlegt hatte, waren vergessen. Sie war so offen und freundlich, so zurückgenommen und schlicht, dass ich ihren Beruf plötzlich gar nicht mehr obskur fand. Schon ihr Äußeres wirkte beruhigend: Ihr halblanges blondes Haar war zu einem Zopf gebunden, ihre lässige Kleidung – mittelblauer Strickpulli und lockere Jeans – war zeitlos und von guter Qualität. Ihren durchaus präsenten, aber dennoch schlichten silbernen Schmuck schien sie im gleichen Laden zu kaufen wie Isolde.

Offenbar konnte sie meine Gedanken lesen, denn sie sagte: »Vielleicht erzähle ich Ihnen einfach etwas über mich und meinen Beruf.« Auf mein Nicken hin fuhr sie fort: »Niemand – auch ich nicht – kann behaupten, die Astrologie gälte als ernsthafte Wissenschaft. Und doch wirft beinahe jeder bei der morgendlichen Zeitungslektüre am Frühstückstisch zumindest einen kurzen Blick in sein Tageshoroskop, nicht wahr? Wenn es positiv ist, freuen wir uns insgeheim, falls nicht, können wir uns damit trösten, dass die Astrologie ohnehin Mumpitz ist. Aber zu allen Zeiten waren Sterndeuter hoch angesehen und wurden vor wichtigen Entscheidungen gehört. Ich kann nicht verhehlen, dass sich in meiner Branche viele fragwürdige Menschen tummeln, man denke nur an diesen gewissen Fernsehsender.«

Ach, guck an. Auch sie kannte diese Abzocker mit den

Kieselsteinen. Aber wahrscheinlich betrieb man auch in ihrem Metier eine gewisse Marktbeobachtung, schließlich war es immer klug, über seine Mitbewerber informiert zu sein.

»Unglaublich, dass es Leute gibt, die sich von denen verarschen lassen«, sagte ich. »Und nicht nur das: Ihnen wird auch das Geld aus der Tasche gezogen. Für esoterischen Firlefanz mit angeblich wundertätiger Wirkung. Dass man denen nicht das Handwerk legen kann, ist mir unbegreiflich.«

Stella Albrecht lachte leise. »Wenn sich erwachsene Menschen im Vollbesitz ihrer geistigen Kräfte dafür entscheiden, einen völlig überteuerten Bergkristall zu kaufen, weil der angeblich von höheren Wesen gesegnet wurde ...« Sie zuckte mit den Achseln. »Wen wollen Sie dafür bestrafen?«

»Ganz einfach: Diejenigen, die das mit den höheren Wesen behaupten. Das ist doch eine dicke fette Lüge.«

Ihr Gesicht verzog sich zu einem breiten Grinsen. »Ach ja? Und wie wollen Sie das beweisen?« Sie wurde wieder ernst. »Viele ausgebildete Astrologen – wie ich – betreiben ein seriöses Geschäft und verstehen sich als Lebensberater. Ich bin zusätzlich psychologisch geschult und berate meine Klienten häufig in existenziellen Lebenskrisen. Aber ich gebe ihnen nicht vor, wofür oder wogegen sie sich zu entscheiden haben. Vielmehr geht es darum, Lebensthemen zu erarbeiten und die entscheidenden Fragen zu stellen. Wie bin ich in diese Situation geraten? Was kann ich in Zukunft tun, um Krisen nicht erst entstehen zu lassen? Was tut mir gut – was nicht?«

»Aber was haben die Planeten damit zu tun?«, fragte ich, da sie nicht weitersprach.

»Für die heutige Astrologie wurden Wissen und Erkenntnisse über Jahrtausende zusammengetragen«, sagte sie. »So entstanden gewisse Archetypen als ... wie soll ich sagen? ... als Basismodelle, nennen wir es einmal so. Der

Charakter eines jeden Menschen besteht aus einer Vielzahl von Faktoren, die zu bestimmten Verhaltensmustern führen, die wiederum mit den Verhaltensmustern anderer Menschen in einer Wechselwirkung stehen. So absurd es klingt: In dieses Chaos bringt die Astrologie manchmal ein wenig Struktur und lässt uns deutlicher erkennen, was da los ist.«

»Und dabei helfen die Planeten?«

»Ja, das können sie.«

Ich zerkaute mir fast die Unterlippe, während ich nachdachte. Ich konnte mir nicht helfen: Sie war ziemlich überzeugend.

»Ich werde Sie zu nichts überreden, das Sie nicht wollen. Aber soviel ich weiß, hat Isolde Ihnen eine Beratung bei mir geschenkt. Sie können es also ausprobieren, ohne ein finanzielles Risiko einzugehen.«

»Was hat Isolde Ihnen über mich erzählt?«

»Nichts. Nur, dass Sie in einer Lebensphase stecken, die Ihnen Entscheidungen abverlangt, die zu treffen Ihnen schwerfällt. Worum es dabei geht, weiß ich nicht.«

Also gut – warum eigentlich nicht? Ich fand sie nett, und sie wirkte um Längen seriöser, als ich erwartet hatte. Da Isolde mich eingeladen hatte, bestand nicht die Gefahr, dass ich mich hinterher über eine Stunde pseudopsychologisches Wischiwaschi-Geschwätz ärgern würde, für das ich mein hartverdientes Geld hingeblättert hatte.

»Sie benötigen meinen Geburtsort, das Datum und die möglichst exakte Geburtszeit, richtig?« Ich holte den vorbereiteten Zettel aus der Jackentasche und reichte ihn ihr.

Natürlich fuhr ich direkt danach zu Isolde, so hatte ich es mit ihr besprochen. Sie schüttete sich aus vor Lachen, als ich ihr von meiner Begegnung mit Madame Pythia erzählte –

und dass ich zuerst geglaubt hatte, diese schillernde, exzentrische Lady sei Stella.

Schnaufend wischte Isolde sich mit dem Handrücken die Lachtränen aus dem Gesicht. »Verdammt, dein verdutztes Gesicht hätte ich zu gern gesehen!«

»Vielleicht hätte ich ein Selfie machen sollen. Beim nächsten Mal denke ich dran, versprochen.« Plötzlich fiel bei mir der Groschen. »Das hast du bewusst so eingefädelt, oder? Du hättest mir ja sagen können, wo *genau* ich Stella finde. Aber nein, ab der Auffahrt wurde deine Wegbeschreibung plötzlich erstaunlich vage. Du hast *gehofft*, ich würde zunächst bei Madame Pythia landen!«

Grinsend hob Isolde die Hände. »Schuldig, Euer Ehren. Genau so ging es mir bei meinem ersten Besuch bei Stella. Und dann saß ich in diesem schrägen Ambiente und wusste nicht, wie ich auf höfliche Art und Weise ausdrücken sollte, dass ich mich wohl dramatisch geirrt hatte.«

»Kann ich verstehen. Ich fand sie total nett. Und echt interessant.«

»Und wie war dein Eindruck von Stella?« Isolde musterte mich neugierig.

»Nach Madame Pythia war sie wie ein frischer, klarer Bergquell.«

»Oho – so poetisch?«

»Auf jeden Fall fand ich sie erfrischend normal. Ich hab zuerst echt gedacht, du spinnst. Ich musste ja glauben, du gehst zu einer Hellseherin. Einer mit Glaskugel, Pendel und allem Zippzapp.«

»Das ist ein ehrenwerter Beruf.«

Das entlockte mir ein Schnauben. Dann sagte ich: »Klar. Mindestens so ehrenwert wie Verschwörungstheoretiker oder Wunderheiler. Oder Guru. Ein paar Minuten lang glaubte ich wirklich, du hättest mich zu einer Wahrsagerin geschickt. Ausgerechnet mich. Das hat mich am meisten geschockt.«

»Nicht die Tatsache, dass ich zu ihr gehen könnte?«

»Pfff.« Ich zuckte mit den Schultern. »Jedem Tierchen sein Pläsierchen. Wenn du Bock darauf hast, bitte. Ist bestimmt witzig, wenn sie ihr Pendel über einer Tarotkarte kreiseln lässt und dazu irgendwelche Prophezeiungen murmelt. Ich wette mit dir, sie beherrscht die ganz große Show aus dem Effeff.«

Isolde wiegte den Kopf. »Unterschätze nicht die profunde Menschenkenntnis einer Frau wie Madame Pythia.«

»Genau das ist ja das Gefährliche! Ganz sicher kann sie zum Beispiel Körpersprache interpretieren und erkennt die Bedürfnisse der Menschen, die sie konsultieren. Da fühle ich mich bei Stella bedeutend wohler.«

»Bei der du den Einsatz dieser Fähigkeiten nicht befürchtest? Vielleicht praktiziert Stella ja mit den gleichen Fertigkeiten wie ihre Großmutter – nur in einem anderen Gewand?«

Upps. War Stella vielleicht wirklich nur eine Vertreterin einer neuen Generation? Einer Generation, die eine moderne Form der Kirmes-Wahrsagerei betrieb, damit die Klienten sich einreden konnten, *nicht* an Hokuspokus zu glauben?

»Danke, Isolde, jetzt hast du mich wieder verunsichert. Ich habe Stella gestern meine Daten gegeben und einen Termin vereinbart.«

»Das freut mich, Liebes. Keine Sorge, Stella ist absolut vertrauenswürdig.«

»Du hast ihr doch nichts von mir erzählt, das sie benutzen kann, um mich zu beeindrucken? Dinge, die sie angeblich aus meinem Horoskop gelesen hat, in Wirklichkeit aber durch dich weiß?«

Vehement schüttelte Isolde den Kopf. »Nein. Nur, dass

du dich zurzeit in einer Lebenssituation befindest, die dir Entscheidungen abverlangt. Und die machen dir zu schaffen. Das kann alles bedeuten. Beruf, Familie, Beziehung, ein neues Auto.«

»Du willst damit doch nicht sagen, dass Leute wegen der Frage, welches Auto sie sich kaufen sollen, zu einer Astrologin gehen?«

»Meine Liebe, es gibt Leute, die zehn Stücke Zucker auspendeln, um zu sehen, welche beiden sie in ihren Kaffee tun sollen. Noch Fragen?«

Nein. Keine weiteren Fragen, Euer Ehren.

Nachts zu arbeiten bedeutete, sich in einer anderen Welt zu bewegen als die meisten anderen Menschen. Meine Schicht begann um 22 Uhr – da machten sich viele bereits bettfertig. Die Fahrt zum Callcenter dauerte nicht einmal halb so lang wie tagsüber, wenn die ganze City verstopft war und der Verkehr sich endlos an den Ampeln staute. Ich fuhr durch die nächtlichen, nur durch Laternen und beleuchtete Reklameschilder erhellten Straßen; die wenigen Fußgänger außerhalb der Kneipenzone spiegelten sich in den hellen Schaufenstern der Geschäfte, und plötzlich fand ich die ganze Situation ziemlich wild-romantisch. Ich bildete mir ein, dass die ganze Welt schlief, während ich einsam unterwegs war, um eine wichtige Mission zu erfüllen …

Ja genau, die Mission, ein paar Kerlen Erleichterung zu verschaffen, während sie auf Geschäftsreise waren. Oder sich bei ihrem Job als Nachtwächter halb zu Tode langweilten. Die anderen, die alleinlebenden Singles, die frustriert zu Hause hockten, schienen eher dazu zu neigen, auf grelle Werbespots zu reagieren. Auf diese Telefonnummern bellenden Damen der ›*Ruf! Mich! An!*‹-Fraktion, die mich schon so manches Mal nachts hatten erschrocken hochfahren lassen, wenn ich mal wieder vor der Glotze eingeschlafen war. Diese ... äh, hm ... *Kolleginnen* boten sich dem Zuschauer spreizbeinig dar oder wanden sich lasziv und barbrüstig vor der Kamera – oder beides – und zogen damit eine bestimmte Klientel an. Ich will mich hier keineswegs über die Damen erheben, aber unsere Zielgruppe war eine andere. Bei uns funktionierte es auch ohne optische Reize.

Auf dem großen Parkplatz standen nur ein paar vereinzelte Autos. Auch die anderen Projekte im Firmengebäude betrieben 24-Stunden-Hotlines, wie ich dank Mark wusste, aber diese waren ebenfalls mit minimaler Besetzung zu bewältigen. Wer beschäftigte sich schon mitten in der Nacht mit seinen Versicherungsunterlagen? Oder mit der Frage, ob er vielleicht den Kabelanbieter wechseln sollte? Ein paar davon gab es sicherlich, aber für die reichten halt ein paar Leute, die im Callcenter nachts beziehungsweise bis in die späteren Abendstunden die Stellung hielten. So wie ich. Und wie Gudi, die mich wieder freudestrahlend begrüßte. Allerdings winkte sie nur von ihrem Platz, da sie sich bei meinem Eintreffen mitten in einem Gespräch befand.

Ich hängte die Jacke über meinen Stuhl und ging in den Aufenthaltsraum, wo ich einen Teller mit Apfelkuchen vom Blech vorfand. Das ungeschriebene Gesetz besagte, dass jeder sich von so einem Teller, der auf dem Tisch stand, bedienen durfte. Üblicherweise kamen derlei milde Gaben von Doris, aber bei diesem hier hatte ich Gudi im Verdacht.

Zu Recht, wie sich herausstellte, denn sie kam herein, als ich gerade herzhaft in ein Stück Kuchen biss.

»Fffmeckt fffuper!«, verkündete ich krümelsprühend mit vollem Mund, und sie lächelte erfreut.

»Hat mein Ralf für uns gebacken«, sagte sie, »er kocht und backt mittlerweile wirklich ganz hervorragend.«

»Für uns?«, fragte ich erstaunt, nachdem ich den Bissen geschluckt hatte.

Sie stand an der Kaffeemaschine und bereitete sich ein Heißgetränk zu. Über die Schulter erwiderte sie: »Ja, ich habe ihm erzählt, dass du diese Woche Nachtschicht machst. Ich soll dich schön grüßen.«

»Vielen Dank. Grüße zurück. Und mein Kompliment für den Apfelkuchen.«

Ich bemühte mich bewusst um eine möglichst neutrale Formulierung, denn urplötzlich beschlich mich der Verdacht, dass meine liebe Kollegin mir nicht nur den Kuchen ihres Sohnes, sondern ihren Sohn selbst schmackhaft machen wollte. Sollte sie jetzt auch noch meinen Beziehungsstand ansprechen, dann …

»Sag mal, bist du eigentlich noch mit diesem schnieken jungen Mann zusammen?«, fragte Gudi prompt. »Ich habe ihn schon lange nicht mehr gesehen. Sonst hat er dich doch schon mal abgeholt.«

Okay. Tatsächlich waren sie sich von Zeit zu Zeit begegnet, denn meine normale Schicht endete um 18 Uhr, während ihre zu diesem Zeitpunkt begann. Aber mein Privatleben ging sie nichts an. Erst recht nicht, wenn ich mir vorstellte, dass sie sämtliche Informationen an ihren privaten Kuchenbäcker weitergab.

»Pascal hat viele Jobs außerhalb des Ruhrgebiets«, erwiderte ich, »oft sogar im Ausland.«

Sofort – wenn auch trotzdem zu spät – ärgerte ich mich, dass ich jetzt doch etwas preisgegeben hatte.

»Ach, dann bist du ja praktisch meistens alleine. Aber wenn ihr trotzdem glücklich seid …« Gudi schüttelte mitfühlend den Kopf und fügte hinzu: »Für mich wäre das ja nichts. Man will seinen Partner doch um sich haben. Diese Fernbeziehungen habe ich nie verstanden.«

Musst du auch nicht, dachte ich, dafür lebst du mit deinem vierzigjährigen Sohn zusammen und hast ihn ständig um dich. Die eine so, die andere so.

»Mach dir keine Gedanken, Gudi«, sagte ich und stand auf, »alles okay bei mir.«

Als ich hinausging, ruhte ihr Blick auf mir. Er war eindeutig skeptisch.

Kapitel 6

Ein Kundengespräch wird deutlich zu privat, und dann macht Loretta sich auch noch zum Horst (findet sie)

Die Schicht schleppte sich dahin, aber mir war es recht so, zumal ich in dieser Nacht nicht so übermüdet war. Wenn Leerlauf war, las ich einige Seiten oder stellte mich ans Fenster und blickte hinaus, auch wenn ich nur den beinahe leeren Parkplatz sehen konnte.

Am Ende eines Telefonats, bei dem ich erfolgreich die zunächst prüde, dann aber umso leidenschaftlichere Chefsekretärin gespielt und mich schon verabschiedet hatte, sagte der Anrufer plötzlich: »Warum machst du das eigentlich?«

Herrje. *So einer.* Einer, der darüber reden wollte, warum ich bei einer Sexhotline arbeitete. Ab und zu kam das vor, und da musste ich jetzt wohl durch.

Froh, dass er mein Augenrollen durchs Telefon nicht sehen konnte, stellte ich mich zunächst mal doof. Vielleicht hatte ich ja Glück, und er würde aufgeben, bevor die Diskussion überhaupt begonnen hatte. »Entschuldigung – was haben Sie gesagt? Ich habe Sie nicht verstanden.«

Ich blieb in der Rolle und siezte ihn weiterhin. So, wie ich es als Sekretärin meinem Chef gegenüber natürlich auch getan hatte: »Ooooh, Herr Direktor, Sie sind so *stark!*« Nun, da dieses Gespräch privat zu werden drohte, verschaffte mir das Siezen ein wenig Distanz.

»Du bist doch ein nettes Mädchen«, sagte der Mann am anderen Ende der Leitung. »Warum macht ein nettes Mädchen wie du so einen Job und erniedrigt sich?«

Ach du Schande. Da hatte ich es wohl mit einer gespaltenen Persönlichkeit zu tun, denn immerhin hatte er mich gerade selbst erniedrigt und nicht wenig Spaß dabei gehabt.

Abgesehen davon verbot es sich natürlich von selbst, einem Kunden gegenüber preiszugeben, dass dies ein Job wie jeder andere für mich war. Ob ich Jeans verkaufte – wie ich es früher einmal gemacht hatte – oder mich ihm gegenüber *erniedrigte* und die willige Sekretärin spielte, machte keinen Unterschied für mich. Doch, es gab einen Unterschied: Ich verdiente als willige Sekretärin bedeutend mehr Kohle, als wenn ich weiterhin billige Jeans verkauft hätte.

Was die beiden Jobs allerdings verband, war die Tatsache, dass meine emotionale Beteiligung in beiden Fällen gleich Null war. Aber natürlich lebte unser Geschäft von der Illusion der Kunden, dass wir Dienstleisterinnen sexuell genauso erregt waren wie sie selbst. Tja, falsch gedacht. Aber es war keinesfalls meine Aufgabe, den Herrn darüber aufzuklären. Schließlich raubt man einem Kind auch nicht die Fantasie, dass der Weihnachtsmann die Geschenke bringt.

Wie auch immer: Ich musste versuchen, ihn abzuwimmeln. Andererseits lief die Uhr weiter – ob ich ihm währenddessen zu Diensten stand oder er mir das Telefonbuch vorlas, war egal. Allerdings gehörte es nicht zu unseren Gepflogenheiten, Gespräche künstlich in die Länge zu ziehen, um dadurch den Umsatz zu erhöhen. Um genau zu sein: Dennis, mein Chef, hatte es uns strikt verboten.

»Ich empfinde meinen Beruf keineswegs als Erniedrigung«, entgegnete ich also. »Dann müsste ich mich dessen ja schämen. Das Gegenteil ist der Fall. Ihnen Vergnügen zu bereiten, macht mir Spaß.«

Es war so still am anderen Ende der Leitung, dass ich schon dachte, er hätte aufgelegt. Aber ich hatte mich zu früh gefreut.

»Nein, diese Arbeit ist doch unter deinem Niveau. So, wie du dich ausdrückst …«

Geistige Notiz: Beim nächsten Gespräch dieser Art deutlich prolliger daherlabern und möglichst viele grammatikalische Fehler machen. Damit mein jeweiliger selbsternannter Retter nicht denkt, ich wäre eine verstoßene höhere Tochter, die aus Verzweiflung an einer Telefonsex-Hotline arbeitet.

»Machst du das hier aus finanziellen Gründen?«, fuhr er mit besorgter Stimme fort.

Hallo? Warum wohl sonst, du Honk? Warum arbeitet man traditionell? Aus Langeweile? So langsam nervte er mich ernsthaft.

»Bitte, ich möchte Ihnen gegenüber nicht unhöflich sein, aber es ist uns nicht gestattet, während der Arbeit Privatgespräche zu führen. Oder uns mit Kunden privat zu unterhalten. Das kostet alles Ihr Geld, ist Ihnen das bewusst?«

Er lachte leise. »Das ist mir egal. Du bist mir wichtiger. Sehr viel wichtiger.«

Wow – dem musste ich ja wirklich einen Mords-Orgasmus verschafft haben. Aber jetzt wurde es echt schräg, fand ich. Wer um Himmels willen war dieser Typ? Ich zumindest hatte zu keinem Augenblick das Gefühl gehabt, dass ich schon mal mit ihm gesprochen hatte.

»Vielen Dank für Ihr Interesse, aber ich würde jetzt gern auflegen. Mein Chef guckt schon rüber. Außerdem befinden sich andere Kunden auf der Warteliste.«

Lüge, Lüge, Lüge – alles gelogen. Aber das musste er ja nicht wissen. Ich wollte den ätzenden Blödmann nur noch von der Backe haben.

»Bis bald.«

Damit legte er auf.

»Hattest du schon mal einen Kunden an der Strippe, der dich aus diesem Sumpf hier retten wollte?«, fragte ich Gudi, als sie Feierabend machte und an meinem Platz vorbeikam. Zufällig hatte ich gerade niemanden in der Leitung.

»Du meinst einen von diesen *Warum-hat-ein-Mädchen-wie-du-diesen-Job-Typen?*«

»Ja und nein. Ich war jedenfalls froh, als ich ihn abgewimmelt hatte. Es ging irgendwie über diese Frage hinaus, hatte ich das Gefühl.«

Gudis Brauen gingen hoch. »Tatsächlich? Kennt der dich denn?«

Ach – das war ein interessanter Aspekt, der mir überhaupt noch nicht in den Sinn gekommen war. Kannte der Anrufer mich etwa?

Nach Feierabend fand ich eine rote Rose unter meinem Scheibenwischer. Grübelnd schnupperte ich an der Blüte, und plötzlich wurde mir klar, wer durch diese Blume mit mir sprach: Pascal. Natürlich wusste er, dass ich mich in dieser Woche zur Nachtschicht hatte einteilen lassen, und dass ich mich über einen derartigen Gruß freuen würde.

Wie wunderbar von ihm, sich mir auf diese Art wieder zu nähern. Eine kleine, aber doch liebevolle Botschaft, ohne dass ich mich bedrängt fühlte.

Mit einem Lächeln setzte ich mich ins Auto und fuhr bestens gelaunt nach Hause.

Morgens um neun schlafen zu gehen war nicht einfach.

Besser gesagt: Es war nicht einfach, die nötige Ruhe zu finden, um einschlafen zu können. An normalen Arbeitstagen legte ich mich ja schließlich auch nicht sofort ins Bett, wenn ich Feierabend hatte – dafür ging ich aber direkt nach dem Aufwachen zur Arbeit.

Hatte ich Nachtschicht, verschob sich dieser Rhythmus auf verwirrende Art und Weise, dann verlagerten sich die gesellschaftlichen Aktivitäten meist auf die Zeit *vor* der Arbeit. Heute erwartete mich zu Hause ein hellwacher, hungriger Baghira, der so aufgeregt auf mich einschnatterte, als hätte er während meiner Abwesenheit die wildesten Abenteuer erlebt, die er mir nun unbedingt erzählen musste.

Natürlich bildete ich mir nicht ein, dass er mich vermisst hatte und sich jetzt freute, mich zu sehen. Nein – er geriet angesichts der Tatsache, dass ich seine Schüsselchen füllte, in diese Extase. Ob ich das erledigte oder der Postbote, war vermutlich vollkommen wurscht. Leider wurde mir dadurch bewusst, dass ich Hunger hatte. Sollte ich vor dem Schlafengehen noch etwas essen? War das schlau? Andererseits war es auch nicht gerade förderlich, wenn ich mit laut knurrendem Magen im Bett lag.

Ach, ein Käsebrot ging immer, entschied ich und steckte zwei Scheiben Toast in den Toaster. Die Tageszeitung hatte im Hausflur gelegen, die konnte ich dann auch gleich durchblättern.

Obwohl er gerade gefressen hatte, ließ Baghira es sich nicht nehmen, mich um ein paar Stückchen Käse anzuschnorren. Tatsächlich teilten wir eine verhängnisvolle Vorliebe für mittelalten Gouda, und er reagierte regelmäßig mit beleidigtem Unverständnis, wenn ich mal eine andere Sorte kaufte. Wenn ich ihm dann davon ein Stückchen gab, wurde es missmutig beschnüffelt und mit Nichtachtung gestraft.

Aber heute gab es den ›richtigen‹ Käse, und der Kater schaffte es, mir circa die Hälfte meines Brotbelags abzubetteln. Vielleicht war mein schlechtes Gewissen der Grund für meine Großzügigkeit, denn immerhin war Baghira momentan viel alleine. Ich blätterte durch die Tageszeitung, ohne mich wirklich an einem der Artikel festzulesen.

Mein Blick fiel auf die rote Rose, die ich in eine schmale Vase gestellt hatte, und mein Gesicht verzog sich von ganz allein zu einem breiten Lächeln. Wie nett von Pascal, mir so eine Freude zu machen.

Ich beschloss, mich bei ihm per Textnachricht zu bedanken, kramte mein Handy raus und tippte: *Ich hab mich heute Morgen sehr über die Überraschung gefreut! Vielen Dank für die Rose!*

Keine zwei Minuten später klingelte der Festnetzanschluss. Es war Pascal.

»Ich habe gerade deine Nachricht bekommen«, sagte er.

Seine Stimme klang, als fühle er sich irgendwie unbehaglich. Hatte ich ihn gestört?

»Ich habe nicht erwartet, dass du dich sofort meldest«, erwiderte ich. »Das wäre echt nicht nötig gewesen. Ich wollte mich nur bedanken.«

»Ich melde mich, weil ich den Eindruck habe, dass ich was aufklären sollte.«

Okay. Er befürchtete, ich könnte die Rose falsch verstehen und mir Hoffnungen machen. Obwohl ich das nicht tat, fühlte ich dennoch einen kleinen Stich der Enttäuschung. Irgendwie widersinnig, ich weiß. Aber welche Frau wünschte sich nicht insgeheim, dass der Ex sich noch nach ihr verzehrte? Abgesehen davon hatte es noch immer nicht das finale Gespräch zwischen uns gegeben, mit dem wir die Beziehung offiziell beendet hätten. Was wir beide längst wussten, war nach wie vor nicht ausgesprochen.

Also wählte ich meine Worte mit Bedacht und gab meiner Stimme einen betont munteren Klang, um die Situation zu entschärfen. »Keine Sorge, ich habe die Rose nicht als Liebesbotschaft verstanden. Ich weiß, dass du sie nur als nette Geste gemeint hast. Ich hab mich einfach gefreut, als ich sie am Auto entdeckte. Nach der Nachtschicht war das eine schöne Überraschung.«

Gleichzeitig merkte ich, dass ich ärgerlich wurde. Warum machte er das erst, wenn es hinterher weitschweifiger Erklärungen bedurfte? Wenn ich ihm versichern musste, die Rose nicht falsch verstanden zu haben?

»Weißt du, Pascal«, fügte ich hinzu, »das wird mir hier zu kompliziert. Ich habe die ganze Nacht gearbeitet, und ich bin entsprechend müde. Am besten verzichtest du in Zukunft darauf, mir Rosen unter den Scheibenwischer zu klemmen.«

»Aber das ist es doch gerade«, sagte er, »ich war es nicht. Die Rose ist nicht von mir, Loretta. Deshalb rufe ich an. Um dir das zu sagen. Tut mir echt leid.«

Einen Moment lang war ich sprachlos. Und auch ein wenig enttäuscht, wieder einmal. Diesmal aber aus anderen Gründen, denn ich hatte mich über seine vermeintliche Geste wirklich gefreut. Schade.

»Es muss dir nicht leidtun«, antwortete ich schließlich. »Ich habe mich halt geirrt. Alles bestens.«

»Sieht aus, als hättest du einen heimlichen Verehrer.« Er räusperte sich und fuhr fort: »Ich muss jetzt los. Ich melde mich die Tage wegen meiner Sachen. Lass uns das so schnell wie möglich regeln, okay?«

Nachdem wir das Gespräch beendet hatten, ging ich ins Bett. Natürlich fand ich keinen Schlaf, denn in meinem Kopf ging es drunter und drüber. Mein Gehirn versuchte verzweifelt, alle Informationen zu verarbeiten. Mich beschäftigte die Frage, wer mir denn nun bitte die Rose verehrt hatte.

Wer war der oder die Unbekannte?

Und – war der Farnwedel am Ende doch für mich gewesen? Vom selben Spender? Diese Möglichkeit hatte ich bisher völlig ausgeschlossen, aber jetzt, nach der Rosengeschichte … Plötzlich erschien mir ein Zusammenhang durchaus möglich. Aber warum hatte der Farn nach meiner Rückkehr vom Kiosk zerfetzt vor meinem Auto gelegen? Ich hielt die Luft an – vielleicht hatte sich derjenige, von dem der Farnwedel stammte, brüskiert gefühlt, weil ich ihn nicht angenommen, sondern aufs Autodach gelegt hatte?

Dann schob sich Pascals letzte Bemerkung in meine Gedanken. Er meldet sich wegen seiner Sachen, hatte er gesagt, und dass er das so schnell wie möglich regeln wolle. Ich wusste, was das bedeutete: Es ging um die Dinge, die nach wie vor in dieser Wohnung waren; immerhin hatten wir eine ganze Zeitlang zusammengelebt, da läpperte sich einiges zusammen.

Vielleicht sollte ich ihn bitten, das zu erledigen, wenn ich nicht zu Hause war. Auch wenn ich gewusst hatte, dass dieser Moment kommen würde, mochte ich mir nicht vorstellen, wie es sein würde, wenn er durch die Wohnung ging und Kartons füllte. Immerhin würden wir uns nicht um Baghira streiten – der ja ursprünglich seiner Schwester gehört hatte –, denn Pascal konnte bei seinen vielen auswärtigen Verpflichtungen kein Tier halten.

Das Klingeln des Telefons weckte mich. Ich tastete nach meiner Brille und guckte auf den Wecker. Mich traf fast der Schlag, als ich die Uhrzeit sah, und ich fuhr hoch wie Dracula aus seinem Sarg. Allerdings konnte ich mich nicht daran erinnern, dass der König der Vampire dabei jemals einen so markerschütternden Schrei ausgestoßen hatte.

Ich galoppierte aus dem Schlafzimmer und stolperte prompt über Baghira, der dort im Dunkeln herumlungerte und auf sein Fressi wartete. Als ich Dianas Stimme vom Anrufbeantworter hörte, riss ich das Telefon aus der Schale.

»Hallo? Ich bin da! Ich hab geschlafen.«

»Oh«, sagte Diana, »tut mir leid.«

»Nein, nein, es ist super, dass du mich geweckt hast. Ich habe wohl vergessen, den Wecker zu stellen. Aber … kann ich dich in einer halben Stunde zurückrufen? Dann bin ich auch richtig wach.«

Eine halbe Stunde später war ich nicht nur richtig wach, sondern auch geduscht. Außerdem schmatzte der Kater zufrieden sein Abend-Fressi, und ich hatte einen Espresso in der Tasse, der Tote aufwecken könnte. Es war schon halb acht abends, und ich hatte mordsmäßig verschlafen.

Diana hob sofort ab, nachdem ich ihre Nummer gewählt hatte.

»Guten Morgen, Schlafmütze«, sagte sie fröhlich.

»Hör bloß auf. Wenn du nicht angerufen hättest … Katastrophe. Wer weiß, wann ich von alleine wachgeworden wäre. Zwanzig Minuten vor Dienstbeginn vielleicht.«

Diana lachte sich kaputt. »Oh, dann wärst du heute Nacht in meiner Sparte bestimmt sensationell gewesen. Schlechtgelaunt, sarkastisch, grob … darauf steht die devote Fraktion.«

»Das ist nicht mehr deine Sparte, Schätzchen. Oder gibt es etwas, das ich wissen sollte?«

Früher war Diana nicht nur meine Mitbewohnerin, sondern auch meine Kollegin im Callcenter gewesen. Sie hatte ausschließlich als Domina gearbeitet und verbal die Peitsche knallen lassen. Dann hatte sie Okko kennengelernt, den netten jungen Anwalt von der Nordseeküste, mit dem sie mittlerweile sehr glücklich verheiratet war.

»Oh, ich könnte meinen Liebsten niemals anschreien«, erwiderte sie, »unser Sexleben kommt nach wie vor ganz ohne Gewalttätigkeiten aus. Übrigens rufe ich an, um dir zu den wunderbaren Fotos zu gratulieren. Auch wenn es meiner Meinung nach erbaulichere Motive gibt als potthässliche Insekten. Du hast nicht zufällig auch noch andere Sachen fotografiert, die du mir gerne zeigen möchtest?«

Ich hatte so viele andere Dinge im Kopf, dass ich einen Moment lang nicht wusste, wovon sie sprach. Dann fiel es mir ein: die Kamera und die Bilder, die ich ihr geschickt hatte.

»Ja, habe ich. Schicke ich dir noch, versprochen. Mit den Fliegen wollte ich dir eine besondere Freude machen. Ist mir gelungen, wie es scheint.«

Diana machte einige Würgegeräusche. »Du bist eine echte Freundin«, sagte sie dann.

»Demnächst nur noch Bienchen und Blümchen. Du, die Kamera ist einfach der Wahnsinn. Stell dir vor: Ich könnte sie sogar ohne meine Brille benutzen und stattdessen die Kamera auf meine Sehstärke einstellen. Oder ist es das Objektiv? Keine Ahnung. Finde ich jedenfalls irre.«

»Ich glaube, da schlummert echtes Talent in dir. Was haben denn Isolde und Maria dazu gesagt?«

»Sie haben sich sehr freundlich dazu geäußert. Nein, falsch: Isolde war vollkommen enthusiastisch und hat mir dazu noch Marias Komplimente ausgerichtet. Ich fühle mich überaus geschmeichelt.«

»Warst du mittlerweile eigentlich bei der Astrologin?«

Ich erzählte ihr ausführlich von Stella, aber vor allem auch von meiner zufälligen Begegnung mit der schillernden Madame Pythia.

»Nein, wie klasse ist das denn?«, kreischte sie prompt. »Zu ihr würde ich sofort gehen und das komplette Programm buchen. Pendel, Tarot, Glaskugel ... wundervoll. Wie unterhaltsam das sein muss!«

Ich grinste innerlich. Diese Reaktion war typisch für Diana – natürlich fand sie Pythia unterhaltsamer als Stella; das überraschte mich kein Stück.

»Aber ich gehe ja nicht zu der Beratung, weil ich mich langweile. Dann wäre Pythia vermutlich die Richtige. Ich werde Stella aufsuchen, weil ich … ich weiß nicht …, weil ich Rat brauche. Denkanstöße vielleicht. Eine andere Sicht der Dinge. Ich bin im Moment so verwirrt. Es passieren Sachen …«

Sofort fiel sie mir ins Wort. »Was meinst du? Was für Sachen? Doch nicht etwa ein neuer Fall?«

»Nein, nein, nichts dergleichen. Ich habe mich heute zum Beispiel echt zum Horst gemacht, als ich mich bei Pascal für eine Rose bedankt habe, die überhaupt nicht von ihm war. Das war derart peinlich!«

»Von wem war sie?«

»Keine Ahnung. Das ist irgendwie unheimlich.«

»Alles. Sofort. Jedes Detail.«

Sie unterbrach mich kein einziges Mal, und ich packte die Story von meinem Möchtegern-Retter aus der letzten Schicht noch gleich mit drauf.

Als ich geendet hatte, sagte sie: »Der Kerl ist es.«

»Bitte? Welcher Kerl ist was?«

»Na, der Typ vom Telefon! Der ist der Rosenkavalier. Garantiert.«

»Blödsinn. Woher sollte der denn wissen, wo ich wohne? Der Farn steckte am Auto, als es vor meiner Haustür stand. Und es ist nicht gerade landesweit bekannt, wo sich unser Callcenter befindet. Also kann deine Theorie nicht stimmen.«

»Guter Einwand. Aber vielleicht verfolgt er dich ja. Du hast doch auch schon Leute verfolgt, ohne dass sie es bemerkt haben.«

Äääh … damit hatte sie natürlich recht. Aber darum ging es nicht, oder?

»Diana, das ist kompletter Quatsch. Wie sollte er denn

gezielt mich ans Telefon kriegen, wenn er bei der Hotline anruft?«

»Ernsthaft?« Sie schnaubte und fuhr fort: »Wenn er schon länger Stammkunde ist, weiß er doch genau, wie er dich auswählen kann.«

»Seine Stimme war mir nicht bekannt.«

»Sagt die Frau, die ihren Lebensunterhalt mit ihrem Talent dafür verdient, ihre Stimme zu verstellen.«

Ich dachte nach, dann sagte ich: »Jetzt bin ich noch verwirrter. Irgendwie scheint plausibel, was du sagst, und dann doch wieder nicht. Mag ja sein, dass er sich in mich verliebt hat. Oder besser: in eine der Figuren, die ich am Telefon verkörpere. Aber woher soll er denn wissen, dass ich, Loretta, diejenige welche bin? Da kann er wochenlang vor dem Callcenter rumstehen. Dazu kommt, dass wir nicht der einzige Telefondienstleister im Gebäude sind, da gehen täglich Dutzende von Leuten ein und aus. Könnte doch auch sein, dass ich, die kleine Frau mit der Hornbrille, an einer ganz anderen Hotline sitze und für eine Bank telefoniere. Oder für ein Unternehmen, das Termine für den Heizungsableser vergibt.«

Sie seufzte. »Keine Ahnung, wie diese Typen das rausfinden. Aber sie tun es. Pass einfach ein bisschen auf, ja?«

Kapitel 7

Trennung für Dummies – ein Buch, das es Lorettas Meinung nach unbedingt geben sollte

Ich dachte an Dianas Worte, als ich am Morgen nach meiner Schicht nicht nur einen Zweig Efeu, sondern zusätzlich einen Umschlag an meinem Auto vorfand. Beides steckte in einer Plastikhülle. Vermutlich, um das Papierkuvert vor der nächtlichen Feuchtigkeit zu schützen.

Unwillkürlich blickte ich mich um, konnte aber nichts Auffälliges entdecken. Außer mir hielt sich niemand auf dem Angestelltenparkplatz auf, zumindest konnte ich niemanden sehen. Da die Morgenschicht gerade begonnen hatte – nicht nur bei uns, sondern auch bei den anderen Projekten im Haus –, war der Parkplatz voll. Natürlich konnte ich nicht sehen, ob in einem der zahlreichen Autos vielleicht jemand saß, der mich beobachtete. Und ich würde den Teufel tun und die Reihen ablaufen, um das zu überprüfen.

Mein Instinkt riet mir, die kleine Morgengabe im nächstbesten Mülleimer zu versenken, aber dann siegte doch die Neugier: Natürlich wollte ich unbedingt wissen, was sich in dem Umschlag verbarg.

Zu Hause fütterte ich zuerst den verpennten Kater und setzte mir einen Espresso auf. Dann nahm ich das verpackte Geschenk zur Hand, das ich auf dem Küchentisch abgelegt hatte. Die Plastikhülle war mit Paketband verschlossen, das ich aufschnitt, um den Inhalt herauszuholen. Die Efeuranke stopfte ich in die Vase mit der Rose, dann riss ich den Umschlag auf, der Din-A4-Format hatte. Er enthielt mehrere bedruckte Seiten, die an der linken oberen Ecke zusammengetackert waren.

Es handelte sich um eine Liste mit 160 Positionen: Blumen und Pflanzen und ihre Bedeutungen, alphabetisch geordnet. Unter der letzten – Zypresse = *Ich bin todunglücklich* – stand in Blockschrift: ›Damit Du mich verstehst‹.

»Ich verstehe auch ohne diese Liste, dass du reichlich verschroben bist und wahrscheinlich auf Jane-Austen-Romane stehst«, sagte ich halblaut, weil ich diese Nachricht einfach irgendwie kommentieren musste. Herrje – wie durchgeknallt konnte man sein? Hatte der Kerl etwa vor, das gesamte Blumenalphabet mit mir durchzudeklinieren?

Ich vertiefte mich in die ellenlange Liste und beschloss spontan, mir eine Hortensienblüte zu besorgen, sobald ich wusste, wer der Blumenblödian war. Irgendwann würde ich es herausfinden, ganz sicher. Die würde ich ihm dann überreichen, denn sie bedeutete: *Du bist ein Wichtigtuer.*

In der nächsten Nacht traf ich wieder Mark, als ich von meinem kleinen Spaziergang über den Parkplatz zurückkehrte, bei dem ich diesmal einen Blumengruß in Form einiger Lavendelzweige an meinem Auto vorgefunden hatte. Ausnahmsweise freute ich mich sogar ein wenig darüber, denn ich mochte den Duft sehr. Für den Fall der Fälle hatte ich die Liste bei mir. Ich zog sie aus der Hosentasche, faltete sie auseinander und suchte nach Lavendel. *Ich werde mein Ziel schon noch erreichen,* las ich und musste unwillkürlich prusten.

Also wirklich – was dachte der Kerl sich? Außerdem: Was war sein Ziel? Dass ich in leidenschaftlicher Liebe zu ihm entbrennen würde?

»Keine Chance, Blödmann«, sagte ich halblaut, »dazu sind mir deine Aktionen viel zu affektiert.«

»Ich hoffe, damit bin nicht ich gemeint.«

Ich blickte von der Liste hoch. Mark, den ich bisher nicht bemerkt hatte, stand am Fuß der Treppe und rauchte.

»Nein. Es sei denn, die hier sind von dir.«

Er musterte das Sträußchen. »Lavendel, hm?«

»Die habe ich an meinem Auto gefunden.« Ich beobachtete sein Gesicht, konnte darin aber nichts außer normaler Neugier entdecken. Immerhin wusste er, worum es sich bei den Blüten handelte. Es gab eine Menge Männer, die ein Gänseblümchen nicht von Rittersporn unterscheiden konnten und Rosen nur aus der Werbung kannten. Vielleicht hatten sie irgendwelche Blumen irgendwann in ihrem Leben schon einmal gesehen, hätten aber ihre Namen nicht nennen können, selbst wenn ihr Leben davon abhinge.

»Oho. Ein unbekannter Verehrer?«

»Wohl eher ein unbekannter Heiopei.«

»Du bist also nicht erfreut?«

Ich schnaubte. »Richtig, bin ich nicht. Ich stehe nicht auf kryptische Nachrichten, für die ich eine Liste brauche, um sie zu verstehen.« Anklagend wedelte ich mit den bedruckten Seiten herum.

»Aber die Entschlüsselung gleich mitzuliefern, ist doch auch irgendwie zuvorkommend, oder?«

»Mag sein, aber ich finde es dämlich.«

Als ich hineinging, hörte ich ihn lachen. Kaum denkbar, dass er so reagieren würde, wenn er der Blumenbote war.

»Was kann ich für dich tun, Süßer?«, fragte ich wie üblich den Kunden, der gegen drei Uhr morgens anrief.

»Ich möchte nur reden. Geht das?«

Natürlich ging das. Wenn er wollte, konnte er mir auch die Bibel oder Schillers Glocke vorlesen; es war schließlich sein Geld, das dabei von seinem Konto auf das der Agentur rauschte.

»Natürlich, Süßer. Worüber möchtest du denn mit mir reden?«

Sollte es um seine sexuellen Fantasien gehen, würde dies dennoch auf ein normales Kundengespräch hinauslaufen. Es kam durchaus vor, dass Anrufer zu schüchtern waren, sofort mit dem rauszurücken, was ihnen vorschwebte. Die brauchten dann den kleinen Umweg über ein vermeintlich harmloses Gespräch, bevor sie zur Sache kommen konnten.

»Ich möchte gerne über dich reden«, sagte er, und ich erstarrte.

Er war es. Der Typ, der mich unbedingt retten wollte. Na, herzlichen Glückwunsch. Jetzt war Diplomatie gefragt. Zunächst einmal ging es darum, keine Vertrautheit aufkommen zu lassen – keinesfalls sollte er merken, dass ich mich an ihn und unser Gespräch erinnerte. Vorsichtshalber blieb ich also in meiner Rolle als Dienstleisterin, zumal ich nicht so recht wusste, wie ich elegant vom beruflichen Duzen zum Siezen wechseln sollte, womit ich mich deutlich wohler gefühlt hätte.

Ich lachte perlend. »Über mich? Wer soll ich denn für dich sein, Süßer?«

»Ich meine nicht die Frauen, die du zu sein vorgibst. Ich meine *dich.* Die echte Frau hinter der Maske.«

Großer Gott – jetzt wurde er auch noch pathetisch. *Die echte Frau hinter der Maske,* also wirklich.

»Die findest du hier leider nicht, tut mir leid«, sagte ich ruhig. »Ich bin bei der Arbeit. Das hat mit meiner Privatperson nicht das Geringste zu tun. Entweder du lässt mich meine Arbeit machen oder ich muss auflegen. Privatgespräche sind uns nicht gestattet.«

»Das interessiert mich nicht.«

Mich aber, du Honk, dachte ich. »Tut mir wirklich leid. Ich lege jetzt auf. Auf Wiederhören.«

Ich drückte den Knopf, und die Leitung war unterbrochen.

Am nächsten Nachmittag – ich saß gerade beim Essen – rief Pascal an.

»Ich weiß, es ist kurzfristig«, sagte er, »aber ich würde gern morgen meine Sachen bei dir abholen.«

Bei mir abholen, wie sich das anhörte. Vor Kurzem war diese Wohnung noch *bei uns* gewesen.

»Nein, nein, das ist nicht zu kurzfristig, das kann ich einrichten. Wann willst du denn kommen?«

»Wenn du ausgeschlafen hast. Passt dir drei Uhr am Nachmittag?«

»Ja, klar. Natürlich. Bestens.«

Da keiner von uns beiden noch etwas zu sagen hatte, beendeten wir das Gespräch.

Bei meiner Schicht fiel es mir mehr als schwer, mich zu konzentrieren. Gudi musste leider damit leben, dass ich sie kurz abfertigte – was ich mit Kopfschmerzen begründete –, und ihr dann brüsk den Rücken zukehrte. Auch Mark merkte schnell, dass mir nicht nach Smalltalk zumute war, als wir uns begegneten.

»Nicht gut drauf heute?«, fragte er freundlich.

»Noch schlechter. Soll vorkommen«, erwiderte ich in einem Ton, der mir hinterher leidtat. Aber ich traf Mark später nicht mehr, also konnte ich mich nicht entschuldigen. Nun ja, das konnte ich nachholen.

Ich loggte mich eine halbe Stunde vor meinem eigentlichen Feierabend aus – Dennis, der schon in seinem Büro war, hatte es mir netterweise erlaubt. So gab es die Gelegenheit, kurz mit Doris zu sprechen, die ausnahmsweise für den Samstag eingeteilt war. Ich erzählte ihr, dass Pascal am Nachmittag seine Sachen aus der Wohnung holen wollte.

»Ach, Schätzchen«, sagte sie und zog mich in eine mütterliche Umarmung, »bist du sehr traurig?«

»Im Moment fühle ich gar nichts«, antwortete ich. »Aber später bin ich bestimmt nervös. Warum eigentlich? Es ist ja nicht so, dass wir uns im Bösen getrennt hätten. Obwohl – das macht es erst recht seltsam, oder?«

»Wenn du möchtest, komme ich und leiste dir Beistand. Ich arbeite nur bis mittags.«

Oh nein, bloß nicht. Das fühlte sich erst recht schräg an.

»Nein, vielen Dank. Es ist besser, wenn wir das unter uns abmachen.«

Sie ließ mich los und nickte. »Okay. Aber wenn du reden möchtest, ruf an. Jederzeit.«

Dieses Angebot war absolut ernst gemeint, das wusste ich. Und allein dieses Wissen half mir, mich besser zu fühlen.

Schon aus einigen Schritten Entfernung sah ich, dass erneut ein Blumengruß unter meinem Scheibenwischer klemmte. Diesmal handelte es sich um einen Zweig mit grünen Blättern – es war ein Gartenkraut. Ich rieb ein Blatt zwischen den Fingern: Salbei. Ich fummelte die Liste aus der Hosentasche. Die Botschaft lautete: *Ich denke an dich.*

Ach, leck mich doch am Arsch, dachte ich.

Nach langem Nachdenken hatte ich mich dafür entschieden, Pascals Sachen nicht schon mal zusammenzusuchen oder gar in Kartons zu packen. Und wie sich herausstellte, war die Grübelei gleichzeitig eine probate Methode, um Zeit zu überbrücken – die Zeit bis zu unserem Termin nachmittags um drei.

Mal ernsthaft: Gab es irgendwelche gesellschaftlichen Regeln für so eine Situation oder eine Art offizielles Nachschlagewerk? *Trennung für Dummies,* das wäre es doch. Ich hätte dann das Kapitel *Trennung, freundschaftlich* aufgeschlagen und einfach getan, was dort steht.

Schon im Moment des Aufwachens hatte ich die innere

Unruhe gespürt. Wie würde dieses spezielle Zusammentreffen ablaufen? Ein Szenario nach dem anderen schoss mir durch den Kopf, während ich am Frühstückstisch an meiner Käsestulle kaute, ohne etwas zu schmecken. Mal war alles total dufte und easy, in einer anderen Version stritten wir uns wie die Besenbinder, dann wieder heulte ich in meiner Fantasie und versuchte, ihn zum Bleiben zu bewegen …

Oh mein Gott, das durfte auf keinen Fall passieren.

Souverän wollte ich sein, aber nicht zu kühl. Er sollte nicht denken, dass mir alles egal wäre oder dass ich mich gar freute, ihn loszuwerden – deshalb auch die Entscheidung gegen das Packen seiner Sachen.

Nächste Entscheidung: Sollte ich etwas kochen? Oder ein paar Dinge einkaufen, für den Fall, dass er Lust hatte, mit mir zu essen?

Verdammt, mir fehlte einfach die Erfahrung. Meine letzte Trennung war mit dem Beginn meiner zweifelhaften Karriere als Amateur-Ermittlerin zusammengefallen und alles andere als friedlich abgelaufen. Seinerzeit hatte ich mich in den damaligen Schrebergarten von Diana zurückgezogen, um in Ruhe über Tom und unsere verkorkste Beziehung nachzudenken, und dann hatte es dort mehrere Todesfälle gegeben. Am Ende der Geschichte hatte ich in Frank und Bärbel neue Freunde und in Diana eine neue Mitbewohnerin gefunden, während ich bis heute keine Ahnung hatte, wohin Tom verschwunden war. Nicht, dass ich das bedauern würde. Aber die Situation war halt eine ganz andere gewesen als die zwischen Pascal und mir heute.

Tatsächlich hatte ich Lust, für uns zu kochen. Ich könnte Gemüsereis machen und dazu ein Hähnchenragout zubereiten. Das war einfach genug, um für die Situation angemessen zu sein, und ich könnte es relativ schnell zubereiten, wenn … *falls* …

Wenn ich mich jetzt beeilte, konnte ich es noch zum Wochenmarkt schaffen und frische Hähnchenbrust kaufen. Und hatte gleichzeitig eine weitere Stunde rumgebracht.

Als Pascal um drei klingelte, war ich ein Nervenbündel. Schnellen Schrittes kam er die Treppen hoch. Erleichtert stellte ich fest, dass er alleine war und keinen Kumpel mitgebracht hatte. Diese Möglichkeit war mir erst eine halbe Stunde zuvor in den Sinn gekommen: Hätte ja sein können, dass er eine neutrale Person dabeihaben wollte.

Und dann?

Dann hätte ich nur verlegen in der Gegend rumstehen können, während Pascal gesagt hätte: »Darf ich vorstellen? Loretta.« Und ich wäre vor Scham im Boden versunken, während meine Fantasie darüber Amok lief, was er seinem Kumpel wohl über mich erzählt hatte. Immerhin war ich diejenige, die nicht ihm zuliebe damit aufhören wollte, sich in kriminelle Ereignisse reinziehen zu lassen. Oder so ähnlich.

Aber er kam alleine. Und hatte zu meiner größten Verblüffung Blumen für mich dabei.

»Hier, du magst doch Tulpen.« Verlegen grinsend hielt er mir den Strauß hin, der in das Papier eines Blumenladens eingewickelt war.

Oho – aus dem Fachhandel, das dürfte nicht billig gewesen sein. Zumal November eigentlich noch keine Tulpenzeit war, die tauchten beim Discounter oder auf dem Wochenmarkt immer erst um Weihnachten herum auf.

Ja, ich mochte Tulpen, und mich rührte, dass er sich meine Vorliebe für die Frühlingsblüher gemerkt hatte.

Großzügig hielt ich ihm zugute, dass er sich mit Blumensprache ganz sicher nicht auskannte, denn andernfalls hätte er mir damit die Botschaft ›*Du bist zu keiner echten Empfin-*

dung fähig‹ vor den Latz geknallt – zumindest laut der Liste, die mir der Blumenkavalier hatte zukommen lassen.

Ich entfernte das Papier und hielt einen hübsch gebundenen und mit allerlei Deko-Schnickschnack verzierten Strauß in den Händen, der aus gelben und orangefarbenen, gefüllten Tulpen bestand. Sehr nett, auch wenn ich – sobald Pascal die Wohnung wieder verlassen hatte – als Erstes das Deko-Gedöns entfernen würde. In meinen Vasen mochte ich es puristisch.

»Die schönen Blumen«, sagte ich. »Aber das wäre doch nicht nötig gewesen.«

Wir guckten uns an und prusteten gleichzeitig los. War mir diese altbackene Phrase gerade wirklich aus dem Mund gefallen? Unglaublich. Als wäre ich eine Hausfrau, und der Chef meines Mannes hätte zum Essen so ein unangemessen pompöses Gebinde angeschleppt, um sich für die Einladung zu bedanken.

»Ich bin reichlich nervös«, fuhr ich fort, als wir uns wieder beruhigt hatten.

»Dann geht es also nicht nur mir so. Ich muss noch einmal runter, ich habe zwei Kartons im Auto.«

Okay, das hatte deutlich entspannter begonnen als befürchtet. Ich war guten Mutes, dass auch der Rest glimpflich über die Bühne gehen würde.

Kapitel 8

Auf der Suche nach dem perfekten Fotomotiv darf es für Loretta auch mal ein Friedhof mit tanzenden Skeletten sein …

Als er mit den Umzugskartons zurückkam, standen die Blumen auf dem Küchentisch. Baghira hockte daneben und steckte seine Nase tief in die Blüten, um ein wenig Naturduft zu inhalieren. Gott sei Dank gehörte es nicht zu seinen Angewohnheiten, Blumen aus Vasen zu zerren und sie zu zerkauen.

»Genau das Richtige bei diesem nebligen Scheißwetter«, sagte ich. »Für die nächsten Tage ist Dauernebel angesagt, da bringen sie ein bisschen Sonne in die Wohnung.«

»Freut mich, wenn sie dir gefallen.«

»Nicht nur mir, wie du siehst.«

»Das Katerchen …« Pascal lächelte wehmütig. »Ich werde euch vermissen. Dich und ihn.«

Ja, vielen Dank auch. Immerhin hatte er mich zuerst genannt. Dass er das sagte, nervte mich irgendwie, denn ich wollte eigentlich jegliche Sentimentalität vermeiden. Aber ich nickte, und Pascal ging mit den Kartons ins Schlafzimmer. Dort hörte ich ihn leise fluchen – vermutlich, weil es eine Wissenschaft für sich war, diese verdammten Kartons zusammenzubauen.

»Brauchst du meine Hilfe?«, rief ich hinüber.

»Nein, ich komme klar!«

Also gut. Hm. Und was sollte ich jetzt machen? Am Küchentisch sitzen und die schönen Blumen anglotzen?

»Sag mal, hast du Lust, gleich einen Happen mitzuessen?«

Nach einer kleinen Pause kam die Gegenfrage: »Was gibt es denn?«

Aha, er überlegte noch. Na gut. Aber in welchem Fall wollte er ablehnen? Bei fiesem Glibberkram wie Quallensalat und geschmorter Seegurke? Er wusste doch, dass ich erstens seinen Geschmack kannte und zweitens recht gut kochen konnte. Zumindest hatte er sich nie beschwert.

»Gemüsereis und Hähnchenragout!«

»Bin dabei!«

Ich atmete auf. Jetzt hatte ich wenigstens was zu tun, während er seine Sachen packte. Sofort ging es mir besser. Das Kochen entspannte mich. Möhren raspeln, Frühlingszwiebeln hacken, den Reis anbraten und mit heißem Wasser auffüllen, das Gemüse dazugeben – fertig. In diesem Topf passierte alles Weitere von alleine. In einem zweiten Topf dünstete ich kleingehackte Schalotten an, die ich mit Weißwein ablöschte.

Ich registrierte, dass er einen Karton im Flur abstellte und mit dem zweiten ins Wohnzimmer ging. Aha – jetzt suchte er seine DVDs, Bücher und so weiter zusammen. Lange konnte das nicht dauern. Dann fehlte noch das Bad, aber auch dort gab es nicht mehr viel von ihm.

Den Saucenansatz füllte ich mit Kochsahne auf und würzte ihn mit Salz und Pfeffer. Jetzt konnte er in Ruhe aufköcheln, während ich die Hähnchenbrüste in Streifen schnitt, die ich in der fertigen Sauce garziehen lassen würde. Nur so wurde das Fleisch butterzart. Viele Leute brieten es erst scharf an, bevor sie Sahne dazu kippten – mächtig großer Fehler, denn dann wird es zäh.

»Hm, das duftet lecker«, sagte Pascal, der in die Küche gekommen war. »Ich decke den Tisch.«

Beinahe hätte ich gesagt, er solle sich setzen, da er mein Gast sei, aber das war ja Quatsch. Er kannte sich in dieser

Küche ebenso gut aus wie ich, immerhin hatten wir die Wohnung lange genug geteilt.

Beim Essen war es beinahe wie früher – beinahe. Ich glaube, ihm war ebenso bewusst wie mir, dass etwas gerade endgültig zu Ende ging. Dafür hielten wir uns tapfer, fand ich. Als er sich verabschiedete, hatte ich nur liebevolle Gedanken für ihn. Und ich glaube, ihm ging es umgekehrt genauso.

Aufgrund des Nebels hatte ich mir also den Wecker früh gestellt, obwohl Sonntag war. Mit der Kamera war ich in den Park gegangen und dort Stefan Neumüller begegnet. Und jetzt stand ich bei meinem Kumpel Frank an *Kropkas Klümpchenbude.*

Ich trat einen Schritt beiseite, um für ein paar Kunden Platz zu machen, die Brötchen und Gebäck haben wollten.

»So schnell sieht man sich wieder«, sagte plötzlich eine Stimme hinter mir, die ich als die von meiner Nebelbekanntschaft im Park erkannte.

»Verdammt noch mal!« Ich drehte mich zu ihm um und funkelte ihn an. »Sie sollten sich unbedingt angewöhnen, erst dann zu sprechen, wenn ich Sie wirklich sehen und nicht nur hören kann. Oder haben Sie es sich zur Aufgabe gemacht, mich heute so oft wie möglich halb zu Tode zu erschrecken?«

»Tut mir wirklich leid. Vielleicht sollte ich mir eine Glocke um den Hals hängen, dann können Sie mich schon von Weitem hören. Irgendwie ist bei uns der Wurm drin, oder? Darf ich Sie zu einem Kaffee einladen?«

»Zwecklos. Die Loretta trinkt mein Kaffee nich«, krähte Frank und musterte Neumüller. »Oder nur ausnahmsweise. Is ihr 'ne zu dünne Plörre, sacht se.«

Ich nickte. »Frank hat recht. Trotzdem vielen Dank.«

»Na gut, vielleicht ein anderes Mal.« Neumüller wandte sich Frank zu. »Dann hätte ich gerne zwei Körnerbrötchen, bitte. Wie immer.«

»Allet klar.«

Frank tütete die Brötchen ein und reichte sie durch das Fenster. Neumüller bezahlte, nickte mir noch mal zum Abschied zu, sagte »Bis morgen« zu Frank und ging dann die Straße hoch. Nach ein paar Schritten hatte der Nebel ihn verschluckt.

»Du kennst den Typen?«, fragte ich Frank, sobald ich Neumüller außer Hörweite glaubte.

»Stammkunde. Der Stefan kauft hier jeden Morgen zwei Körnerbrötchen. Meistens. Manchma auch ein Körner und ein Krossong. Wieso fraachse?«

»Weil er mich vorhin im Park angequatscht hat. Ich dachte schon, er wäre mir zum Kiosk hinterhergeschlichen.«

Kichernd schüttelte Frank den Kopf. »Nee, der wär sowieso aufgekreuzt. Auch ohne dat du hier malerisch am Rumstehn bis. Tut mir leid.«

Trotzdem – ich blieb misstrauisch. War er vielleicht derjenige, der mir die Blumen zukommen ließ? »Stammkunde, hm? Mir hat er erzählt, dass er erst seit Kurzem hier in der Gegend wohnt. Das passt doch irgendwie nicht zusammen.«

»Klar passt dat. Seit der Stefan hier wohnt, isser Stammkunde. Habbich doch schon gesacht, dat der jeden Morgen kommt. Vielleicht so seit zwei Monate. Oder drei. Irgendwann muss ja jeder Stammkunde mal anfang', richtich?«

Hm. Da hatte Frank natürlich recht. »Weißt du, was er beruflich macht?«

»Ey, jetz mach ma halblang, Loretta. Hat der dir 'n Heiratsantrach gemacht oder wat?«

»Interessiert mich halt.«

»Mich nich.« Frank zuckte mit den Schultern. »Mir is

dat total schnurz, wat einer macht. Aber ich find den Stefan total nett.«

»Ihr duzt euch?«

»Nach ’ner Woche oder so hatter gesacht: Hei, ich bin übrigens der Stefan und wir sehen uns jetz öfters. Fand ich echt nett.«

Waren wir hier in einem Loriot-Sketch oder was? Gab es nicht so eine Szene in einem seiner Filme? Ich prustete los, denn vor meinem geistigen Auge war meine Nebelbekanntschaft vor dem Kiosk aufgetaucht, hatte sich vor Frank verbeugt und pompös verkündet: *Guten Tag. Mein Name ist Stefan Neumüller. Ich kaufe ab sofort hier ein.*

Mein knurrender Magen trieb mich nach Hause, ohne dass ich auf dem Rückweg noch weitere Fotos gemacht hätte. Nach dem Frühstück lud ich die geschossenen Bilder auf den Laptop und begutachtete sie kritisch. Ein paar ganz hübsche Schnappschüsse waren dabei, aber das ging bestimmt besser. Ich legte mich noch ein paar Stunden aufs Ohr, aß nach dem Aufwachen eine Riesenportion Nudeln mit Tomatensauce und machte mich dann auf den Weg zur Nachtschicht.

Erst auf dem Firmenparkplatz bemerkte ich den Blumengruß, der diesmal unter dem Heckscheibenwischer klemmte. Es war eine Iris – und im Gegensatz zu allen anderen Blumen bisher war sie aus Plastik. Klar, wo wollte man im Spätherbst eine frische Iris herbekommen? Ich legte sie auf den Beifahrersitz; schließlich brauchte sie kein Wasser, dann zog ich die Liste aus der Tasche und sah nach. Die Botschaft lautete: *Ich stehe zu dir.*

Was sollte das denn heißen? So ganz allmählich wurde es echt merkwürdig. Unwillkürlich blickte ich mich um, konnte aber auf dem dunklen Parkplatz niemanden entdecken.

Trotzdem fühlte ich mich irgendwie beobachtet. Ich jedenfalls wäre neugierig und würde wissen wollen, wie jemand auf meine Blumengrüße reagierte.

Eine Zeitlang verharrte ich unschlüssig neben meinem Auto. Sollte ich eine Antwort hinterlassen? Genau, das sollte ich tun, und zwar die unmissverständliche Aufforderung, damit aufzuhören. Zwei Worte sollten genügen: Lass das!

Hektisch durchwühlte ich meine Tasche. Zwar fand ich Papier – zur Not hätte ich die Liste benutzen können –, aber natürlich keinen Stift.

»Mist«, murmelte ich grimmig, während ich eilig auf das Firmengebäude zuging. »Ich muss unbedingt mit Erwin darüber sprechen. So schnell wie möglich.«

Natürlich stand Gudi schon Gewehr bei Fuß, um mich in Empfang zu nehmen. Innerlich rollte ich mit den Augen. Offensichtlich entschied sie ganz eigenmächtig, dass sie ihren Arbeitsplatz verlassen konnte, wenn meine Schicht begann. Klar, das Team nachts war deutlich kleiner als tagsüber, aber trotzdem galt es, vier bis fünf Leute so zu koordinieren, dass alle mit dem Pausenplan zufrieden waren.

Da ich wie üblich zunächst meinen Espresso trinken wollte, folgte sie mir in den Pausenraum. Während ich an meinem mitgebrachten Kaffee nippte, sagte sie: »Warum trinkst du eigentlich nur deinen eigenen Kaffee?«

Grrrr … ich konnte Warum-Fragen nicht ausstehen. Außer *Darum!* fiel mir meist keine vernünftige Antwort ein.

Du willst etwas über mich herausfinden, Gudi? Kannste haben, dachte ich. »Wenn ich irgendwo guten Espresso bekomme, trinke ich den natürlich. Aber ich mag diese Kapseldinger nicht, mal abgesehen davon, dass die Verpackungen aus Aluminium riesige Müllberge produzieren. Schon wegen der Umweltverschmutzung boykottiere ich das Zeug und trinke es nur in Ausnahmefällen. Kaffeepads finde ich auch nicht viel besser. Ist auch viel zu teuer, wenn man es mal umrechnet. Filterkaffee aus der Maschine mag ich nicht, weil beim Filtervorgang so viele Bitterstoffe freigesetzt werden. Wenn er dann in der Kanne auf der heißen Platte herumsteht, schmeckt er irgendwann nur noch ekelhaft. Gar nicht gut für den Magen.«

Verdutzt plinkerte sie mit den Lidern. Mit einem Vortrag hatte sie offenbar nicht gerechnet. »Aber ist Espresso nicht viel stärker?«

»Nein, das ist ein weitverbreiteter Irrtum. Ganz im Gegenteil: Er ist sogar magenschonender. Und weshalb ist das so? Weil das kochende Wasser mit so viel Schmackes durch das Espressopulver geschossen wird, dass sich keine Bitterstoffe lösen können, sondern nur Geschmack gebildet wird. Natürlich kaufe ich ganze Bohnen und mahle sie frisch. Das dürfte eine vorbildliche Umweltbilanz ergeben.«

»Aber mit Kapseln oder Pads kannst du viele verschiedene Sorten vorrätig haben. Und wenn dein Besuch dann einen Latte Macchiato möchte …«

Ich zuckte mit den Schultern. »Das sind ja keine verschiedenen Sorten Kaffee, sondern nur Variationen desselben Getränks, nicht wahr? Mein Besuch weiß, dass es bei mir als Grundprodukt Espresso gibt. Wem er zu intensiv schmeckt, mildert ihn mit heißem Wasser zu einem Lungo ab. Mit heißer Milch hast du auch deinen Macchiato. Du kannst ihn zuckern oder mit Honig süßen. Ich würze ihn manchmal gern mit einer Prise Zimt. Ernsthaft: Ich brauche doch keine Aluminiumkapseln, um verschiedene Arten Kaffee zu trinken. Ich brauche eine Espressokanne, die ich auf die Herdplatte stellen kann, eine gute Kaffeemühle und ordentliche Espressobohnen. Alles Weitere erledigt meine Fantasie.« Ich zuckte mit den Schultern. »Nenn es eine Marotte, aber ich nehme lieber meinen Espresso mit zur

Schicht, als mich hier mit Zweitklassigem zufriedenzugeben.«

Das hatte gesessen – das sah ich dem belämmerten Gesichtsausdruck an, mit dem sie den ollen Kapselkaffee in ihrer Tasse musterte.

»Bis später dann, Gudi«, fügte ich noch hinzu und ging beschwingter als zuvor zu meinem Arbeitsplatz.

Nach der Schicht fand ich eine künstliche Kornblume an meinem Auto – der Blumenblödian war also irgendwann während der Nacht hier gewesen.

Ironischerweise lautete die Botschaft: *Ich gebe die Hoffnung nicht auf*, was – theoretisch – die perfekte Antwort auf meine Aufforderung gewesen wäre, das mit den Blumen zu lassen. Wenn ich den Zettel geschrieben hätte.

Oder gab diese Person die Hoffnung nicht auf, dass ich irgendwann einmal antworten würde?

Hätte, könnte, würde: Mit all meinen Überlegungen bewegte ich mich auf dem morastigen Boden bloßer Theorie. Tatsache war allerdings, dass ich diese Botschaften bei Tageslicht nicht halb so seltsam fand wie mitten in der Nacht.

Zu Hause steckte ich die künstliche Kornblume zu den anderen Blumen in die Vase. Ein seltsames Sammelsurium war mittlerweile zusammengekommen. Ich war gespannt, was Erwin dazu sagen würde. Nachdem ich mich mit einem kleinen Frühstück gestärkt und meine Kamera eingepackt hatte, machte ich mich auf in den Park.

Ganz in Ruhe wollte ich durch den Nebel streifen und besser machen, was fototechnisch gestern Morgen nicht geklappt hatte. Fehler gab es, um daraus zu lernen.

Es war neun Uhr an einem ganz normalen Arbeitstag, also waren die frühen Jogger sowie die Vor-der-Arbeit-Gassigeher schon wieder verschwunden, sprich: Es war nichts los, und ich begegnete nur vereinzelten Passanten, die – im Gegensatz zu mir – eilig des Wegs strebten und den Park nur als Abkürzung nutzten.

Mit allen Sinnen nahm ich die Atmosphäre in mich auf. Ich lauschte den spärlichen Geräuschen nach, die wie durch Watte gefiltert klangen. Ich spürte den Nebel im Gesicht, der sich wie ein feuchter Film auf meine Haut legte. Es roch erdig und schwer, weil der Boden vollkommen durchnässt war; er gab unter meinen Füßen nach und schmatzte leise bei jedem Schritt, als ich über eine Wiese ging. Ich genoss den Anblick der verschwimmenden, diffusen Konturen von allem um mich herum; besonders die der Bäume, die mit jedem Meter, den sie von mir entfernt standen oder sich in die Höhe reckten, mehr und mehr verblassten.

Ich fotografierte wild in der Gegend herum – jeder Baum schien mir ein lohnendes Motiv zu sein. Aussortieren konnte ich hinterher immer noch, wenn ich in Ruhe alles durchsah. Da ich Pilze fotografieren wollte, hatte ich ein Frühstücksbrettchen eingepackt, damit ich die Kamera bei Bedarf auf die nasse Wiese stellen konnte. Um welche zu finden, streifte ich zwischen den Bäumen umher, den Blick auf den Boden gerichtet, da ich die Winzlinge unter und zwischen dem herabgefallenen Laub vermutete. Und richtig: Hier und dort entdeckte ich ein Hütchen, dann ging ich in die Hocke und entfernte vorsichtig das nasse Laub. Zu meiner großen Freude fand ich ganze Pilzfamilien; kleine Hütchen mit Lamellen auf dünnen Stielen, wie fürs Foto gefällig arrangiert zu Gruppen, die aus Exemplaren unterschiedlicher Größen bestanden – die kleinsten kaum streichholzhoch.

Ich stellte die Kamera auf das Brettchen und klappte das Display aus, sodass ich das Motiv sehen konnte, ohne mich der Länge nach auf den Boden legen zu müssen. Allerdings ärgerte ich mich, dass ich nicht an eine Plastiktüte gedacht hatte, denn dann hätte ich mich bequem hinknien können, statt doof in der Hocke balancieren zu müssen. Ich knipste Dutzende von Fotos von den Pilzen, dann tauschte ich die Objektive aus. Mit dem Makro konnte ich so nah heran, dass jedes kleine Detail jeder Lamelle deutlich sichtbar wurde – ich war total fasziniert.

Fasziniert und so versunken, dass ich vor Schreck einfach zur Seite ins klatschnasse Gras kippte, als eine Stimme ganz in der Nähe plötzlich rief: »Klingelingeling!«

Ich wusste sofort, wer das war: dieser Neumüller. Immerhin hatte er gestern noch gescherzt, er müsse sich wohl eine Glocke um den Hals hängen, damit ich ihn kommen höre und nicht erschrecke. Wider Willen amüsiert, rappelte ich mich hoch. Da stand er auch schon neben mir und reichte mir eine Hand, um mir aufzuhelfen.

»Das mit dem Vorwarnen ist also auch keine Lösung«, sagte er ernst, aber seine Mundwinkel zuckten.

»Zumindest nicht bei Nebel«, erwiderte ich und wischte mir die nassen Hände an den noch verbliebenen trockenen Stellen meiner Jeans ab. »Daran müssen wir echt noch arbeiten.«

»Was ist das denn für eine verwegene Konstruktion?«, fragte er und deutete auf das Frühstücksbrettchen, auf dem noch immer meine Kamera positioniert war.

»Nahaufnahme, sehen Sie doch. Ich wollte diese süßen kleinen Pilze fotografieren, ohne mich dafür in die Pampe zu werfen.«

»Ideen haben Sie, das muss ich Ihnen lassen.« Neumüller seufzte theatralisch. »Und dann landen Sie meinetwegen doch noch im Matsch.«

»Irgendwas ist ja immer. Machste nix dran. Hauptsache, ich hab ein paar gute Fotos im Kasten. Was soll ich sagen –

das ist wohl der Ehrgeiz eines Frischlings. Ich habe die Kamera erst seit einer guten Woche.«

»Aber Sie haben offenbar ein Faible für ungewöhnliche Motive«, sagte er. »Das ist selten bei einem Neuling. Die meisten warten auf gutes Wetter und Sonnenschein, weil sie denken, nur dann kann man gute Fotos machen. Sie schleichen stattdessen durch den Nebel und suchen das Besondere.«

»Sie doch auch.« Ich zuckte mit den Schultern. »Ich mag den Nebel. Alles sieht so anders aus. Als wäre es ein abgefahrenes Paralleluniversum.«

Er musterte mich, setzte zum Sprechen an, brach ab. Dann gab er sich einen Ruck und fragte: »Haben Sie Lust, einen wirklich besonderen Ort zu entdecken? Dort will ich morgen früh hin. Ein Friedhof.«

Mein Interesse war geweckt. »Und was ist an diesem Friedhof so besonders?«

»Er ist uralt und wird schon lange nicht mehr genutzt. Ich könnte mir vorstellen, dass er längst unter Denkmalschutz steht. Skulpturen, Grabsteine … und das alles bei diesem Nebel … Wahnsinn. Wenn Sie Lust haben, treffen wir uns dort.«

Hm. Lust hätte ich schon. Aber ich kannte den Kerl doch überhaupt nicht. Allerdings hatte Frank gesagt, er wäre okay – vielleicht sollte ich einfach mal seinem Urteil vertrauen?

»Es gibt dort ein ganz spezielles Örtchen«, fuhr er fort, als hätte er mein Gedanken gelesen. Aber wenn er nicht blind wie ein Maulwurf war, hatte er natürlich mein Zögern bemerkt.

»Wie speziell?«

»*Sehr* speziell.« Er grinste breit. »Ein Mausoleum. Vor einiger Zeit habe ich zufällig bemerkt, dass es nicht verschlossen ist. Dort sind Urnen bestattet, also keine Sarkophage.

Im Mausoleum gibt es total verrückte Malereien. Kein blödes Graffiti-Geschmiere, sondern echte alte Malereien: Skelette, die an der Wand entlang einen Reigen tanzen. Die sind unglaublich.«

Damit hatte er mich natürlich. Hallo? Gemalte Skelette, die über die Wände eines *Mausoleums* einen Totentanz aufführten? Wer bitte wäre da nicht total elektrisiert? Dennoch gab ich mich gelassen. »Klingt wirklich spannend.«

»Oh, das ist es. Wenn Sie den Nebel mögen, wird dieser alte Friedhof Sie in dieser Atmosphäre einfach nur umhauen.«

»Also gut, ich bin dabei. Morgen früh?«

Wir verabredeten uns am Mausoleum, und er gab mir eine detaillierte Wegbeschreibung.

Morgen also der Totentanz – heute wartete auf mich noch der Tanz der Planeten. Schwer vorherzusagen, was aufregender sein würde.

Kapitel 9

Durch Stella erfährt Loretta eine Menge Dinge; unter anderem, dass Pluto keineswegs nur der Hund von Micky Maus ist

Ich gebe zu: Ich war *sehr* aufgeregt, als ich die Auffahrt zur Villa hinaufging. Zwar wusste ich nun, auf wen ich treffen würde, aber ich hatte keine Ahnung, was Stella mir zu erzählen hatte.

Der allgegenwärtige Nebel ließ die weiße Villa nur langsam in meinem Blickfeld auftauchen, so als zögerte sie, sich mir zu zeigen. Einzig die dunklen Fensterläden und die Konturen der Haustür verliehen dem Gebäude ein wenig Struktur. Der parkartige Garten bestand nur aus grauen Schemen in der weißen Suppe. Ich bezweifelte, dass ich die Orangerie hätte finden können, wäre ich nicht schon einmal hier gewesen.

Ich musste unwillkürlich lächeln, als ich an dem gläsernen Haus vorbeiging, denn mir kam Madame Pythia in den Sinn, die jetzt vermutlich im Inneren saß und für irgendwen in die Zukunft schaute. Hatte sich gerade einer der Vorhänge bewegt oder bildete ich es mir nur ein? Als ich genauer hinsah, konnte ich nichts weiter entdecken als schillernde Stoffbahnen, die glatt herabhingen.

Stella erwartete mich bereits in der Tür, begrüßte mich freundlich und bat mich mit einer einladenden Geste herein.

Sie nahm mir die Jacke ab und sagte: »Herzlich willkommen, Loretta. Bitte nehmen Sie Platz. Darf ich Ihnen einen Espresso anbieten?«

»Sehr gerne.« Ich ließ mich in einen der Sessel fallen.

Nach der feuchten Kühle draußen empfand ich die kuschelige Wärme im Inneren der Orangerie wie eine gemütliche Wolldecke, die mich umhüllte. Es duftete zart nach Lavendel und nach dem Kaffee, den Stella mir nun einschenkte. Dann setzte sie sich mir gegenüber. Auf dem niedrigen Tisch zwischen uns lag eine Mappe, auf der stand: Radix Loretta Luchs.

Radix? Du liebe Güte – was war das denn jetzt schon wieder? Ich fühlte den Drang, zu kichern, weil ich an Radieschen denken musste. Rasch schnappte ich mir die Tasse und trank einen Schluck, um mich wieder zu beruhigen. Kaum vorstellbar, dass es heute um Radieschen gehen würde – oder vielleicht doch? Was wusste ich schon? Vielleicht benutzte Stella ja verschiedene Gemüse, um die Sterne zu deuten, und mein persönliches Gemüse waren Radieschen?

Stellas Stimme durchbrach meine immer hysterischer werdenden Gedanken. »Sollen wir damit beginnen, dass ich Ihnen noch einmal etwas über meine Arbeitsweise erzähle? Und ein wenig erkläre, wie ich Astrologie verstehe?«

Ja bitte, tu das, dachte ich und nickte.

Stella schien meine Nervosität zu spüren und lächelte beruhigend. »Also gut. Die meisten Menschen denken, dass wir Astrologen meinen, die Sterne würden unser Leben auf der Erde bestimmen – und hier liegt eins der größten Missverständnisse.«

Wenn ich mit allem gerechnet hatte – damit ganz gewiss nicht. Entsprechend verblüfft war ich. »Glauben Sie das nicht?«

Sie schüttelte den Kopf. »Der einzige Planet, der das Leben auf der Erde physikalisch messbar beeinflusst, ist der Mond – und er ist nicht einmal ein Planet, sondern nur ein Trabant.«

»Ebbe und Flut«, murmelte ich.

»Genau. Aber Astrologie, so wie ich sie verstehe, behauptet nicht, dass die Sterne irgendetwas mit uns machen. Oder dass sie einen Einfluss auf uns ausüben.«

Ach was? Jetzt wusste ich endgültig nicht mehr, was ich denken sollte. »Sondern?«

»Wir Astrologen sehen die Welt und das Leben der Menschen aus einer anderen Perspektive als die Wissenschaft«, erwiderte sie. »Wir arbeiten mit dem sogenannten senkrechten Weltbild.«

Okay, jetzt wurde es doch irgendwie schräg.

Prompt platzte ich heraus: »Wie bitte? Ich kenne nur das waagerechte Weltbild. Der Glaube, dass die Welt eine Scheibe ist, ist bekanntlich überholt. Aber: senkrecht? Wie darf ich mir das vorstellen? Die Welt: ein Fahnenmast?«

Stella lachte herzlich. »Das mit dem Fahnenmast muss ich mir merken; Ihre Fantasie ist wirklich bemerkenswert. Nein, es ist so: In den Schriften der griechischen Antike findet sich ein Schlüsselsatz, der lautet: *Wie oben, so unten.* Diesen Satz finden Sie übrigens auch im Vaterunser: *Wie im Himmel, also auch auf Erden.* Heißt: Es existiert ein Zusammenhang zwischen den Bewegungen der Gestirne im Himmel und dem Leben unten auf der Erde. Beides existiert gleichzeitig. Aber: Es ist kein *weil* da oben, *deshalb* da unten.«

»Kapier ich nicht.« Ich schüttelte den Kopf. Es wurde immer verworrener, fand ich.

»Okay, ein Beispiel: Der Himmel mit seinen Zyklen ist für uns längst selbstverständlich. Wir alle kennen Tag und Nacht, die vier Jahreszeiten oder Vollmond und Neumond. Wenn wir nun das Leben auf der Erde betrachten, können wir hier unten ebenfalls bestimmte Gesetzmäßigkeiten beobachten. Die Astrologie behauptet nun, dass die Art und Weise, wie sich Leben auf der Erde entwickelt, in den Bewegungen der Gestirne widergespiegelt ist.«

Offensichtlich wurde in meiner Miene auch gerade etwas widergespiegelt, und zwar meine geballte Skepsis, denn sie fuhr fort: »Ähnlich wie ein Fieberthermometer die Temperatur anzeigt, aber nicht *erzeugt,* zeigen die Bewegungen der Gestirne Rhythmen und Entwicklungen im Leben der Menschen an. Es besteht jedoch kein Wirkungszusammenhang zwischen oben und unten.«

Da sie mich abwartend ansah, rang ich mir eine Reaktion ab. »Und das nennt sich das senkrechte Weltbild?«

»So ist es. Was diese Entsprechungen zwischen oben und unten betrifft, greift die Astrologie auf einen Erfahrungsschatz von rund 5000 Jahren zurück. Schon die Sumerer und Babylonier haben die Bewegungen der Gestirne beobachtet und dabei Zusammenhänge zwischen Himmel und Erde hergestellt. Sie sahen die Planeten als Götter, haben ihnen Namen gegeben und versucht, ihre Eigenschaften, ihre Beweggründe und ihr Handeln zu verstehen. So entstanden die Mythen von Mars, Venus, Merkur und den anderen Planetengöttern. Damit arbeite ich in der astrologischen Beratung.«

Puh. Viel Information. »Und was bedeutet das für mich?«

Stella grinste und sagte dann: »Entschuldigen Sie, aber die Frage war unfreiwillig komisch, denn für Sie persönlich *bedeutet* das überhaupt nichts. Das ist genau der Punkt: Die einzige, allgemeingültige Bedeutung wie in einer mathematischen Formel gibt es nicht. Jedes aus den Geburtsdaten erstellte Horoskop ist ein Unikat. So wie jeder Mensch ein unverwechselbares Individuum ist.« Sie zog ein Blatt mit einer Grafik aus der Mappe und legte es mir hin. »Das ist Ihr Horoskop.«

Ich sah einen Kreis, um den herum eine Menge Symbole verteilt waren. Einige Sternzeichen erkannte ich, die anderen unregelmäßig verteilten Zeichen waren vermutlich die Planeten. Diese waren durch diverse verschiedenfarbige Linien miteinander verbunden, die wie ein ziemlich unordentliches Spinnennetz aussahen. Aha.

Das sollte also ich sein? Dieses seltsame Gewirr aus Linien und eigenartigen Symbolen?

Ich atmete tief durch und fragte: »Will ich hören, was Sie über mich zu sagen haben?«

»Sie sind immer noch skeptisch, und das ist vollkommen in Ordnung.« Sie lächelte und fuhr fort: »Ich fange einfach mal an, und zwar gleich mit dem Zwiespalt, in dem Sie gerade stecken. Es betrifft Ihre Beziehung, richtig?«

Gut geraten, Madame Stella, dachte ich.

Bei wie vielen ihrer Beratungsgespräche ging es wohl um die Beziehung? Fünfzig Prozent? Achtzig Prozent?

Dennoch nickte ich. »Stimmt.«

»Der individuelle Spielraum und die Möglichkeit, frei und ungebunden zu entscheiden, sind Ihnen wichtig. Dafür sorgt Uranus«, sagte sie und tippte auf eins der Symbole. »So achten Sie auch in Beziehungen darauf, dass Ihre persönliche Freiheit nicht eingeschränkt wird. Es kann vorkommen, dass Sie plötzlich das Gefühl haben, sich von einem Menschen befreien zu müssen. So wie jetzt im Moment.«

Upps, ins Schwarze getroffen. Dennoch war ich nicht überzeugt, das konnte ja auch ein Zufallstreffer sein. Bestimmt machte ich nicht den Eindruck, als wäre ich ein Heimchen am Herd. Eins zu null für die exzellente Beobachtungsgabe der guten Stella.

»Ach, und das hat Ihnen Uranus erzählt? Aber hat nicht jeder Mensch auf der Welt diesen Uranus in seinem Horoskop? Also müsste doch auch jeder Mensch diesen Freiheitsdrang haben.«

»Richtig, jeder Mensch hat einen Uranus im Horoskop«, erwiderte sie. »Aber nicht jeder Mensch hat ihn im siebten Haus, so wie Sie.«

»Ich habe sieben Häuser? Wieso wohne ich dann noch zur Miete?«

Ein Grinsen huschte über ihr Gesicht. »Und jetzt die Überraschung: Sie haben sogar zwölf Häuser.« Sie deutete auf das Horoskop. »Sehen Sie – der Kreis ist in zwölf Segmente aufgeteilt. Das sind die sogenannten Häuser. Jedes davon symbolisiert einen bestimmten Lebensbereich. Das siebte Haus steht für Partnerschaft. Dort, wo sich Ihr Uranus befindet, spüren Sie das uranische Freiheitsbedürfnis.«

Guck an, so war das also. Und nun?

Die Astrologin hatte bei unserem Vorgespräch gesagt, sie würde mir nicht sagen, was ich zu tun hätte und keine konkreten Ratschläge geben. Das wollte ich doch mal direkt testen. »Okay, und was rät mir das Horoskop? Soll ich mich trennen?«

Sie zuckte mit den Schultern. »Das können weder das Horoskop noch ich entscheiden. Ich sage Ihnen nur, was die Sterne mir über Sie erzählen.«

Okay, den Test hatte sie bestanden. »Ich höre.«

»Es ist so: Uranus ist nicht der einzige Bewohner Ihres Beziehungshauses. Es gibt dort noch eine zweite Planetenkraft, die eine ganz andere Dynamik hat als Uranus: Pluto nämlich. Der düstere Herrscher der Unterwelt.«

Hui. Auftritt: Satan. Das wurde ja immer besser. »Wie bitte?«

»In der Astrologie steht Pluto für das, was wir ins Unterbewusste verdrängt haben. Dinge, die wir nicht in unserem Leben haben möchten.«

»Dinge wie mein Freund, den ich angeblich gerade loswerden will?«

»Nein. Etwas flapsiger formuliert: Es geht um die Leichen in Ihrem Keller.«

Bäm. Das traf mich wie ein Keulenschlag und mir wurde kurz flau im Magen. Dann spürte ich Panik hochsteigen. »*Wie bitte?* Leichen?«, rief ich aus. Meine Stimme überschlug sich.

Wir starrten uns an, es herrschte Stille. Stella war sichtlich überrascht von meiner Reaktion, und ich wette, mir stand das blanke Entsetzen im Gesicht.

Mühsam rang ich um Fassung, dann fragte ich: »Woher wissen Sie von den Leichen?«

Sie musterte mich neugierig. »Gegenfrage: Welche Rolle spielt der Tod in Ihrer Beziehung?«

»Steht das nicht in meinem Horoskop?«, fauchte ich. Ich konnte nicht anders – erschüttert, wie ich war. Wie kam sie bloß ausgerechnet auf *Leichen?*

»Pluto steht für das Dunkle, den Tod, das Loslassen-Müssen«, erwiderte sie ruhig. »Das, wovor wir alle Angst haben. Und ausgerechnet das ist das einzig Sichere in unserem Leben. Dass wir sterben müssen.«

In meiner Konfusion hörte ich nur Bruchstücke. Die *falschen* Bruchstücke. Ich sprang auf und kreischte: »Da steht, dass ich bald sterben muss?«

Trotz meiner Hysterie blieb sie ganz gelassen. »Nein. Das steht da nicht.«

Ich tigerte durch den Raum und versuchte, mich zu beruhigen. Ihr Blick verfolgte mich, aber sie schwieg.

Als ich mich wieder hinsetzte und ihr zunickte, fuhr sie fort: »Ihr Horoskop sagt mir, dass der Tod in Ihrer Beziehung eine Rolle spielt. Aber es sagt mir nicht, welche das ist. Wollen Sie mir davon erzählen?«

Wollte ich das? Konnte ich das?

Ich redete nicht gern über die Leichen in meinem Leben, erst recht nicht mit Fremden. Klar, meine Freunde wussten über meine Abenteuer Bescheid. Aber ansonsten? Die meisten Menschen, die mich darüber ausfragten, dünsteten pure Sensationslüsternheit aus, und zwar aus jeder Pore. So wie Gudi. Grauenhaft fand ich das.

Ich sah Stella an. Sie schien wirklich nicht Bescheid zu wissen. Und plötzlich wusste ich: Ich kann ihr vertrauen. Ich hatte die Chance, mich jemandem anzuvertrauen, der einen anderen Blickwinkel hatte. Und neutral war.

Dennoch fiel es mir schwer. Ich rang einen Moment lang mit mir, dann flüsterte ich: »Die Leichen. Wissen Sie – es gibt sie wirklich.«

Wieder Stille. Mein Blick irrte zu den bodentiefen Fenstern, aber dahinter war nichts – nur Nebel. Nichts, woran meine Augen sich festhalten konnten. Nichts, woran ich mich festhalten konnte.

Ihre Stimme holte mich zurück. »Menschen, die Sie kennen?«

Ich seufzte. »Manchmal kenne ich sie. Und sie sterben gewaltsam.«

Erneut schwiegen wir. Ich starrte auf die Horoskopgrafik, die noch immer auf dem Tisch lag. Sinnlose Zeichen, für mich jedenfalls.

»Was haben Sie damit zu tun, Loretta? Mit diesen Menschen?«, fragte sie schließlich.

Ich sah sie an. »Nichts. Außer, dass sie mir tot vor die Füße fallen.«

»Sie werden in Gewalttaten verstrickt?«

Herrje, sie blieb ganz ruhig.

Wieso blieb sie so ruhig?

»Und mein Freund denkt, mir macht das Spaß. All dieses Leid, diese Gewalt, dieser Wahnsinn. Als wäre ich besessen davon, die nächste Leiche zu finden.«

»Ist es das, was Ihr Freund Ihnen unterstellt?«

Ich schüttelte den Kopf. »Nein. Er hat Angst um mich. Das hält er nicht mehr aus. Das akzeptiere ich. Aber ich kann nicht anders. Die Leichen finden mich.«

»Wie muss ich mir das vorstellen?«

Ihre Gelassenheit beruhigte mich und half mir, mit normaler Stimme über die Ungeheuerlichkeiten zu sprechen. »Menschen sterben. In meinem Umfeld. In meiner Nähe. Vor meinen Augen. Nicht immer, aber das ist auch schon passiert. Es sind keine Unfälle, auch wenn die Polizei das meistens denkt.« Wieder starrte ich in den Nebel hinter den Fenstern.

Stella stand auf und ging hinter die stoffbespannte Wand. Ich hörte das Geräusch einer Mineralwasserflasche, die geöffnet wurde, dann gluckerte Flüssigkeit. Sie kehrte zurück und stellte das Glas vor mich. »Und dann werden Sie aktiv?«

Gierig trank ich das kalte, sprudelnde Wasser, es war reines Lebenselixier. Wie hatte sie wissen können, dass mein Rachen wie ausgedörrt war?

Ich stellte das leere Glas ab und sagte: »Wenn ich doch spüre, dass es kein Unfall war? Oder Zweifel daran habe, dass alles mit rechten Dingen zugegangen ist? Dann muss doch einer etwas tun.«

»Und das sind Sie, die dann etwas tun muss? Warum nicht jemand anderer? Warum nicht die Polizei?«

Ich verdrehte die Augen. »Wer sind Sie? Mein Freund?«

»Hat er Ihnen ein Ultimatum gestellt?«

Falsch geraten, Stella. »Nein, das würde er niemals tun. Nicht Pascal. Er würde nie versuchen, mich unter Druck zu setzen. Aber er hat entschieden, dass er gehen muss.«

»Weil er die Angst um Sie nicht aushält.«

»Genau. Es fällt uns schwer, einander loszulassen. Aber ich schaffe es nicht, mich zu ändern. Ich fühle mich schrecklich deswegen.«

»Niemand muss sich ändern, damit es jemand anderem besser geht. Niemand muss sich verbiegen.«

Na toll. Das war leicht gesagt, so aus ihrer neutralen Distanz. Für mich sah die Sache anders aus, also schüttelte ich heftig den Kopf. »Nein, das stimmt nicht. Wenn ich ihn genug lieben würde …«

Stella hob die Hand, um mich zu unterbrechen, und ich verstummte.

»Nein«, sagte sie streng. »Das hat nichts mit Liebe zu tun. Sie machen gar nichts falsch. Aber jetzt verstehe ich das Dilemma, in dem Sie zurzeit stecken.« Sie blickte auf ihre Uhr und runzelte die Stirn. »Ich muss leider jetzt abbrechen, Loretta, ich habe gleich den nächsten Termin. Aber wir sind noch nicht fertig. Ich habe Ihnen noch längst nicht alles erzählt, was ich wichtig finde. Wenn Sie erlauben, lade ich Sie zu einem weiteren Termin ein.«

Meine Enttäuschung darüber, dass sie das Gespräch beenden musste, wich Erleichterung. »Kommt nicht in Frage. Ich bezahle das.«

»Nein. Darüber diskutiere ich nicht. Ich bin noch nicht fertig. Es gibt noch einige wichtige Punkte, über die ich mit Ihnen reden möchte. Am besten gleich morgen früh, geht das?«

Mist – da war ich mit Stefan Neumüller zum Fotospaziergang verabredet. Und ich hatte keine Telefonnummer von ihm, um ihm Bescheid zu sagen.

Offenbar hatte sie mein Zögern bemerkt, denn sie sagte: »Das ist zu kurzfristig, ich verstehe. Übermorgen? Um neun Uhr? Normalerweise mache ich keine Termine vor elf, aber ich habe nichts anderes frei. Ist Ihnen Mittwoch um neun recht?«

Ich nickte. Natürlich war es das.

In meinem Kopf wirbelten die Gedanken, als ich an der Orangerie entlangging. Ich erschrak fast zu Tode, als plötzlich eine Hand nach meinem Arm griff und eine Stimme flüsterte: »Ich muss mit Ihnen sprechen. Sofort. Unbedingt.«

Es war Madame Pythia, die mich drängend ansah. Ein dunkler Kaftan aus Samt umwallte sie, und ihr weißer Lockenschopf leuchtete in der einsetzenden Dämmerung.

»Kommen Sie. Bitte«, setzte sie hinzu.

Ich folgte ihr in ihre Räumlichkeiten. Sie eilte zum niedrigen Tisch neben dem Diwan, nahm eine Karte auf und hielt sie mir entgegen. Ich konnte so schnell nicht erkennen, was darauf abgebildet war, nahm nur vage einige senkrechte Stäbe oder Ähnliches wahr.

»Ich habe eine Tarotkarte für Sie gezogen«, sagte sie. »Ich musste es einfach tun, nachdem wir uns zufällig begegnet waren.«

»Was war der Grund?«, fragte ich. Ich verstand kein Wort.

»Ihre Aura … da war etwas … ich musste es einfach tun, verstehen Sie?«

Nein, das tat ich nicht. Meine *Aura?* Wollte sie mich verhohnepiepeln?

»Das sind die neun Schwerter«, sagte sie in einem Ton, als sei damit alles erklärt. »Es wird Grausamkeit geben und Leiden. Hüten Sie sich. Passen Sie unbedingt auf, mit wem Sie zu tun haben.«

Wie bitte? Hatte Pythia zu viele giftige Dämpfe eingeatmet? Ich war zu fassungslos, um zu antworten. Das brauchte ich auch nicht, denn plötzlich stand Stella im Raum, berührte meinen Rücken und schob mich sanft, aber bestimmt zur Tür.

»Hören Sie nicht auf sie«, flüsterte sie mir zu, »gehen Sie nach Hause. Wir sehen uns übermorgen.«

Nach ein paar Schritten blieb ich stehen und spitzte die Ohren. Ich war neugierig, was die beiden sagten.

»Verdammt, Oma, du sollst das doch nicht machen! Lass bitte meine Klienten in Ruhe.« Stellas Stimme klang ärgerlich.

»Stella, ich habe die neun Schwerter für sie gezogen! Ich wette, sie hat Mars in den Zwillingen, richtig?« Es gab eine kurze Pause, dann redete Pythia weiter. »Ich habe recht, das sehe ich deinem Gesicht an. Und da ist was mit Pluto. Wieso sehe ich Pluto, Stella?«

Das reichte mir; ich ergriff die Flucht. Mehr konnte und wollte ich heute nicht hören.

Und vor zwei Tagen glaubte ich noch, Pluto sei nur der Hund von Micky Maus, dachte ich, während ich die lange Auffahrt hinuntereilte.

Ich wollte nur noch nach Hause.

Kapitel 10

Ein Fotospaziergang über einen nebligen Friedhof bringt Loretta die höchst unwillkommene Erkenntnis, dass nicht alle Motive so schön sind, wie sie auf den ersten Blick erscheinen

Zu Hause kroch ich sofort ins Bett; ich musste unbedingt noch ein paar Stunden schlafen, bevor ich mich zur Nachtschicht aufmachte. Ich hatte kurz daran gedacht, Isolde anzurufen, mich aber dann doch dagegen entschieden. Die Erlebnisse bei Stella wollte ich erst einmal sacken lassen.

Meine Träume – wen würde es wundern? – waren wirr und voller greller Farben. Es wimmelte nur so von Schamanen und Hexen, die in halbverfallenen, entweihten Kirchen verstörende Rituale zelebrierten. Zu meinem Glück war ich dabei nie auf einem Altar oder dergleichen angekettet, um als Opfer dargebracht zu werden. Ich wohnte dem Geschehen immer nur als Zuschauerin bei, die sich irgendwo versteckt hatte.

Als mein Wecker mich hochschrecken ließ, war ich schweißgebadet.

»Du hast aber auch schon besser ausgesehen«, sagte Gudi, als wir uns im Callcenter über den Weg liefen. »Ist irgendwas?«

Am liebsten hätte ich sie ignoriert und wäre einfach weitergegangen. Mein Kopf brummte, zumal diese fürchterlichen Träume noch immer glasklar vor meinen Augen standen. Aber sie hatte eindeutig nicht vor, mich aus den Klauen zu lassen, denn sie folgte mir in den Aufenthaltsraum. Verdammt, musste diese Frau immer gerade dann Pause machen, wenn meine Schicht anfing?

»Ich hab mies geträumt«, erwiderte ich, während ich mir aus meiner Warmhaltekanne einen Espresso einschenkte. »Und verschlafen. Bin nicht in Bestform.«

Gudi musterte mich und nickte. »Sieht man. Direkt vor der Schicht zu schlafen, ist nicht gut. Ich tu das grundsätzlich nicht. Ich habe mir angewöhnt …«

Sie stürzte sich in eine ausführliche, stinklangweilige Schilderung ihrer Schlafgewohnheiten, die ich an mir vorbeirauschen ließ. Nichts hätte mich weniger interessieren können.

Ich nippte an meinem Espresso und nickte von Zeit zu Zeit, um sie in dem Glauben zu lassen, dass ich zuhörte, während meine Gedanken um Tarotkarten und düstere Prophezeiungen kreisten. Innerlich schüttelte ich den Kopf. Mit ein wenig Abstand erschienen mir Madame Pythias Warnungen zunehmend absurder. *Hüten Sie sich!* – also echt. Bekloppter als in einem schlechten Horrorfilm. Sie wusste sich wirkungsvoll zu inszenieren, das musste ich ihr lassen. Dennoch: Stella sollte zusehen, dass ihre Oma nicht mehr ihren Klienten auflauerte. Vielleicht hatte Madame Pythia ja gar keine Kontrolle mehr über das, was sie tat. Konnte doch sein? Dass sie geistig abbaute und sich deshalb so skurril verhielt?

Auch die Tatsache, dass Stella im Zusammenhang mit mir Leichen erwähnt hatte, stellte sich in der Rückschau längst nicht mehr so dramatisch dar, wie ich es bei ihr empfunden hatte.

Herrje – sie hatte die Formulierung *Leichen im Keller* benutzt, eine völlig gängige Formulierung dafür, dass es Geheimnisse gab. Hatte die nicht jeder? Aber bei mir hatte sie damit einen Knopf gedrückt, von dem sie nichts hatte ahnen können. Prompt hatte ich nicht mehr richtig zugehört, nur noch dramatische Schlagwörter mitgekriegt und dann einen filmreifen Ausraster hingelegt, der sie sichtlich erstaunt hatte. Für mich – ganz nebenbei – der finale Beweis dafür, dass sie keine Vorab-Informationen über mich gehabt hatte.

Mit ihr über meine Leichen zu reden, hatte mich tatsächlich erleichtert. Vielleicht stand ja in meinem Horoskop, dass es mein Schicksal war, Todesfälle aufzuklären?

War es meine Aufgabe, die Seelen der Toten zu erlösen und die Schuldigen zu finden?

Aber nein, jetzt wurde es pathetisch.

»Loretta? Loretta!«

»Hm?« Gudis Stimme hatte mich aus meinen Gedanken geholt.

Sie sah irgendwie beleidigt aus. »Du wirkst so geistesabwesend. Hast du mir überhaupt zugehört?«

Rate mal, Gudi.

»Doch … nee … entschuldige, ich bin wirklich nicht ganz da. Du musst mir irgendwann noch einmal ganz genau erklären, wie du es mit dem Schlafen hältst. Ich habe den Dreh offensichtlich noch nicht raus.«

Ihr Gesicht hellte sich auf. »Klar, mach ich. Gerne! Hast du denn vor, mit der Nachtschicht weiterzumachen?«

Hatte ich das? Keine Ahnung. Vielleicht ja, vielleicht nein. »Mal sehen, könnte sein. Das habe ich noch nicht entschieden. Ich muss das mal in Ruhe mit Dennis besprechen.«

»Ach, der frisst dir doch aus der Hand.«

Oh, hatte ich da einen gewissen Unterton vernommen? Ja, ich hatte unter den Kollegen einen Sonderstatus; immerhin hatte ich vor einiger Zeit seine Agentur gerettet und dabei mein Leben aufs Spiel gesetzt. Seine Dankbarkeit zeigte er, indem er mir praktisch Narrenfreiheit ließ, was Arbeitszeiten, kurzfristige Urlaubstage und Ähnliches betraf.

»Ich fände das jedenfalls gut«, sagte sie. »Ich quatsche gern mit dir.«

Ja, weil du die Hoffnung hast, dass ich dich irgendwann doch mit den saftigen und blutrünstigen Einzelheiten meiner leichenstrotzenden Abenteuer versorge, dachte ich griesgrämig. Vergiss es, Puppe. Dafür habe ich Stella.

Die Schicht zog sich zäh wie Gummi. Den Leerlauf zwischendurch nutzte ich dazu, um im Internet ein paar Dinge zu recherchieren.

Als Erstes suchte ich nach der ominösen Karte mit den neun Schwertern. Rasch wurde mir klar, dass es jede Menge sehr unterschiedlich gestaltete Tarots gab, denn ich fand diverse Darstellungen dieser Karte. Was allerdings alle Varianten verband, war die Tatsache, dass keine davon besonders optimistisch oder verheißungsvoll aussah.

Schließlich entdeckte ich auch die, mit der Madame Pythia gestern herumgefuchtelt hatte. Offenbar gehörte sie zum sogenannten Crowley-Tarot, aha. Sie zeigte neun aufrecht stehende Schwerter mit schartigen Klingen; von den nach unten gerichteten Spitzen tropfte reichlich Blut.

Nun gut, Gänseblümchen und süße Hundewelpen hatte ich nicht gerade erwartet, aber das …?

Die durchaus aussagefähige Symbolik der Karte kam mit dem Zaunpfahl daher, und folgerichtig hieß sie ›Grausamkeit‹. Wider besseres Wissen suchte ich nach Erklärungen ihrer Bedeutung. Hätte ich mal sein lassen sollen, denn wer wollte schon gerne von drohendem Verderben, Schuldgefühlen und Ohnmachtserlebnissen lesen, wenn das die Karte war, die angeblich zu einem gehörte?

Also zu mir?

Hin- und hergerissen zwischen Faszination und Entsetzen grub ich nach weiteren Informationen. Aha: massive

Versagensängste, Dämonen, extrem gestörte Beziehung … immer her damit, gebt mir mehr!

Ernsthaft: Das klang derart horrormäßig, dass es fast schon wieder komisch war.

Ach so, und diese Karte stand tatsächlich für Mars in den Zwillingen. Dass Mars ein ziemlich aggressiver Kriegsgott war, wusste ich. Dazu passten natürlich die Schwerter. Aber was bedeutete dieses ominöse ›Mars in Zwillinge‹? Ich war doch Sternzeichen Fische?

Sah wirklich so aus, als hätte Stella mir noch einiges zu erzählen. Für den Moment legte ich meine Recherche ad acta. Ich hatte schon genug Müll im Kopf.

Außerdem klingelte mein Telefon. Ich war froh, mich damit ablenken zu können, einem Topmanager in einem Luxushotel für einen außergewöhnlichen Service zur Verfügung zu stehen. Als kokettes Zimmermädchen, versteht sich.

Irgendwann hatte ich auch diese Schicht überstanden. Ich flitzte rasch zu Doris' Platz und versprach ihr, demnächst ausführlich von meinem Besuch bei Stella zu berichten. Bei der Gelegenheit fiel mir ein, dass auch Isolde bestimmt höchst neugierig war. Ich nahm mir vor, sie am Nachmittag anzurufen.

Nach einer heißen Dusche und ein paar Streicheleinheiten für Baghira wurde es Zeit, mich zum Friedhof aufzumachen. Ich war total gespannt auf dieses Mausoleum und die Malereien im Inneren. Und darauf, was ich von Stefan Neumüller würde lernen können.

Um die Wahrheit zu sagen: Ich war heilfroh, dass ich diese Verabredung hatte, denn dieser Fotospaziergang würde mich für ein paar Stunden von ominösen Blumengrüßen und düsteren Prophezeiungen ablenken.

Dank seiner hervorragenden Wegbeschreibung fand ich das Grabmal trotz des dichten Nebels ohne Probleme. Der Gang über den Friedhof hatte mich zusätzlich in gespannte Erwartung versetzt. Alles um mich herum wirkte geheimnisvoll und geradezu mystisch: die uralten Grabsteine, im Nebel nur undeutlich zu erkennen … malerisch verdorrte Grabbepflanzung, um die sich seit Jahren niemand mehr kümmerte … die zum Teil bereits kahlen Bäume, deren Äste sich himmelwärts ins Nichts streckten. Hier würde ich später noch so viele Fotos wie möglich machen.

Das Mausoleum war ein schlichter grauer Steinbau von schätzungsweise zwei mal drei Metern Grundfläche. Es hatte ein spitzes Dach und war von einem hüfthohen, schmiedeeisernen Zaun umgeben. Im Zaun war ein Tor, von dem aus ein kurzer Weg zur Eingangstür führte. Das Tor stand einen Spalt weit offen. Ich atmete auf, denn ich hätte wenig Lust gehabt, über die gefährlich aussehenden Eisenspitzen des Zauns klettern zu müssen. Zwei steinerne Amphoren rechts und links vom Weg waren der einzige Grabschmuck im Vorgarten – ein anderes Wort dafür fiel mir nicht ein. Der schmale Pfad war mit unregelmäßigen Kopfsteinen gepflastert, während die Amphoren auf fugenlosen Granitplatten standen.

Um die Zeit bis zu Neumüllers Eintreffen zu überbrücken, sah ich mich in der näheren Umgebung um und knipste etliche düster-romantische Motive, die ich mir gut für einen morbiden Kalender vorstellen konnte. Ich entdeckte uralte, schiefe Grabsteine, die mit Moos und Flechten bewachsen waren, und etliche Skulpturen von betenden Madonnen oder beeindruckend großen Engeln, die ihre gewaltigen Flügel schützend über dem jeweiligen Grab ausgebreitet hatten.

Bei der Frage, wer aus meinem Bekanntenkreis sich so etwas in seine Wohnung hängen würde, musste ich unwillkürlich kichern. Doris bestimmt nicht, Bärbel auch nicht, aber bei Isolde und Maria konnte ich es mir durchaus vorstellen. Und bei mir selbst, natürlich. Verwitterte Grabsteine im Nebel, in echt künstlerischem Schwarzweiß – eine Zierde für jedes geschmackvoll eingerichtete Wohnzimmer.

Auf jeden Fall wusste ich jetzt, was ich meinen Freunden zu Weihnachten schenken würde: Fotokalender mit meinen Bildern.

Ich ging zurück zum Mausoleum. Allmählich wurde mir ganz schön fröstelig. Die Temperaturen waren recht frisch, der Nebel machte alles feucht, und ich wartete jetzt schon eine ganze Zeit auf Stefan Neumüller.

Um mich herum war alles still. Ein Blick auf die Uhr sagte mir, dass Neumüller bereits eine knappe halbe Stunde überfällig war. Wirklich zu blöd, dass wir unsere Telefonnummern nicht ausgetauscht hatten. Aber ich konnte ja vielleicht schon mal anfangen, oder? Hatte er nicht gesagt, die Tür zum Mausoleum sei nicht abgeschlossen?

Ich schob das Tor auf. Überraschenderweise machte es kein Geräusch. Schade, das hätte schön zur Atmosphäre gepasst: Iiiiiiiiiiiek … wie in einem Horrorfilm. Das Tor zum Mausoleum, in dem Dracula wohnt, quietscht mit Sicherheit nervenzerfetzend; dieses wunderbare Klischee würde sich kein Regisseur entgehen lassen.

Das runde, wie poliert aussehende Kopfsteinpflaster war leicht glitschig. Ich blieb stehen und verstaute die Kamera in der gepolsterten Tasche, damit ihr nichts passieren konnte, falls ich ausrutschte und stürzte. Was mit mir war – egal. Zwei gebrochene Beine, aber die Kamera war heil geblieben.

Sollte ich jemals beim Fotografieren von einem Schiff stürzen, würde ich wohl kreischen: »Rettet die Kamera!«, und wenn ich schon längst unter Wasser um mein Leben gurgelte, würde mein Arm mit der Kamera noch herausragen, und zwar bis zu meinem letzten verdammten Atemzug.

Die massive, holzgeschnitzte Eingangstür zum Mausoleum war nur angelehnt, wie ich jetzt aus der Nähe sah. Und ich entdeckte noch etwas: einen schwachen rötlichen Lichtschimmer, der durch den Spalt drang. War Neumüller doch in der Zwischenzeit eingetroffen und schon längst am Werk?

Die Tür war schwergängig, ließ sich aber doch aufschieben. Bei der Inszenierung, die sich meinen Augen darbot, hielt ich die Luft an. Ich war schwer beeindruckt: Im Mausoleum brannten zahllose Grablichter in roten Gefäßen – die angemessene Beleuchtung für die Bemalung der Wände: die tanzenden Skelette. Zwar war die Farbe bereits reichlich abgeblättert, aber der morbide Reigen war noch immer gut zu erkennen. In Wandnischen standen steinerne Urnen, die wie Amphoren geformt waren.

Aber der absolute Knaller war Neumüller selbst: Er hatte sich wie eine aufgebahrte Leiche auf eine Steinbank in der Mitte des Raums drapiert.

Mit geschlossenen Augen lag er da, die Hände auf der Brust gefaltet. Seine Fototasche konnte ich nirgends entdecken; bestimmt hatte er sie draußen irgendwo versteckt, um die Inszenierung nicht zu zerstören. Dadurch, dass ich die Tür geöffnet hatte, flackerten die Grablichter in der Zugluft und erweckten die tanzenden Skelette zu unheimlichem Leben.

Ich war entzückt, dass er sich meinetwegen eine solche Mühe gemacht hatte. Er war wirklich das Prachtexemplar eines verrückten Fotografen, wie er sich ja selbst genannt hatte. Und er musste längst durchgefroren sein. Aber er blieb still liegen und zeigte keine Reaktion auf mein Eintreffen. Auf jeden Fall würde ich ihn nachher in ein Café schleppen und zu einem heißen Kakao einladen – und zu einem deftigen Frühstück, damit er sich wieder aufwärmen konnte.

»Stefan, das ist grandios! Vielen Dank«, sagte ich, aber er zuckte nicht mit der Wimper.

Hastig holte ich die Kamera heraus und begann zu knipsen. Mit Blitz, ohne Blitz, Nahaufnahmen, Totalen, von der Tür aus, zur Tür hinaus, die gefalteten Hände, die Urnen in den Nischen. Von Nahem entdeckte ich, dass Totenköpfe in die Urnen graviert waren, in der Darstellung ziemlich grob, aber dadurch umso archaischer wirkend.

»Du bist erlöst«, rief ich schließlich. »Ich glaube, ich habe genug Bilder gemacht. Wie wär's, soll ich jetzt mal die Leiche spielen?«

Nichts. Er blieb bewegungslos liegen.

Ich stupste ihn an und erschrak – der Körper fühlte sich hart an. Viel zu hart. Ich berührte seine Wange: eiskalt. Ich konnte es nicht fassen. Mein Gehirn brauchte einige Zeit, die Information zu verarbeiten. Es arbeitete auf Hochtouren, während ich wie gelähmt dastand und nichts fühlte.

War er etwa gerade erst gestorben, als ich nichtsahnend draußen auf ihn wartete?

Nein, Moment mal. Der Mann war steinhart: *Rigor mortis,* also Leichenstarre. Die war doch erst nach etlichen Stunden so ausgeprägt, oder? Er war also nicht erst seit ein paar Minuten tot. Beinahe war ich erleichtert – ich hatte es also nicht verbockt, ihm zu helfen. Ich hätte ihn nicht retten können.

Mir schoss der irrwitzige Gedanke durch den Kopf, dass wir vielleicht schon gestern verabredet gewesen waren und ich es vergessen hatte – und beim vergeblichen Warten auf mich war er erfroren. Er hatte sich dort hingelegt, war vor Langeweile eingeschlafen und dann an Unterkühlung gestorben.

Nein. Nein. Ich war nicht schuld!

Aber wer hatte die Kerzen angezündet? Die brannten definitiv noch nicht seit Stunden. War hier jemand? Ein Mörder, und ich war die Nächste?

Irgendwo in der Nähe knackten Zweige.

Wenn mir jemals im Leben etwas Beine gemacht hatte, dann das. Panisch rannte ich aus dem Mausoleum und hetzte zurück zu meinem Auto. Dort verbarrikadierte ich mich und freute mich über den starken Straßenverkehr, durch den ich mich sicher fühlte. Es dauerte einige Zeit, bis sich mein Atem beruhigt hatte und ich wieder einigermaßen klar im Kopf war. Irgendwann schaffte ich es, mein Handy aus der Tasche zu nesteln. Sollte ich die Notrufnummer wählen? Ich zögerte und entschied mich dann, Kommissarin Küpper direkt anzurufen. Wozu hatte ich schließlich die Durchwahl meiner Stamm-Kommissarin eingespeichert? Ob sie zuständig war, würde ich dann ja sehen. Falls nicht, konnte sie das Notwendige veranlassen.

»Hier ist Loretta Luchs«, sagte ich mit zitternder Stimme, als sie nach mehrmaligem Läuten endlich ans Telefon ging.

»Frau Luchs, was verschafft mir die Ehre?«

Rate mal, dachte ich, weshalb könnte ich wohl anrufen? »Ich möchte einen Leichenfund melden.«

Schweigen. Dann, zögernd: »Frau Luchs, wenn das hier …«

»Ein Scherz sein soll?«, keifte ich in den Hörer. »Ernsthaft? Glauben Sie wirklich, damit mache ich Scherze?«

»Das hoffe ich nicht. Für Sie«, erwiderte sie. »Also, was ist passiert?«

»Können wir das bitte klären, wenn Sie hier sind? Ich fühle mich gerade ziemlich unwohl. Ich habe einen stocksteifen, mausetoten Mann gefunden. In einem Mausoleum. Auf dem Friedhof.«

»Bitte? Hat jemand eine Leiche ausgegraben?«

»Leichenschändung? Nein. Es ist eine frische Leiche. Und ich kenne den Mann.«

Sie seufzte. »Natürlich tun Sie das.«

»*Bitte,* Frau Küpper. Kommen Sie her. Bringen Sie die Kavallerie mit. Dann beantworte ich Ihnen jede Frage, die Sie haben. Ich hocke in meinem Auto und ich habe Schiss, um es zurückhaltend zu formulieren. Über baldige Gesellschaft würde ich mich sehr freuen. Ausnahmsweise sogar über Ihre.«

Das schluckte sie souverän.

Sie ließ sich von mir erklären, wo ich war, dann legten wir auf.

Kapitel 11

Wenn der Körper den Stecker zieht, muss auch Loretta einsehen: Manchmal sollte man sich ausruhen – sogar sie

Es dauerte vielleicht eine Viertelstunde, bevor sie endlich eintrafen – auch wenn es mir viel länger vorgekommen war. Natürlich hatte ich versucht, Erwin anzurufen, erreichte aber nur seine Mailbox. Was sollte ich ihm hinterlassen?

Du, ich habe gerade eine Leiche gefunden – ich melde mich später noch einmal.

So vielleicht? Nein, das wäre blöd. Also bat ich ihn, sich bei mir zu melden, sobald er konnte.

Während um mich und mein Auto herum der Notarzt, ein Krankentransporter, den ich für völlig überflüssig erachtete, sowie ein Polizeiwagen einparkten und die Kommissarin gleich bis vor das Friedhofstor fuhr, stieg ich aus und vergrub die Hände in den Jackentaschen. Der kühle und feuchte Nebel schien mir unter die Kleidung zu kriechen, zumindest fühlte es sich so an.

Ich stapfte zur Küpper, die mir zur Begrüßung knapp zunickte. »Da wären wir also wieder einmal. Gehen Sie bitte voraus, ja?«

Das gefiel mir: kein Wort zu viel. Sie sollte sich erst einmal alles ansehen, danach konnten wir reden.

Schweigend folgte mir das Trüppchen über den Friedhof, vorbei an den großen Engeln und den schiefen Grabsteinen. Wir bogen rechts ab, dann links, dann wieder rechts, bis wir schließlich vor dem Mausoleum standen.

»Hier ist es«, sagte ich und deutete auf das kleine Gebäude. »Er liegt drinnen.«

Die Kommissarin nickte. »Sie kommen mit, Frau Luchs. Die anderen warten.«

Hinter der Kommissarin her trottete ich widerwillig auf die Tür zu. Es drängte mich nicht wirklich, dieses Ding noch einmal zu betreten. Musste ich auch nicht, wie sich rasch herausstellte.

Kommissarin Küpper zwängte ihre Hände in Einmalhandschuhe, dann stieß sie die Tür auf. Nebeneinander standen wir auf der Schwelle und sahen hinein.

Noch immer brannten die Kerzen, noch immer schienen die Skelette über die Wände zu tanzen. Noch immer lag Stefan Neumüller wie aufgebahrt auf der steinernen Bank.

»Was zum …«, murmelte die Kommissarin. Dann wandte sie sich zu mir. »Ist alles noch so, wie Sie es vorgefunden haben?«

»Sie meinen so, wie ich es verlassen habe, richtig?«

Sie rollte mit den Augen, und ich hätte mich am liebsten geohrfeigt. Dass ich aber auch meine verfluchte Klugscheißerei nicht lassen konnte …

»Hat sich irgendetwas verändert, seit Sie zuletzt hier waren?«, fragte sie in einem Tonfall, als würde sie mit einem Kleinkind sprechen.

Ich schüttelte den Kopf. »Nein. Alles noch genauso wie vorhin.«

»Waren Sie drinnen?«

»Ja. Wundern Sie sich also nicht, wenn Sie meine Spuren finden.«

Ihre Brauen hoben sich. »Was haben Sie denn alles angefasst?«

»Ihn.« Ich deutete mit dem Kopf auf die Leiche.

»Gut. Warten Sie bitte hinter dem Zaun auf mich. Und schicken Sie meine Kollegen rein.«

Sie zog Plastiküberzieher für ihre Schuhe aus der Jackentasche und streifte sie über, während sie auf einem Bein balancierte – was mir eine gewisse Hochachtung abnötigte. Ich wäre hingeknallt wie ein gefällter Baum. Aber ich musste mir diese Dinger auch nicht über die Schuhe stülpen, ohne dass ich etwas berühren durfte.

Ich war ja keine Kommissarin.

Während ich frierend auf und ab stapfte, spähte ich immer wieder nervös hinter mich. Ich wurde die Vorstellung nicht los, jemand könnte sich, nur wenige Meter entfernt, im dichten Nebel verbergen.

Jemand, der Stefan Neumüller dort im Mausoleum abgelegt hatte.

Nach ein paar Minuten kam die Kommissarin heraus. »Was zum Teufel hatten Sie überhaupt hier zu suchen? Wozu schleichen Sie bei diesem Wetter auf einem verlassenen Friedhof herum?«, fragte sie, während sie die Handschuhe herunterzerrte und sich dann bückte, um auch die Überzieher loszuwerden.

»Ich war mit ihm verabredet«, erwiderte ich.

Ihre Brauen schossen hoch. »Mit dem Toten? *Hier?* War es eine … romantische Verabredung? Falls ich mir die Frage erlauben darf.«

Seit wann machte sie sich darüber Gedanken, was sie sich mir gegenüber erlauben durfte?

»Sie denken, ich habe ein *Date* auf einem Friedhof? Sie trauen mir wirklich alles zu, Frau Küpper. Nein, es hatte nichts mit Romantik zu tun. Ich war mit ihm zu einem Fotospaziergang verabredet. Er – Stefan Neumüller – hat diesen Treffpunkt vorgeschlagen, wegen der Wandmalereien in diesem Mausoleum. Er sagte, wir könnten hier ein paar abgefahrene Fotos machen. Im Mausoleum und auf dem Friedhof.«

»Soso, abgefahrene Fotos«, murmelte sie gedankenverloren und blickte sich um. Dann sah sie mich wieder an. »Kennen Sie ihn gut? Stefan Neumüller?«

Ich schüttelte den Kopf. »Nein, ich bin ihm nur zweimal begegnet. Er wollte mir ein paar Fototricks zeigen.«

»Sie fotografieren? Das wusste ich gar nicht. Wo ist Ihre Ausrüstung?«

Die lag in meinem Kofferraum, und dort würde sie auch bleiben. Sobald die Kommissarin auf die Idee käme, ich könnte die Leiche fotografiert haben, würde sie meine Speicherkarte konfiszieren, tausendprozentig. Das konnte ich auf keinen Fall zulassen.

»Das ist ja das Blöde – ich habe sie zu Hause vergessen. Aber ich hatte gehofft, ich könnte seine Kamera benutzen. Er hätte mir die Bilder ja dann per Mail schicken können.«

Sie musterte mich misstrauisch. »Sie treffen sich mit jemandem, um gemeinsam zu fotografieren, und nehmen Ihre Ausrüstung nicht mit?«

Ich stürzte mich in eine weitschweifige Erklärung, in der Nachtschichten, zu wenig Schlaf und meine dadurch eingeschränkte Konzentrationsfähigkeit die wesentlichen Schlüsselwörter waren. »Ich bin zur Zeit etwas übermüdet, verstehen Sie? Würde er nicht festsitzen, würde ich glatt meinen eigenen Kopf vergessen.«

Sie starrte auf das Mausoleum, dann sah sie mich an. »Das muss ein ziemlicher Schreck für Sie gewesen sein, einen aufgebahrten Toten zu finden.«

»Sie werden es nicht glauben: Ich dachte zuerst, er spielt nur. Ich dachte, er hat das alles als Fotomotiv für mich inszeniert.«

»Ist nicht Ihr Ernst. Der Mann ist *offensichtlich* tot.«

»Das weiß ich jetzt auch.« Ich zuckte mit den Schultern. »Aber dieses Kerzenlicht … er sah lebendig aus. Durch das

Flackern der Kerzen habe ich nicht gesehen, dass er nicht atmete. Und es hat seine Blässe kaschiert. Er wirkte so … so *rosig.*«

»Und warum haben Sie es dann doch gemerkt?«

»Weil er auf mich nicht reagierte. Ich redete mit ihm, und da kam nix. Natürlich nicht – er ist ja tot.«

»Allerdings. Und weiter?«

»Ich bin dann näher ran. Als ich ihn berührte, hab ich gemerkt, dass er stocksteif ist. Und sehr kalt.«

»Verstehe. Und Ihnen ist nicht aufgefallen, dass er seine Ausrüstung nicht dabeihat? Drinnen steht keine Tasche. Oder ein Rucksack, was weiß ich, worin Fotografen ihr Equipment transportieren.«

»Doch, Frau Küpper, das ist mir aufgefallen. Aber ich dachte, das gehört zur Inszenierung. Dass er das Motiv nicht durch profane Alltagsgegenstände zerstören wollte und seinen Kram irgendwo außerhalb des Mausoleums deponiert hat.«

Mein Handy klingelte. Ich zog es aus der Jackentasche und sah, dass es Erwin war.

»Darf ich kurz …?«

Auf ihr Nicken hin nahm ich das Gespräch an und sagte: »Du, ich bin gerade beschäftigt. Warte mal kurz.« Ich deckte das Mikro mit der Hand ab und fragte die Küpper: »Brauchen Sie mich noch lange?«

Sie schüttelte den Kopf. »Das Protokoll können wir später im Präsidium aufnehmen. Vor mir aus können Sie jetzt gehen.«

»Super. Ich melde mich bei Ihnen.«

Sie marschierte zurück zum Mausoleum, und als sie außer Hörweite war, sagte ich in den Hörer: »Ich komme ins Büro. Ich habe eine Menge zu erzählen. Es gibt einen Toten.«

»Wie bitte?«, rief Erwin. »Wo? Bist du gerade vor Ort? Was hast du damit zu tun?«

»Nicht jetzt. Ich will bloß weg hier. Bis gleich.«

Erst als ich losfuhr, merkte ich, dass ich ganz schön zittrig war. Es fiel mir schwer, mich auf den Verkehr zu konzentrieren. Das war nicht gut, denn trotz des dichten Nebels gab es Vollidioten, die ohne Licht unterwegs waren. Aus irgendwelchen Gründen waren das besonders häufig Fahrer von silbernen Autos. Dank der Farbe verschmolzen sie beinahe komplett mit dem Nebel, tauchten dann urplötzlich wie Phantome auf und verpassten mir einen Adrenalinstoß nach dem anderen.

Als ich das Callcenter und damit auch Erwins Detektivbüro erreicht hatte, war ich von der Anspannung während der Fahrt vollkommen erschöpft.

Ich hatte keine Lust, quer durchs Callcenter zu latschen und alle möglichen Gespräche führen zu müssen. Also nahm ich den Nebeneingang und klopfte an die Tür, die direkt ins Büro führte.

Erwin riss sie so schnell auf, als hätte er schon direkt dahinter auf mich gelauert.

»Wenn ich jemals einen Schnaps hätte vertragen können, dann jetzt.« Ich marschierte an ihm vorbei und ließ mich in einen der Sessel fallen. »Aber das hier tut es auch.«

Auf dem niedrigen Tisch standen ein Teller mit Plätzchen, eine Warmhaltekanne und eine Tasse für mich. Sehr gut. Auch wenn der Kaffee von mäßiger Qualität war – ich hätte jetzt alles getrunken, was mich aufwärmen konnte. Schweigend beobachtete Erwin, der sich mir gegenüber gesetzt hatte, wie ich mir Kaffee einschenkte und ein paar Plätzchen in mich hineinstopfte.

»Als du vorhin angerufen hast, stand deine Patentochter

neben mir«, sagte ich. »Wenn sie mitgekriegt hätte, dass ich zu dir will, hätte sie mir garantiert einen Vortrag gehalten. Das übliche Blablabla, dass wir uns raushalten und nicht selbst ermitteln sollen. Darauf hatte ich echt keinen Bock. Der Tag war schon scheiße genug, wie du dir vorstellen kannst.«

Erwin schüttelte den Kopf und grinste. »Nein, Schätzchen, das kann ich nicht. Denn ich habe keinen Schimmer, wie dein Tag bisher aussah. Und wie du an den Toten geraten bist, der offenbar aufgetaucht ist. Wo auch immer. Da denke ich, du liegst nach deiner Nachtschicht friedlich im Bettchen und schläfst den Schlaf der Gerechten …«

»Denkste. Stattdessen schleiche ich auf einem Friedhof herum und finde in einem Mausoleum eine Leiche. Was ja erstmal nicht so ungewöhnlich ist. Aber die Leiche war frisch.«

»Ach was?«

Im Schnelldurchlauf brachte ich ihn auf den Stand der Dinge: Wer der Tote war, woher ich ihn kannte, warum ich heute mit ihm verabredet war.

»Du triffst dich mit jemandem, den du kaum kennst – auf einem *Friedhof?*«, fragte Erwin. Das Unverständnis in seiner Stimme war unüberhörbar.

»Er war Fotograf. Fotografen tun einander nichts.«

Fassungslos glotzte Erwin mich an. »Das hast du jetzt nicht wirklich gesagt, oder? Das ist der größte Mumpitz, den ich jemals gehört habe.«

»Pfff. Ehrlich gesagt habe ich ihn sogar als denjenigen in Betracht gezogen, der mir immer die Blumen zukommen lässt.«

»Welche Blumen?«

Oh, das wusste er ja nicht. Woher auch? Rasch berichtete ich ihm von den regelmäßigen Blumengrüßen.

»Das wird ja immer schöner!« Erwin schnaubte und stand auf, um den Raum mit großen Schritten zu durchmessen. Immer hin und her. Schließlich blieb er stehen. »Das mit den Blumen – das ist Stalking, Loretta! Vergiss nicht, du hast diese Blumengrüße sogar vor deiner Haustür gefunden. Und hier auf dem Parkplatz. Da weiß jemand, wo du wohnst. *Und* wo du arbeitest. Mir würde das an deiner Stelle Angst machen.«

Er hatte recht. Oh mein Gott – *er hatte recht!* Was war bloß mit mir los? Wieso funktionierten meine Antennen nicht mehr? Mir wurde flau und es rauschte in meinen Ohren.

Ich holte tief Luft. Schweigend wühlte ich in meiner Tasche nach der Liste mit der Blumensprache. Ah, da war sie. Ich zog sie heraus, faltete sie auseinander und gab sie Erwin.

»Woher hast du die?«

»Vom Blumenkavalier. Vermutlich, damit ich seine Botschaften kapiere. Die im Übrigen immer sehr nett und schmeichelhaft waren. Dass ich verehrt werde, dass ich schön bin und lauter so 'n Zeug. Das hat mir irgendwie gefallen.«

»Loretta, Loretta.« Erwin schüttelte den Kopf und ließ die Minipli-Löckchen tanzen. »Diese Nachtschichten tun dir nicht gut.«

»Was haben denn die Nachtschichten damit zu tun?«

»Dieser völlig andere Rhythmus hat dazu geführt, dass wir kaum noch miteinander geredet haben. Sonst hätte ich dir schon längst was zu diesem Blumenfreak gesagt.«

»Ich brauche niemanden, der rund um die Uhr auf mich aufpasst.« Ich setzte mich wieder.

»Darüber reden wir noch. Du hast vorhin gesagt, Astrid hätte neben dir gestanden, als wir telefoniert haben. Die Kripo ist also vor Ort und ermittelt?« Erwin sah mich abwartend an.

»Klar. Stell dir vor, als ich Stefan Neumüller fand, dachte ich zuerst, er hätte das – also sich – für mich inszeniert. Als Fotomotiv.«

»Reichlich makaber, wenn du mich fragst.«

Aber ich konnte ihm zeigen, was ich damit meinte; schließlich hatte ich ja Fotos gemacht. Also holte ich die Kamera heraus und zeigte Erwin die Bilder. Er nahm mir die Kamera aus der Hand und sah sich die Fotos noch einmal in Ruhe an.

»Könnte jemand gewusst haben, wann und wo du heute mit diesem Neumüller verabredet warst?«, fragte Erwin.

Ich hörte gar nicht richtig zu.

Mir fiel ein, was ich gedacht hatte, als mir klar wurde, dass Neumüller tot war. Ein Kichern stieg in mir hoch, das ich halbwegs unterdrückte, um weiterzusprechen. »Und dann dachte ich ... hihihi ... dann dachte ich: Hoffentlich habe ich mich nicht wegen der Verabredung vertan ... hihihi ... und er liegt hier seit gestern und ist erfroren, weil ich den Termin verpennt habe! Stell dir das mal vor!«

Ich kriegte einen Lachkrampf, der mich derart schüttelte, dass ich kaum noch Luft bekam. Nur am Rande bekam ich mit, dass Erwin wie erstarrt war. Tränen strömten über mein Gesicht, und plötzlich merkte ich, dass ich längst nicht mehr lachte, sondern weinte – und gar nicht mehr aufhören konnte. Ich heulte und heulte und heulte – und dann wurde mir schwarz vor Augen.

»Loretta! Schätzchen! Aufwachen!«

Ich versuchte, mich wegzudrehen.

Die leichten Schläge, die mir irgendjemand ins Gesicht versetzte, waren lästig. Was sollte der Quatsch?

»Sie wird wach«, sagte jemand. Eine Frau. Doris.

»Kann sie aufstehen?«, fragte jemand anderer.

Erwin? Nein, das war nicht Erwin, das war … Moment … das war Dennis, ja genau. Ich hätte natürlich die Augen öffnen können, aber ich war viel zu müde.

»Lieber nicht«, erwiderte Doris.

Ein Klingeln.

»Das ist hoffentlich der Notarzt.« Wieder Doris.

Die sollten alle abhauen, aber zügig, dachte ich, was fällt denen überhaupt ein?

Ein kühler Luftzug, dann Stimmen, dann sagte jemand sehr laut: »Frau Luchs, können Sie mich hören?«

»Ja, Herrgott«, antwortete ich.

»Der bin ich aber nicht. Ich bin der Arzt.«

Ich öffnete die Augen. Aha, so war das also: Ich lag auf dem Boden, und mehrere Leute beugten sich über mich. Im Hintergrund erkannte ich Doris, Erwin und Dennis. Im Vordergrund, sehr groß, das Gesicht eines mir fremden Mannes.

»Da ist sie ja schon wieder«, sagte der Arzt. »Was war denn los?«

Erwin erklärte dem Arzt, was geschehen war: Unser Gespräch, dann hätte ich hysterisch gelacht, danach geheult und letztendlich sei ich vom Sessel gekippt. Bumm, hätte ich dagelegen, wie tot.

»Na, na, na«, protestierte ich und versuchte, mich aufzurichten.

Der Arzt half mir hoch und verfrachtete mich zurück in den Sessel. Er ließ mich seine Finger zählen, leuchtete mir in die Augen und überprüfte meinen Blutdruck. Alle Fragen konnte ich beantworten: welcher Tag heute war (Dienstag), wo ich mich befand (Erwins Büro) und was vor meiner Ohnmacht geschehen war.

Alles im grünen Bereich also. Fand ich jedenfalls. Nicht so der Arzt.

»Sie wirken sehr erschöpft«, konstatierte er. »Hatten Sie in letzter Zeit viel Aufregung?« Er musterte mich genauer. »Sie habe ich heute doch schon mal gesehen. Am Friedhof war das. Sie haben die Leiche gefunden! Kein Wunder, dass Sie durch den Wind sind.«

»Leiche?«, kreischte Doris prompt. »Welche Leiche?«

»Lass mal, Täubchen«, sagte Erwin, »das erkläre ich dir alles später.«

»Mir geht es super.« Ich blickte in die Runde. »Kein Grund für irgendjemanden, sich Sorgen um mich zu machen.« Dem Arzt schenkte ich ein gönnerhaftes Nicken. »Tut mir leid, dass Sie sich umsonst herbemüht haben.«

Seine Brauen wanderten hoch bis an den Haaransatz. »Umsonst? Sie sind ohnmächtig vom Sessel gekippt. Ihr Körper hat den Stecker gezogen, wenn Sie so wollen. So weist er darauf hin, dass er Erholung braucht.«

Lässig winkte ich ab. »Nachts arbeiten und zu wenig Schlaf, Sie verstehen. Ich mache jetzt ein Nickerchen, und dann bin ich wieder fit für die nächste Schicht.«

»Kommt überhaupt nicht in die Tüte!«, rief Dennis. »So setzt du dich nicht an meine Hotline, verstanden?«

Der Arzt zwinkerte verwirrt und guckte von Einem zum Nächsten. »Sie sind der Chef von Frau Luchs?«, fragte er Dennis dann.

»Allerdings.« Dennis nickte energisch. »Und ich bestehe darauf, dass Lor…, dass Frau Luchs auf der Stelle krankgeschrieben wird, Herr Doktor.«

»Mal ganz abgesehen davon, dass dies hier kein Wunschkonzert ist«, erwiderte der Arzt, »hätte ich das sowieso gemacht. Wenigstens bis zum Ende der Woche. Und dann möchte ich, dass Sie sich Ihrem Hausarzt vorstellen, Frau Luchs.«

»Der kennt mich schon«, murmelte ich bockig.

Diese Keckheit ignorierte er geflissentlich und stellte eine Arbeitsunfähigkeitsbescheinigung aus. Einen ›Gelben‹, wie Frank es genannt hätte.

Erwin brachte mich nach Hause, aber ich wollte nicht, dass er mit hochkam.

»Ich will nur noch ins Bett«, sagte ich.

»Na gut, dann reden wir morgen früh. Es gibt noch einiges zu klären.«

Das kollidierte mit dem Termin bei Stella. »Das geht nicht. Da bin ich schon verabredet. Mittags wäre okay. Ich koche uns was.«

»In Ordnung. Und jetzt ruh dich aus.«

Als ich mich die Treppen zu meiner Wohnung hochschleppte, merkte ich, wie müde ich war. Ich fütterte Baghira, nahm eine heiße Dusche und legte mich dann ins Bett.

Da mir nach Gesellschaft war, hatte ich die Schlafzimmertür offengelassen, und der Kater verstand den Wink. Er kam hereingetapst, sprang aufs Bett und streckte sich neben mir aus. Ich legte die Hand auf seinen warmen, vibrierenden Körper, und sein Schnurren wurde lauter.

Mit diesem beruhigenden Soundtrack schlief ich ein.

Kapitel 12

Loretta hadert mit ihrem Schicksal, das alles unausweichlich macht – oder vielleicht doch nicht?

Es war sechs Uhr am nächsten Morgen, als ich aufwachte, also hatte ich sechzehn Stunden durchgeschlafen. Mein nächster Termin war um neun … nein, halt: Mein Auto stand am Callcenter. Das musste ich noch abholen. Dann konnte ich auch gleich kurz mit Doris reden, denn sie machte sich bestimmt Sorgen um mich. Aber was sollte ich ihr sagen? Die Wahrheit, dass ich gar nichts fühlte, sondern wie betäubt war? Wie die Figuren eines Kinderkarussells bewegten meine Gedanken sich unermüdlich im Kreis: Irgendwie passten die Ereignisse nicht zusammen, bildeten aber dennoch ein Ganzes. Zu den Blumengrüßen, die mich beschäftigten, der endgültigen Trennung von Pascal und den wirren Prophezeiungen hatte sich jetzt noch eine Leiche gesellt. Viel zu viel in viel zu kurzer Zeit war passiert. Nichts davon hatte ich auch nur im Ansatz verarbeiten können. Als würde ich über ein Minenfeld laufen, auf dem um mich herum ständig Explosionen hochgingen. Wenn ich mich erschrocken umwandte, folgte bereits die nächste. Ich drehte mich im Kreis, genau wie das Karussell.

Ich setzte einen Espresso auf und holte die Zeitung hoch. Im Stehen blätterte ich sie durch, fand aber nichts über den Tod von Neumüller. Aha, die Polizei gab also noch keine Informationen raus. Bei der Gelegenheit fiel mir ein, dass ich noch ins Präsidium musste, um meine Aussage zu machen – das konnte ich zwischen dem Termin bei Stella und der Verabredung mit Erwin erledigen, hoffte ich.

Ich frühstückte ausgiebig und las in Ruhe die Zeitung.

An jedem noch so uninteressanten Artikel biss ich mich fest, um das Chaos in meinem Kopf zu verdrängen. Dann war es auch schon Zeit, ein Taxi zu rufen.

Ich sah Gudi nicht kommen, sonst wäre ich ihr ausgewichen. Ich nahm das Wechselgeld vom Taxifahrer entgegen, drehte mich um – und da stand sie.

»Mensch, Loretta! Von dir hört man ja Sachen!«

Die Sensationsgier funkelte in ihren wasserblauen Augen. Sofort war ich genervt, vielen Dank auch, Gudi. Außerdem konnte ich es nicht ausstehen, wenn Leute von sich selbst als *man* sprachen.

Am besten erst mal checken, was über mich kursierte. »So? Was hört *man* denn so?«

»Du sollst gestern hier kollabiert sein«, sagte sie aufgeregt. »Und ich hatte mich schon gewundert, dass du nicht zur Schicht gekommen bist.«

Na toll. Aber klar: Das war schließlich hier passiert. Es wäre ein Wunder gewesen, wenn es niemand mitgekriegt hätte. Immerhin war der Notarzt gekommen. Und Doris hatte ihren Arbeitsplatz verlassen, um Erste Hilfe zu leisten. So etwas verbreitet sich wie ein Lauffeuer.

Ich zuckte mit den Schultern. »Alles halb so wild. Ein kleiner Schwächeanfall. Ich bin wieder auf den Beinen, wie du siehst.«

Gudi seufzte theatralisch. »Das geht ja so schnell: Man überfordert sich, man ignoriert die Warnzeichen – und schon liegt man auf der Nase.«

Und wenn *man* nicht aufpasst, kriegt *man* ratzfatz eine gescheuert, weil *man* seine Nase in die Angelegenheiten anderer Leute steckt, dachte ich grimmig. Ich merkte, dass meine Hände sich zu Fäusten geballt hatten. Langsam zählte ich innerlich bis zehn.

Sie kam ganz nahe heran, senkte die Stimme und raunte: »Stimmt es, dass du eine Leiche gefunden hast?«

Ich fuhr zurück. Wo zum Henker hatte sie das denn her? Hatte irgendwer nicht dichtgehalten?

Aber vielleicht hatte sie auch nur einen Dialogfetzen zwischen Doris und Erwin aufgeschnappt. Oder zwischen Erwin und Dennis. Sie mussten unbedingt aufpassen, wenn sie sich im Callcenter über derlei Dinge unterhielten. Hinter der nächstbesten Tür konnte Gudi stehen und die Ohren spitzen.

Nicht gut. Gar nicht gut.

»Eine Leiche?«, erwiderte ich. »Nicht, dass ich wüsste. Und das täte ich ja wohl, wenn ich tatsächlich eine gefunden hätte. Nein, da musst du irgendwas falsch verstanden haben, Gudi.«

Ihr Gesicht sprach Bände: Sie glaubte mir kein Wort. Aber was sollte sie machen? Mir Daumenschrauben anlegen, um die Wahrheit aus mir rauszuholen?

Ich lächelte und fügte hinzu: »Schönen Feierabend. Ich muss los.«

An der Eingangstür drehte ich mich noch einmal um. Sie stand auf dem Parkplatz und starrte mir hinterher.

Drinnen winkte ich Doris zu und sie bedeutete mir, dass sie zu mir kommen würde, sobald sie das laufende Kundengespräch beendet hatte. Ich überlegte, ob ich kurz zu Dennis reingehen sollte, als er mir auch schon entgegenkam.

»Erwin hat mir alles erzählt«, sagte er statt einer Begrüßung. »Wir haben also einen neuen Fall.«

»Verflucht«, zischte ich und zerrte ihn mit mir in sein Büro. Ich knallte die Tür hinter uns zu und funkelte ihn an. »Wir müssen unbedingt diskreter mit diesen Dingen umgehen. Gudi hat mich gerade schon darauf angequatscht.

Herrje – *Gudi.* Glaubst du, ich habe Lust, ausgerechnet mit ihr darüber zu reden?«

»Nein, natürlich nicht«, sagte Dennis verdattert. »Aber ich wusste nicht, wann und wie sie etwas gehört haben könnte. Echt nicht.«

»Hat sie aber! Klappe halten in der Öffentlichkeit, okay? Ab sofort nur noch hinter verschlossenen Türen, wenn ich höflich darum bitten darf. Und nicht wir haben einen Fall, sondern allenfalls die Polizei.«

Darüber lachte er sich kaputt, aber dann hörte er abrupt damit auf. Vermutlich weil ihm aufging, dass ich keinen Scherz machte. »Wie bitte? Ihr wollt nicht ermitteln? Erwin und du? Aber ihr seid *Minipli-Man* und *Hornbrillen-Girl!*«

Ich schüttelte den Kopf. »Nee. Diesmal nicht.«

In diesem Moment kam Doris herein und Dennis rief: »Hast du schon gehört? Loretta sagt, sie will *nicht* ermitteln!«

»Und was genau empört dich daran?«, fragte Doris. »Ich will schwer hoffen, dass sie nicht aktiv wird.« Sie wandte sich mir zu, und ihre gerade noch schneidende Stimme wurde sanft. »Wie geht es dir, Liebchen? Hast du gut geschlafen?«

Ich nickte. »Durchgepennt von gestern Nachmittag bis heute Morgen. Wie 'ne Tote.«

Doris runzelte die Stirn. »Sag so etwas nicht. Das ist nicht komisch, Loretta. Was hast du heute noch vor?«

»Nichts Aufregendes, keine Sorge. Gleich fahre ich zu Stella, dann muss ich kurz ins Präsidium zur Küpper, und danach treffe ich mich mit deinem Gatten. Ich bin also vollkommen in Sicherheit.«

»Frag Stella doch mal, ob die ganzen Toten in deinen Sternen stehen.«

Oha ... Wespennest. Ruhig bleiben, Loretta.

»Stella? Wer ist das denn?«, fragte Dennis sofort.

»Lorettas Astrologin«, antwortete Doris, ehe ich eingreifen konnte.

Dennis' Kopf fuhr zu mir herum. »Du hast eine *Astrologin?* Seit wann gehst du denn zu Wahrsagern?«

Genau das hatte ich vermeiden wollen. »Stella ist keine Wahrsagerin.«

»Ach nein? Ich dachte, diese Glaskugel-Freaks sagen die Zukunft voraus.« Er grinste.

»Stella ist kein Glaskugel-Freak«, fauchte ich. »Und sie kann auch nicht in die Zukunft sehen, sonst könnte ich nämlich gleich zu spät kommen, ohne dass ich Bescheid sagen müsste.«

Ich sah Dennis an, dass er zu gerne noch ein paar blöde Witze gerissen hätte. Und dann wurde mir bewusst, dass ich genau diese blöden Witze vor ein paar Tagen selbst noch gemacht hatte.

»So eine ist Stella nicht. Wirklich nicht«, sagte ich in versöhnlichem Ton zu Dennis. »Wenn es dich wirklich interessiert, erzähle ich dir was dazu. Aber nicht jetzt. Ich bin schon spät dran.«

Ich umarmte Doris zum Abschied und versicherte ihr noch einmal, dass sie sich keine Sorgen um mich machen musste. Und ich nahm mir vor, Stella tatsächlich danach zu fragen, ob sie die Toten in meinem Horoskop sehen konnte.

Den Weg die Auffahrt hoch nutzte ich, um ein paar Atemübungen zu machen. Ich wollte nicht, dass Stella mir die Aufregungen des gestrigen Tages sofort anmerkte. Diesmal sollte zunächst nichts vom eigentlichen Thema ablenken: Pascal und mir.

»Loretta. Herzlich willkommen«, sagte die Astrologin und trat einen Schritt beiseite, um mich einzulassen.

Die schöne Atmosphäre der Orangerie zog mich sofort in ihren Bann – die großen Pflanzen, das warme Licht der Papierlampen, der Duft nach Tee und Honig, das schlichte Mobiliar. Ich seufzte und ließ mich in einen der Sessel sinken.

»Das klang erleichtert.« Sie schenkte mir Tee ein und schob den Honig herüber zu mir.

»Was meinen Sie?«, fragte ich geistesabwesend. Ich war mit dem Honig beschäftigt, der in meinem heißen Getränk zu goldenen Schlieren zerfloss und sich dann langsam auflöste.

»Ihr Seufzen meine ich. Als trügen Sie eine sehr schwere Last.«

Ich blickte von meiner Tasse hoch. »Tatsächlich? Nein, es ist nur ... Hier zu sitzen, ist, wie in eine andere Welt einzutauchen. So friedlich.« Ehe sie weiterbohren konnte, fuhr ich rasch fort: »Diese Karte, die Ihre Großmutter für mich gezogen hat ... die hat mich natürlich beschäftigt. Ich habe sie im Internet gefunden, und da stand jede Menge gruseliges Zeug. Das ist die eine Sache. Die andere ist: Wieso steht die Karte in meinem Horoskop? Oder ist es umgekehrt? Das verstehe ich nicht. Und was hat Pluto damit zu tun?«

Sie nickte und setzte ihre Tasse ab. »Die achtundsiebzig Karten eines Tarotdecks sind verschiedenen astrologischen Prinzipien zugeordnet: den Sternzeichen, den Planeten und dann den unterschiedlichen Konstellationen zwischen den Planeten und den Zeichen. Die Karte, die meine Großmutter gezogen hat, steht für Mars, der sich im Zeichen Zwillinge befindet – so, wie es in Ihrem persönlichen Horoskop tatsächlich der Fall ist.«

»Ist das gut oder schlecht?«

Ein Lächeln huschte über ihr Gesicht. »Weder noch. Ich würde eine Konstellation niemals als gut oder schlecht bewerten. Mars in Zwilling ist nur eins der vielen Mosaiksteinchen, aus denen sich Ihr Horoskop zusammensetzt.«

»Aber was *bedeutet* es denn nun?«

»Über Ihre Freiheitsliebe haben wir ja bereits gesprochen. Sie haben einen offenen Geist, der sich immer wieder neu inspirieren lässt. Gewählte Ziele können sich bei Ihnen rasch verändern, und es gibt bestimmt Menschen, die Sie deshalb für inkonsequent oder sprunghaft halten.«

»Und das bin ich nicht?«

»Nein, das würde ich nicht so nennen. Im Gegenteil: Sie haben eine Fähigkeit, die sehr wertvoll ist, nämlich beide Seiten einer Medaille erkennen zu können – was Ihnen konkrete Entscheidungen nicht gerade erleichtert. Und nicht jeder vermag den Kapriolen Ihres wachen Geistes zu folgen. Während andere noch am Boden verharren und grübeln, fliegen Sie schon längst durch die Lüfte und erweitern Ihren Horizont.«

Ach was? So war das also? »Und Pluto?«

»Pluto«, fuhr sie fort, »bildet zu Mars ein Trigon, das ist eine harmonische Verbindung. Allerdings verbinden sich hier zwei machtvolle Kräfte – und schon sind wir wieder bei Ihrem sehr stark ausgeprägten Drang, eigenwillig zu handeln. Um aktiv und handlungsfähig zu bleiben, benötigen Sie viel persönlichen Spielraum.« Sie musterte mich. »Kommt Ihnen das bekannt vor?«

Selbstverständlich kam es das.

War es nicht so, dass Pascal mir immer dann lästig wurde, wenn ich einen neuen Fall hatte beziehungsweise glaubte, irgendetwas aufklären zu müssen? Rannte ich dann nicht wie ferngesteuert durch die Gegend, ganz und gar fokussiert auf die Ermittlungen?

Langsam nickte ich. »Bitte reden Sie weiter.«

»Mit großer Zähigkeit und schier unbeugsamer Kraft

setzen Sie dann Ihre Absichten durch, auch gegen Widerstände«, sagte sie. »Es scheint tatsächlich nichts zu geben, was Sie so richtig erschrecken kann. Viele Menschen bewundern Sie für Ihren Mut, sich auch bedrohlichen und unerfreulichen Situationen auszusetzen.«

»Mit Mut hat das nichts zu tun«, warf ich ein. »Niemand setzt sich solchen Situationen freiwillig aus, auch ich nicht. Ich stolpere hinein.«

Stella ließ mir ein wenig Zeit, mich zu sammeln. Dann sagte sie: »Sie reden von den Leichen in Ihrem Leben, nicht wahr?«

»Allerdings. Die suche ich nicht. Die finden mich. Warum auch immer.«

»Das muss eine schwere Bürde sein.«

»Ja. Andererseits beflügelt es mich, diese Todesfälle aufzuklären. Es fühlt sich gut und richtig an. Aber ich gehe damit nicht hausieren. Diesen Teil meines Lebens verberge ich vor den meisten Menschen, weil ihre Sensationslüsternheit mich anwidert.«

»Ihnen geht es darum, Gutes zu tun und Erlösung zu bringen. Die Gaffer wollen nur ihre Lust am Grauen befriedigen. Da treffen wir übrigens auf Neptun, der in Opposition zu Mars steht, das heißt, die beiden Kräfte ringen miteinander. Da ist Mars: aggressiv, vorwärtsstürmend, zielgerichtet. Und ihm gegenüber steht der nebulöse Neptun. Das ergibt Heimlichkeiten, Illusionen und Hinterhalt.« Sie deutete ins diffuse Grau draußen vor dem Fenster. »Schauen Sie hinaus in den Nebel: Das ist Neptun.«

Ich schauderte unwillkürlich. »Unheimlich.«

»Viele Menschen fühlen sich im Nebel unwohl und unsicher. Aber Ihr Horoskop ist insgesamt sehr Neptun-betont. Also hätte ich eher gedacht, dass Sie den Nebel nicht als bedrohlich empfinden.«

»Das stimmt. Im Nebel bin ich allein, aber auf eine angenehme Weise. Als würde der Rest der Welt nicht existieren.« Ich seufzte und fügte hinzu: »Bis gestern war es so.«

Sie nickte langsam, als hätte ich eine Vermutung bestätigt. »Bei Ihnen hat sich etwas verändert, das habe ich gespürt. Was ist gestern passiert?«

»Eine Leiche ist passiert. Eine neue Leiche. Im Nebel. Ich habe sie gefunden.«

Sie sah mich ernst an. »Sie sind eine ganz erstaunliche Person, Loretta. Jeder andere hätte heute wahrscheinlich damit begonnen, mir von diesem Drama zu berichten – Sie nicht. Aber da ist diese besondere Düsternis, die Sie heute umgibt. Erzählen Sie.«

Keine Frage, keine Bitte, sondern einfach nur diese schlichte Aufforderung. Auch Stella war ganz erstaunlich, wie ich fand.

Also nahm ich sie mit auf den nebelverhangenen Friedhof, führte sie zwischen den Grabsteinen hindurch zum Mausoleum und ließ sie an meinem schrecklichen Irrtum teilhaben, Neumüller habe sich für mich als Leiche inszeniert, um mir ein aufregendes Fotomotiv zu bieten.

»Jetzt verstehen Sie sicherlich, dass ich mit Nebel momentan ziemlich auf Kriegsfuß stehe«, sagte ich abschließend.

»Was Sie erlebt haben, ist grauenvoll. Ich weiß nicht, was ich sagen soll.«

Ich zuckte mit den Schultern. »Und dennoch ist es für mich beinahe normal.«

»Haben Sie wieder das Gefühl, den Fall lösen und den Mörder finden zu müssen?«

»Nein. Diesmal nicht. Die Polizei ist am Zug.« Ich beugte mich vor und sah sie flehend an. »Das verändert sich, oder? Das bleibt doch nicht für immer so?«

»Was meinen Sie?«

»Die Planeten stehen doch nicht still, die wandern. Also verändert sich mein Horoskop, oder? Mein Schicksal, oder wie man das auch immer nennen will. Das Schicksal, immer wieder Leichen zu finden. Einerseits erleichtert mich, dass es offenbar mein Schicksal ist, denn das ist ja der Beweis dafür, dass ich nichts dafürkann. Andererseits fühle ich mich ihm hilflos ausgeliefert. Das ist nicht angenehm. Und wenn die Planeten an eine andere Stelle wandern …«

Ihr Gesicht verzog sich mitfühlend. »Ihr Horoskop, über das wir hier reden, verändert sich nicht, Loretta. Das ist die Konstellation der Planeten im Moment Ihrer Geburt, das *sind* Sie – auf die eine oder andere Art. Aber niemand ist gezwungen, sich seinem vermeintlichen Schicksal willenlos zu unterwerfen. Sie haben nach wie vor die Option, Entscheidungen zu treffen. Sie sollten verstehen, Loretta, dass Sie sich immer wieder dafür entscheiden, so nah an den Toten dranzubleiben.«

Kapitel 13

Loretta muss einsehen, dass mehr Dinge miteinander zu tun haben, als sie sich bisher eingestehen wollte

Ich fuhr direkt zum Präsidium, denn ich wollte es schnell hinter mich bringen.

Während ich im dichten Verkehr durch die City schlich, kreisten meine Gedanken um das, was Stella zuletzt gesagt hatte. Schicksal hin oder her: Ich traf Entscheidungen für mein Leben, deren Konsequenzen ich zu tragen hatte. Ich und nur ich allein. Für jede einzelne meiner amateurhaften Ermittlungen hatte ich mich entschieden; keineswegs war ich unfreiwillig in irgendetwas hineingeschlittert. Und jetzt war ich auf dem Weg zu Kommissarin Küpper, der ich diesmal mit Freuden die Ermittlungen überlassen würde, ohne mich einzumischen.

Das hatte ich soeben definitiv entschieden.

Der Typ an der Pforte gab sich gewohnt spröde, und ich ärgerte mich, nicht erst mit der Küpper telefoniert zu haben. Ich nannte meinen Namen und mein Begehr, woraufhin er im Dezernat anrief und mit mehreren Leuten redete. Natürlich musste er bei jedem neuen Gesprächspartner wieder bei Adam und Eva anfangen: *Hier ist eine Frau Luchs, sie will in der Sache Stefan Neumüller eine Aussage machen, sie wird angeblich von Kommissarin Küpper erwartet,* blablabla. Allein das *angeblich* ärgerte mich.

»Kommissarin Küpper ist in einer Besprechung«, sagte er schließlich. »Sie lässt fragen, ob Sie oben warten wollen. Es wird nicht lange dauern.«

Ich wollte und fuhr mit dem Aufzug hoch. Als die Tür

aufglitt, stand dort ein junger Mann, der mich in den Wartebereich führte.

Ich rief Erwin an, um ihm Bescheid zu sagen, dass ich noch im Präsidium war. Mehr konnten wir nicht sprechen, denn tatsächlich stand die Küpper bereits vor mir und bat mich in ihr Büro.

Noch einmal erzählte ich ihr die ganze Geschichte, die sie diesmal aufzeichnete, damit ein Protokoll angefertigt werden konnte.

»Das hätte jetzt aber auch ein Kollege erledigen können, oder?«, sagte ich, als ich fertig war.

»Ich wollte lieber mit Ihnen persönlich sprechen, falls Ihnen in der Zwischenzeit noch etwas eingefallen ist. Über Herrn Neumüller. Oder über die Art Ihrer Bekanntschaft.«

Äääh ... hörte ich da einen gewissen Unterton?

»Die Art unserer Bekanntschaft? Noch einmal: Wir sind uns im Park begegnet und kamen ins Gespräch, weil wir das gleiche Hobby teilen. *Teilten.* Mehr weiß ich nicht über ihn, nur seinen Namen und dass er gerne fotografiert. Fotografiert *hat,* verdammt. Ich weiß weder, wo er wohnt, noch was er beruflich macht noch sonst irgendwas. Haben Sie keine Ausweispapiere bei ihm gefunden?«

»Das darf ich Ihnen nicht sagen, das wissen Sie doch, Frau Luchs.«

Ja, ja, ja. Das wusste ich, und ich verkniff mir die Frage danach, wann, wie und wo Stefan Neumüller gestorben war.

Damit war die Audienz auch schon beendet.

Sie komplimentierte mich zurück in den Wartebereich und sagte: »Vielen Dank, dass Sie hergekommen sind, Frau Luchs. Die Anfertigung des Protokolls dauert einen kleinen Moment, aber Sie kennen das Prozedere ja: Wir benötigen noch Ihre Unterschrift. Wenn Ihnen doch noch etwas einfällt, wissen Sie, wie und wo Sie mich erreichen.« Sie wollte schon gehen, aber dann wandte sie sich noch einmal zu mir um. »Keine Alleingänge, Frau Luchs.«

»Keine Sorge. Diesmal garantiert nicht.«

Sie nickte und zischte ab, und ich fragte mich kurz, wieso sie glaubte, dass mir noch etwas einfallen könnte. Obwohl: Natürlich unterstellte sie mir, dass ich irgendwelche Informationen zurückhielt, so wie ich es in der Vergangenheit schon getan hatte. Und warum hatte ich das? Weil ich selbst hatte ermitteln wollen. Aber nicht dieses Mal, das hatte ich mir schließlich fest vorgenommen.

Das konnte sie nicht wissen, aber sie würde es merken. Spätestens dann, wenn weder Erwin noch ich in ihrem Sichtfeld an Stellen auftauchten, wo wir nichts zu suchen hatten.

»Gyrosteller, die Dame!«, trompetete Erwin schon im Treppenhaus. »Das ist hoffentlich in deinem Sinne?«

Ich legte den Finger an die Lippen, deutete dann auf meinen Magen und sagte: »Psst. Zuhören!«

Wir schwiegen und hörten meinen Magen knurren.

»Reicht dir das als Antwort?«, fragte ich, und Erwin lachte dröhnend, als er an mir vorbei zur Küche marschierte.

Wir machten uns nicht die Mühe, das Essen auf Porzellan umzubetten, sondern aßen direkt vom Plastikteller – aufmerksam beäugt von Baghira, der vermutlich am liebsten von seinem Kratzbaum mit allen vieren ins Gyros gesprungen wäre. Um ihn abzulenken, knüllte ich die Alufolie, die das Essen umhüllt hatte, zu einem Ball zusammen, den ich durch die Küchentür in den Wohnungsflur warf. Wie ein schwarzer Blitz schoss der Kater von seinem Kratzbaum herunter und dribbelte mit seinem duftenden Spielzeugball von dannen.

Als wir aufgegessen hatten, setzte ich einen Espresso für uns auf.

»Und – wie war es bei Astrid?«, fragte Erwin.

»Wie schon? Wie immer. Ich habe der Kommissarin erzählt, was sie bereits wusste, und sie hat gemauert. Keinerlei Informationen über Todesart, Zeitpunkt oder sonst was. Schon als ich wissen wollte, ob sie bei Neumüller Ausweispapiere gefunden haben, hat sie total geblockt.«

Er wartete ab, bis ich den Kaffee eingeschenkt und mich wieder gesetzt hatte. Dann sagte er: »Gut, dass ich meine Quellen habe und wir meine Patentochter dafür nicht brauchen.«

Natürlich hatte er seine Quellen – immerhin war er ehemaliger Polizist. Nicht nur alte Kollegen, sondern auch andere Bekannte von früher – zuweilen recht obskurer Art – waren immer bereit, Erwin gegenüber die eine oder andere Information fallenzulassen, auch interner Natur.

Zwar wollte ich nicht ermitteln, aber neugierig war ich trotzdem. »Sag schon!«

»Neumüller wurde erstochen. Als du ihn gefunden hast, war er auf jeden Fall bereits länger als zwölf Stunden tot.«

»Gott sei Dank«, entfuhr es mir spontan.

Erwin sah mich erstaunt an. »Wie bitte?«

»Ich hatte doch die blöde Idee, ich hätte seinen Tod vielleicht verhindern können, wenn ich direkt ins Mausoleum gegangen wäre. Vollkommen irrational, ich weiß. Aber trotzdem ... das ist jetzt wohl vom Tisch. Die Totenstarre war also voll ausgeprägt. Hat er die ganze Nacht dort gelegen?«

Er zuckte mit den Schultern. »So weit sind sie noch nicht. Alles nicht so einfach, allein schon wegen der Kälte. Die beeinflusst natürlich die körperlichen Veränderungen nach Eintritt des Todes.«

»Aber die Totenflecken sagen etwas darüber aus, ob er die ganze Zeit auf dem Rücken gelegen hat oder nicht. Wenn er nicht mehr bewegt wurde ...« Ich dachte nach und fuhr fort: »Vielleicht war er ja vorgestern schon im Mausoleum, um es für unser Treffen vorzubereiten. Um zum Beispiel die Kerzen aufzustellen, weißt du? Und irgendein Irrer hat ihn abgestochen.«

»Motiv?«

»Keine Ahnung. Vielleicht die Kamera-Ausrüstung. Die war bestimmt einiges wert, die könnte man versetzen.«

»Hm.« Erwin runzelte die Stirn. »Du meinst, ein verzweifelter Junkie, der dringend Geld für Drogen brauchte?«

»Neumüller hat gesagt, dieser Friedhof ist schon lange außer Betrieb. Unter Umständen gibt es ja noch mehr als nur dieses eine Mausoleum. Die könnten doch prima als Unterschlupf dienen.«

»Aha – jetzt bist du also bei Pennern angelangt.«

»Kann doch sein? Oder irgendwelche Kriminellen, Dealer zum Beispiel, benutzen sie als Lager für ihre Ware. Oder für Diebesgut.«

»Die Kollegen haben jeden Zentimeter des Friedhofs nach Spuren abgesucht. Nichts Auffälliges. Und nichts, was auf regelmäßige Anwesenheit anderer Leute schließen lässt. Wer alles wusste von eurem Termin?«

»Fragst du mich das im Ernst?« Ich schnaubte und fuhr fort: »Wie kann ich wissen, wem Neumüller davon erzählt hat? Vielleicht hat er es ja überall herumgetratscht.«

»Wo wart ihr denn, als ihr euch für den Fotospaziergang verabredet habt?«

»Im Park. Bei dichtem Nebel. Theoretisch könnten zig Leute in der Nähe gewesen sein und uns belauscht haben, ohne dass wir auch nur einen davon zwangsläufig hätten sehen müssen.«

»Und du weißt nichts über ihn oder sein Privatleben?«

»Gar nichts.«

»Zeigst du mir noch einmal die Fotos?«

Ich holte den Laptop aus dem Wohnzimmer und stellte ihn auf den Tisch, den Erwin freigeräumt hatte. Konzentriert studierte er die Fotos, bei denen nun in der Vergrößerung viel mehr Details erkennbar waren als auf dem Display der Kamera.

Ich starrte einen Moment auf den Bildschirm und schaffte es dann gerade noch ins Bad und über die Toilette, so schnell wollten Gyros, Pommes frites, Tsatsiki und Espresso aus mir raus. Das war nicht schön, aber hinterher ging es mir besser. Ich putzte mir die Zähne und wusch mir das Gesicht, dann ging ich zurück in die Küche und setzte frischen Espresso auf.

»Tut mir leid ums Essen«, sagte ich zu Erwin.

»Nein, mir tut es leid, dass dich die Sache so mitnimmt. Hast du übrigens mal darüber nachgedacht, dass dein Blumenkavalier damit zu tun haben könnte? Besser gesagt: dein Stalker!«

Schock. Er stellte einen Zusammenhang her, den ich die ganze Zeit nicht hatte denken wollen. Obwohl er mich nun fast umhaute. Zunächst flüchtete ich mich in die Taktik, mich doof zu stellen. Ich eierte hastig zu meinem Stuhl und ließ mich darauf fallen, bevor ich umkippen konnte. »Was willst du damit sagen?«, flüsterte ich.

»Ich finde es einfach auffällig, dass dir jemand diese Blumenbotschaften zukommen lässt. Und Botschaften sollen es sein, sonst hättest du diese Liste nicht. Du sollst ja verstehen, was er dir sagen will. Ich frage mich …« Er blickte hoch, brach ab und musterte mich besorgt. »Alles okay mit dir? Ist dir noch schlecht?«

Blöde Frage, Erwin, dachte ich.

»Ganz ehrlich? Mit jeder Minute wird mir kodderiger. Je näher du mich der Leiche rückst, desto beschissener fühle ich mich, vielen Dank.«

Er war sichtlich bestürzt und klappte entschlossen den Laptop zu. »Du hast recht. Wir hören damit jetzt auf. Momentan ist alles reine Spekulation. Ich versuche, noch mehr über diesen Neumüller herauszufinden. Wer weiß, welche Leichen der Mann im Keller hatte.«

Schon wieder diese Formulierung. Mir reichte es. Ich hatte die Schnauze voll.

»Erwin … nicht böse sein, aber das ist alles gerade ein bisschen zu viel für mich. Ich kann nicht mehr.«

Er verabschiedete sich sofort, schärfte mir aber ein, mich umgehend zu melden, falls ich Hilfe brauchte. Oder etwas Leckeres zu essen. Oder Gesellschaft. Oder alles zusammen.

Keine Ahnung, was ich brauchte. Ein ruhigeres Leben vielleicht? Ein Leben, in dem ich zum Beispiel ganz in Ruhe um das Ende meiner Beziehung trauern konnte – das wäre schön. Ein Leben, in dem es keine irren Mörder gab, die durch den Nebel schlichen. Was war bloß los mit diesen Leuten, die andere umbrachten? Ob Neumüller wohl einen Feind gehabt hatte, der ihm auf den Friedhof gefolgt war? Und was musste der Ärmste getan haben, um den Mörder so weit zu bringen? Aber was auch immer: Nichts, gar nichts rechtfertigte einen Mord. Oder – schlimmer noch – war Neumüller ein zufälliges Opfer? Obwohl ich ihn kaum gekannt hatte, berührte sein Tod mich tief.

Und überhaupt: Was fiel diesem Arschloch von Mörder eigentlich ein, mir die Freude am Nebel zu vermiesen?

Ich setzte mich an den Küchentisch und klappte den Laptop wieder auf. Auf dem Monitor erschien der tote Stefan Neumüller, malerisch aufgebahrt im noch viel malerischen Mausoleum. Durch das sanfte Licht der Kerzen wirkte er tatsächlich höchst lebendig. Kein Wunder, dass ich zunächst keinen Verdacht geschöpft hatte. Ich klickte weiter.

Es folgte ein Foto, das ich mit Blitzlicht gemacht hatte, und hier sah die Sache schon anders aus: Neumüllers Gesicht war blutleer und wächsern. Es war das Gesicht eines toten Mannes, eindeutig. Ich holte tief Luft und schloss einen Moment die Augen.

Als es plötzlich klingelte, zuckte ich zusammen. Während ich zur Tür ging, hallten in meinem Kopf alle Unkenrufe wider, die ich in der letzten Zeit gehört hatte – angefangen bei Madame Pythia bis hin zu Erwin, der mich vor dem Blumenmann gewarnt hatte. Vielleicht war es besser, nicht einfach die Tür zu öffnen, sondern erst einmal nachzufragen. Wozu gab es schließlich seit einem halben Jahr die Gegensprechanlage, die ich allerdings – soweit ich mich erinnern konnte – noch nie benutzt hatte.

Herrje, wie ging das noch mal? Der Handwerker hatte es Pascal gezeigt, da ich beim Einbau nicht zu Hause gewesen war, und als der es mir erklären wollte, hatte ich nur mit halbem Ohr zugehört. Aber zu irgendwas musste dieser Telefonhörer ja gut sein. Ich hob ihn ab und sagte: »Ja bitte? Wer ist da?«

Straßengeräusche, ein überraschtes Keuchen, dann: »Großer Gott, hast du mich vielleicht erschreckt! Loretta? Hier ist Pascal.«

Pascal … mit ihm hatte ich nun wirklich nicht gerechnet. Dass er vor der Tür stand, überforderte mich. Ich stand da und hielt stumm den blöden Hörer ans Ohr gepresst, aus dem blechern der Lärm der vorbeifahrenden Autos schepperte.

»Loretta? Hallo? Lässt du mich rein? Sonst … ich meine, wenn ich ungelegen …«

»Nein, schon gut. Komm hoch.«

Ich drückte auf den Knopf, hörte die Haustür aufgehen und hängte den Hörer ein. Er stapfte die Treppe hoch, aber ich öffnete erst, als die Schritte vor der Wohnungstür stoppten.

»Espresso?«, sagte ich knapp, drehte mich um und ging zur Küche, ohne seine Antwort abzuwarten.

Er folgte mir und setzte sich an den Küchentisch, wo noch immer der aufgeklappte Laptop stand. Mist. Blieb zu hoffen, dass der Rechner in den Schlafmodus gefallen und der Monitor schwarz war. Aber nein, dieses Glück hatte ich nicht. War aber ohnehin egal, wie sich rasch herausstellte.

»Ist er das?«, fragte Pascal.

Ich drehte mich zu ihm um. »Wer soll was sein?«

»Na, er da.« Mit dem Kinn deutete er auf den Monitor. »Der tote Typ, den du gestern gefunden hast.«

Sofort schwoll mir der Kamm. »Woher weißt du das denn schon wieder?«, fauchte ich.

»Von Dennis.«

»Dennis? Spinnt der? Hat der Idiot alle angerufen, die er kennt? Hat er das vielleicht auch auf Facebook gepostet? Instagram? Twitter? Herrje, so ein Blödmann!« Ich riss die röchelnde Espressokanne, der heißer Dampf zischend entwich, vom Herd und knallte sie auf die Spüle.

Er stand auf, kam zu mir und nahm mich in die Arme. »Ich muss deine Arme festhalten, damit du mir keine scheuerst, wenn ich dir jetzt sage, an wen du mich gerade erinnerst«, sagte er leise.

»Spuck's aus, wenn du dich traust.«

»Du fauchst und zischst genauso wie die Espressokanne.«

»Aha – viel heißer Dampf und nix dahinter, meinst du wohl.«

Er ließ mich los und schüttelte den Kopf. »Nein. Klein und laut und kochend vor Wut, das meine ich. Aber sei nicht sauer auf Dennis. Ich habe vorhin mit ihm telefoniert, weil ich gleich zu ihm fahre. Er hat mich gebeten, seine neue Anlage zu justieren.«

Natürlich, Pascal war Tontechniker. Warum sollte mein Umfeld aufhören, Kontakt mit ihm zu haben, nur weil unsere Beziehung zu Ende war?

»Er hat mir von der … der Sache erzählt. Und dass du im Büro umgekippt bist. Er macht sich große Sorgen um dich, weißt du? Wir alle tun das.«

»Und da hast du dir gedacht, du machst hier mal einen kurzen Boxenstopp, um mir wieder mal den Vortrag zu halten? Dass ich damit aufhören soll, dass alles zu gefährlich ist. Der ganze Mist, der mir kilometerweit zum Hals heraushängt.«

Erneut schüttelte er den Kopf. »Ganz falsch. Du bist ein erwachsener Mensch und weißt selbst …«

»Verdammt!«, fiel ich ihm ins Wort. »Was weiß ich? Gar nichts weiß ich! Ich war doch bloß mit dem Mann verabredet, verstehst du? Zu einem Fotospaziergang! Und dann finde ich ihn dort … Du hast ja das verdammte Foto gesehen.«

»Hm. Also … wenn ich das sagen darf: Mich beschäftigt, warum du ihn fotografiert hast.«

Ich erzählte ihm von den bizarren Umständen im Mausoleum, und er riss bestürzt die Augen auf.

»Du hast zuerst nicht gemerkt, dass er tot ist? Jesses. Du Ärmste. Es muss schrecklich gewesen sein, als dir das klarwurde.«

»Es war extrem schräg. Vielleicht sogar das Schrägste, was ich in dieser Hinsicht bisher erlebt habe.«

Pascal blickte auf die Uhr und sagte: »Ich will eigentlich nicht, aber ich muss los. Dennis und ich sind um fünf verabredet, und ich wette, es dauert Stunden, bis ich sein Haus so verkabelt habe, dass der Klang in jedem Raum perfekt ist.«

»Schon gut, du solltest ihn nicht warten lassen. Wir wissen doch, wie schnell er ungeduldig wird.«

Ich begleitete ihn zur Tür, und plötzlich klatschte er sich mit der Hand vor die Stirn. »Ich hab ja noch was für dich: Ich habe aus Versehen ein paar DVDs von dir eingepackt, die liegen unten im Auto. Ich hole sie noch schnell.«

»Unsinn, ich komme mit runter.«

Als wir die Treppe hinuntergingen, legte er den Arm um meine Schulter, und es fühlte sich erstaunlicherweise wunderbar freundschaftlich an. Könnte es sein, dass wir als Freunde in Zukunft viel besser miteinander zurechtkommen würden als vorher?

Es war schon beinahe dunkel, und es herrschte Nebel, natürlich. Es war kühl, aber nicht so kalt, dass vereiste Straßen zu befürchten waren. Pascal holte eine kleine Tüte aus dem Kofferraum und gab sie mir, dann zog er mich in die Arme. Es tat gut, und ich lehnte mich an ihn.

»Loretta, tu bitte nichts, was dich in Gefahr bringen könnte, ja? Versprich mir das«, murmelte er in meine strubbeligen Haare.

Ich löste mich aus seinen Armen und nickte. »Versprochen. Die Gefahr besteht auch nicht, denn diesmal ist es ein offizieller Fall der Polizei. Es ist ja auch nicht so, dass die es für einen Unfall halten und ich einen Mord beweisen will. Ich habe meine Aussage gemacht, und damit bin ich raus aus der Nummer.«

»Gut. Gut.« Er sah mich lange nachdenklich an, dann sagte er: »Schenkst du mir einen Abschiedskuss?«

Ach, warum eigentlich nicht? Wir küssten uns lange und liebevoll, dann lösten wir uns voneinander. Er stieg ins Auto und ich rief: »Fahr vorsichtig! Der Nebel ist tückisch!«

Er winkte mir zu, dann fuhr er los.

Kapitel 14

Bunte, blinkende Lichter bedeuten nicht immer, dass man sich auf einem Rummelplatz befindet – es gibt dafür auch andere Gründe, wie Loretta weiß

Die nächsten beiden Stunden verbrachte ich damit, alle Fotos, die ich bisher gemacht hatte, zu sichten und zu sortieren – bis auf die von Neumüller. Für die legte ich einen eigenen Ordner mit seinem Namen an, dann konnten sie mir nicht mehr aus Versehen unter die Augen kommen. Danach sah ich mir die anderen Fotos noch einmal genau an und löschte etliche, die ich für nicht gelungen hielt.

Erstaunlich, wie viel Zeit man mit ein paar Bildern verbringen kann, dachte ich. Fotografie war tatsächlich eine hervorragende Beschäftigungstherapie.

Als ich damit fertig war, überlegte ich kurz, ob ich Diana anrufen sollte – immerhin gab es viel zu erzählen. Ich hatte den Hörer schon in der Hand, aber dann entschied ich mich dagegen und wählte ihre Nummer doch nicht. Dieser Tag hatte mich zu sehr erschöpft, und es gab so vieles, über das ich noch nachzudenken hatte.

Allein das Gespräch mit Stella hatte zwar viele Fragen beantwortet, aber mindestens genauso viele neue entstehen lassen. Das mussten wohl die Denkanstöße sein, die sie mir bei unserer ersten Begegnung versprochen hatte.

Außerdem wiederholte sich, was immer passierte: Je mehr Aufregung ich in meinem Leben hatte, desto mehr zog ich mich in meine eigene Gedankenwelt zurück. Nie oder nur äußerst selten hatte ich das Bedürfnis, die Ereignisse mit meinen Freunden zu besprechen – jedenfalls nicht, solange ich keine Lösung gefunden oder den jeweiligen Fall aufgeklärt hatte. Erwin war die einzige Ausnahme, aber auch nur deshalb, weil wir immer gemeinsam ermittelten.

Heute würde ich mit niemandem mehr sprechen.

Gerade hatte ich es mir mit dem Kater vor dem Fernseher gemütlich gemacht, als das Telefon klingelte. Baghira spitzte die Ohren, aber ich rührte mich nicht. Es gab einen Anrufbeantworter. Wer etwas von mir wollte, konnte eine Nachricht hinterlassen.

Nach fünfmaligem Läuten kam die Ansage, in der ich darum bat, nach dem Piepton zu sprechen, dann ertönte Dennis' Stimme: »Loretta? Bist du da? Äh, hier ist übrigens Dennis. Ich warte auf Pascal, der wollte eigentlich …«

Schon als Pascals Name fiel, hatte ich den verdutzten Kater von meinem Schoß geschubst, war zum Telefon gehechtet und hatte den Hörer aus der Schale gerissen.

»Dennis? Ich bin zu Hause!«

»Du, erreiche ich Pascal bei dir? Er wollte um fünf hier sein, aber er sagte, er wollte vorher bei dir vorbei. Kein Problem, wenn ihr euch verquatscht habt, aber ich warte seit mehr als zwei Stunden. Er hätte ruhig Bescheid …«

»Pascal ist rechtzeitig bei mir weggefahren«, unterbrach ich ihn. »Es kann nicht später als zwanzig vor fünf gewesen sein. Hast du schon versucht, ihn auf dem Handy zu erreichen?«

»Klar. Da geht die Mailbox dran.«

Ich spürte, wie mir der Schweiß ausbrach. »Hoffentlich hatte er keinen Unfall. Dieser verfluchte Nebel …«

Nervös kaute ich auf meiner Unterlippe herum und starrte vor mich hin. In meinem Gehirn herrschte absolute Leere.

»Was machen wir denn jetzt?«, fragte Dennis.

Was machen wir jetzt, gute Frage, blöde Frage, ich bin

doch auch nicht allwissend, was machen wir jetzt … Meine Gedanken begannen zu rasen.

Dann wusste ich es – es gab nur eine Option. »Wir fahren die Strecke ab und halten nach ihm Ausschau. Du kommst mir entgegen. Es gibt ja nur eine Straße, die er genommen haben kann.«

»Sollen wir Erwin Bescheid sagen? Und Frank?«

»Was soll das bringen, außer dass wir Zeit verlieren? Wenn Pascal etwas passiert ist, könnte jede Minute zählen.«

»Und wenn wir ihn nicht finden?«

»Das entscheiden wir dann. Ich fahre jetzt los. Bis gleich.«

Ohne seine Antwort abzuwarten, beendete ich das Gespräch.

Ich behielt die bequemen Schlunzklamotten an und schlüpfte nur in Winterschuhe und dicke Jacke. In der gefühlt nächsten Minute bretterte ich bereits durch die City und dann aus der Stadt heraus. Die Strecke zu Dennis – er wohnte sehr ländlich – war kurvenreich und unübersichtlich; der Nebel tat sein Übriges. Die Scheinwerfer meines Autos warfen zwei Lichtstrahlen in die neblige Dunkelheit, die ein paar Meter voraus im Nichts versickerten, ohne wirklich viel zu zeigen. Es gab kaum Gegenverkehr, und auch ich schien in meiner Richtung alleine unterwegs zu sein. Die wenigen Fahrzeuge, die mir entgegenkamen, tauchten wie Phantome aus dem Nichts auf, rauschten an mir vorbei und verschwanden rasch wieder aus dem Rückspiegel.

Das Spähen in die diffuse Dunkelheit, während ich langsam die Straße entlangfuhr, war anstrengend.

Alle Versuche, mich zu beruhigen und eine logische Erklärung für Pascals Verspätung zu finden, scheiterten. Selbst wenn er unterwegs spontan noch einen Happen gegessen hätte, müsste er längst bei Dennis sein. Oder hätte sich andernfalls bei ihm gemeldet, wenn er unvorhergesehen aufgehalten worden wäre. Pascal war überaus zuverlässig; es musste einen triftigen Grund für sein kommentarloses Ausbleiben geben.

In einer langgezogenen Linkskurve stand ein Auto mit eingeschalteter Warnblinkanlage auf dem Standstreifen – es war das von Dennis, gegen die Fahrtrichtung abgestellt. Ich parkte Schnauze an Schnauze und sprang aus dem Wagen. Mein Atem stockte: Etwas Großes hatte den Zaun am Straßenrand durchbrochen, und in einigen Metern Entfernung glomm ein Lichtschein durch den Nebel.

»Dennis?«, kreischte ich.

»Wir sind hier!«, rief er zurück.

Er sagte ›wir‹ … Das musste etwas Gutes bedeuten, oder? Ich turnte über den kaputten Zaun und hetzte los. Das Feld war matschig, ich rutschte aus, fiel hin, rappelte mich wieder hoch, rannte weiter. Autoreifen hatten tiefe Spuren in den weichen Boden gepflügt – Pascal musste von der Straße abgekommen sein. Je näher ich kam, desto deutlicher schälte sich das Bild aus dem Nebel: Pascals Auto lag auf dem Dach, und Dennis hockte am Fenster der Fahrerseite.

»Was ist mit ihm? Lebt er?«, keuchte ich und ließ mich neben Dennis auf die Knie fallen.

»So schnell werdet ihr mich nicht los«, sagte Pascal mit schwacher Stimme. Er hing kopfüber im Gurt.

»Warum hast du ihn noch nicht rausgeholt?«, fauchte ich Dennis an. »Was, wenn das Auto explodiert?«

»Wenn es das wollte, wäre es längst passiert. Pascal liegt hier seit fast zwei Stunden«, erwiderte mein Chef. »Außerdem geht die Tür nicht auf, und Pascal klagt über Nackenschmerzen. Alle sind informiert, keine Sorge. Notarzt und Feuerwehr sind auf dem Weg.«

Ich drängte Dennis beiseite. »Geh bitte hoch zur Straße

und nimm die Kavallerie in Empfang, ja?« Dann beugte ich mich durch die zerborstene Seitenscheibe ins Auto. »Kann ich in der Zwischenzeit irgendwas für dich tun? Dich irgendwie stützen oder so?«

Pascal versuchte ein Grinsen. »Ach, es ist nicht so unbequem, wie es aussieht. Ich bin unendlich erleichtert, dass ihr mich gefunden habt.«

Mit einiger Mühe streckte er mir eine Hand entgegen, die ich zwischen meine Hände nahm. Sie war eiskalt. Er musste vollkommen durchgefroren sein.

»Ich dachte schon, ich muss die Nacht hier verbringen«, fuhr er fort. »Oben auf der Straße fuhren Autos vorbei, aber niemand bemerkte mich. Immer wieder klingelte mein Handy, aber es ist durchs Auto geflogen, als ich mich überschlagen habe. Ich kam nicht ran.«

»Bist du verletzt? Außer den Nackenschmerzen?«

»Ich kann meine Beine nicht spüren. Ich glaube, sie sind eingeklemmt, sie sind völlig taub.«

»Kein Wunder, deine Karre ist ziemlich zerbeult. Bestimmt nichts Schlimmes. Sobald du aus dieser Sardinendose befreit, versorgt und aufgewärmt bist, wirst du wieder herumspringen wie ein Fohlen. Wirst sehen.«

Ich betrachtete es als meine Aufgabe, vorsichtigen Optimismus zu verbreiten und ihn meine Befürchtung, er könnte eine ernsthafte Rückgrat-Verletzung erlitten haben, nicht spüren zu lassen.

»Erinnerst du dich daran, wie es passiert ist?«

»Natürlich. Leider hat das Schicksal mich nicht mit einer hilfreichen, kleinen Amnesie gesegnet.«

»Bist du von der Straße abgekommen? War der Asphalt rutschig?«

Auf keinen Fall konnte ich mir vorstellen, dass er wegen überhöhter Geschwindigkeit aus der Kurve geflogen war –

jeder andere, mich eingeschlossen, aber nicht Pascal. Nie im Leben. Er war ein besonnener Fahrer.

»Jemand hat mich von der Straße gedrängt«, sagte er so gelassen, als hätte ich ihn nach der Uhrzeit gefragt. Deshalb dauerte es auch einen kleinen Moment, bis diese Ungeheuerlichkeit verarbeitet war.

»Wie bitte? Wer?«

»Irgendwer. Er kam von hinten, immer näher, und hat dann die Scheinwerfer aufgeblendet. Das war so grell, dieses Licht im Rückspiegel ... bestimmt bin ich unwillkürlich schneller gefahren. Was für ein Vollidiot, dachte ich noch, Kamikaze bei diesem Scheißwetter ...« Er verstummte.

In der Ferne jaulten die Sirenen von Notarztwagen und Feuerwehr, die sich rasch näherten.

»Und dann hast du die Gewalt über dein Auto verloren. Weil du mit diesem Wahnsinnigen im Nacken zu schnell in die Kurve gefahren bist.«

»Nein, das war nicht das Problem. Er gab plötzlich Gas, zog neben mich und drängte mich ab. Stell dir das mal vor! Drängt mich einfach ab! Warum tut jemand so etwas, Loretta? Wer um Himmels willen war das?«

Nicht, dass ich darauf eine Antwort gehabt hätte. Ich war wie vom Donner gerührt. Aber ehe ich etwas hätte sagen können, zog der Notarzt mich schon hoch und übernahm es mit seinen Kollegen, sich um Pascal zu kümmern.

Dennis kam mir entgegen, als ich in Richtung Straße stapfte. An uns vorbei rannten Feuerwehrleute mit schwerem Gerät. Natürlich – sie mussten das Auto aufschneiden, um Pascal bergen zu können. Erst eine genauere Untersuchung im Krankenhaus würde zeigen, ob und wie schwer er verletzt war. Ob es ein gutes Zeichen war, dass er während der ganzen Zeit bei Bewusstsein geblieben war?

»Hat er dir auch erzählt, dass er einem Autofahrer ausweichen musste?«, fragte Dennis, während wir aus ein paar Metern Entfernung beobachteten, wie die Bergungsarbeiten voranschritten. »Verursacht einen Unfall und haut ab, das Arschloch!« Seine Stimme wurde lauter und lauter, während er fuchtelnd weiterredete. »Der müsste wegen Mordversuch vor Gericht gestellt werden! Bei diesem Wetter so zu rasen, dass andere gefährdet werden! Nein – den würde ich lieber selbst in die Finger kriegen! Mit bloßen Händen würde ich dem den Hals umdrehen!«

Er sah aus, als würde ihm gleich Rauch aus den Ohren quellen, so erbost war er. Seltsam – je mehr er sich aufregte, desto ruhiger wurde ich. Bei mir überwog momentan die Erleichterung, dass wir Pascal gefunden hatten.

Martinshörner heulten und näherten sich rasch, dann hielten oben an der Straße zwei Einsatzwagen. Allmählich hatten wir eine Lichtshow wie auf einem Rummelplatz. Blaue Lichtblitze, gelbe Blinklichter … ein Jahrmarkt im Weichzeichner des dichten Nebels. Jetzt wurde die Unfallstelle gesichert und weiteres Blinkiblinki installiert.

Zwei Polizisten schlidderten durch den Matsch auf uns zu. »Waren Sie am Unfall beteiligt?«, blaffte der ältere von ihnen uns barsch an.

»Mitnichten«, erwiderte Dennis. »Ganz im Gegenteil. Dort im Auto befindet sich ein gemeinsamer Freund, den wir gesucht haben, weil er sich verspätet hatte. Wir haben ihn hier gefunden und die Rettungskräfte alarmiert.«

»Das müssen wir gleich noch aufnehmen«, sagte der Polizist und marschierte mit seinem Kollegen weiter zum Auto.

Der kalte, feuchte Nebel ließ mich allmählich frösteln, und ich wickelte mich eng in meine dicke Jacke. »Das war kein Unfall. Das war Absicht«, sagte ich.

»Absicht? Wieso denn Absicht? Ich dachte, ihm wäre jemand auf seiner Spur entgegengekommen und Pascal wäre ausgewichen. Irgendso 'n Vollidiot, der zu schnell war und in der Kurve auf die Gegenfahrbahn geraten ist.«

Ich schüttelte den Kopf. »Klingt jetzt blöd, aber schön wär's.« Ich fasste zusammen, was Pascal mir erzählt hatte.

»Wie bitte?« Dennis riss die Augen auf. »Der Typ hat Pascal von der Straße *gerammt?* Das ist ja noch schlimmer!«

Ehe ich das hatte fragen können, war der Notarzt aufgetaucht und hatte mich verscheucht. Nein, falsch: Diese Frage hätte ich gar nicht erst gestellt, denn diese Option wollte ich nicht zulassen. Oder nicht wahrhaben, was weiß ich. Ohne das Rammen könnte es immer noch der schiefgegangene Versuch eines halbstarken Rasers gewesen sein, Pascal zu einem spontanen Autorennen zu animieren. Bei Nebel und Dunkelheit. Auf einer Landstraße. Tja nun. Wahnsinnige gab es überall.

»Ich weiß nicht, ob Pascal gerammt wurde. Allein die Vorstellung ist der pure Horror. Aber das wird er der Polizei erzählen, wenn er seine Aussage macht.«

Während einer der Polizisten noch unsere Kontaktdaten aufnahm, glückte den Helfern endlich die Bergung von Pascal. Die Sanitäter legten ihn vorsichtig auf die Trage und gingen los. Als sie uns passierten, sah ich, dass sie seinen Kopf und Nacken zwischen dicken Polstern fixiert und stabilisiert hatten.

»Kann ich mitkommen?«, fragte ich.

»Sie können uns zum Krankenhaus hinterherfahren und dort warten, wenn Sie wollen«, sagte der Notarzt. »Sind Sie eine Verwandte?«

»Ich bin seine Verlobte.«

Diese kleine Lüge musste sein, damit ich von den Ärzten Auskunft bekam. An Pascals Grinsen sah ich, dass er nicht vorhatte, das richtigzustellen.

Dennis wollte auch mit zum Krankenhaus, aber ich schickte ihn nach Hause. Er zögerte, ließ sich jedoch abwimmeln, als ich ihm versprach, ihn anzurufen, sobald ich Neuigkeiten hatte.

Erst im hellen Wartebereich der Notaufnahme wurde mir bewusst, dass ich aussah wie das Ungeheuer aus dem Sumpf. Ich war über und über mit Schlamm beschmiert, und die Blicke der anderen Wartenden veranlassten mich, im Spiegel der Besuchertoilette mein Gesicht zu kontrollieren. Mich traf beinahe der Schlag – wann war ich denn mit dem Gesicht durch den Matsch gerobbt? War ich nicht, aber ich hatte auf Knien gelegen, mich mit den Händen auf dem Boden abgestützt und mir offenbar mehrfach ins Gesicht gefasst. Ich säuberte mich notdürftig und trocknete mich ab, dann ging ich zurück, um zu warten. Mittlerweile war es nach neun Uhr abends, und die große Wanduhr tickte sich quälend langsam durch die Minuten. Auf dem Fußboden um mich herum hatten sich getrocknete Schlammbröckchen angesammelt, die aus der Profilsohle meiner Schuhe stammten. Im Wartebereich tobte das reine Chaos aus heulenden Kindern, besorgten Eltern und von der Polizei hereingeschleppten Betrunkenen mit Schnittwunden, die alles mit ihrem Blut versauten. Von Zeit zu Zeit tauchte jemand auf, um die Bescherung wegzuwischen, und verschwand dann wieder im Behandlungsbereich, in dem eifrige Geschäftigkeit herrschte. Hinter den Milchglasscheiben huschten Menschen hin und her; dann bekam ich mit, dass die Opfer eines schweren Verkehrsunfalls eingeliefert wurden.

Irgendwann nahm ich eine der zerfledderten Zeitschriften und blätterte sie geistesabwesend durch, ohne wirklich etwas von dem zu registrieren, das es dort zu lesen gab. Ich zuckte zusammen, als mein Handy klingelte.

Es war Erwin. »Wo bist du? Immer noch im Krankenhaus?«

Langes Nachfragen erübrigte sich. Dennis hatte ihn informiert, also wusste Erwin darüber Bescheid, was geschehen war. »Ja, ich warte noch auf Informationen.«

»Dennis sagt, Pascal wurde von der Straße gerammt?«

»*Gedrängt.* Das ist es, was ich weiß. Ob er tatsächlich gerammt wurde – keine Ahnung. Das erfahre ich hoffentlich, sobald ich zu Pascal darf.«

»Soll ich dir Gesellschaft leisten? Ich kann in einer Viertelstunde bei dir sein.«

Wollte ich das? Oder würde es mich nur noch nervöser machen? Alleine konnte ich immerhin schweigen, soviel und solange ich wollte. Nach Reden war mir nicht zumute. »Nein, nicht nötig. Mir geht es gut. Bestimmt dauert es nicht mehr lange. Soll ich dich später noch einmal anrufen?«

»Auf jeden Fall. Sonst macht mein Täubchen dich einen Kopf kürzer. Sie ist kurz vor einem Herzinfarkt, wie du dir vorstellen kannst.«

Allerdings, das konnte ich. Doris liebte uns alle, als wären wir ihre eigenen Kinder. Wenn jemandem etwas zustieß, flippte sie völlig aus.

»Sag ihr einen schönen Gruß. Pascal war bei klarem Bewusstsein, als wir ihn gefunden haben. Er hat sogar versucht, Scherze zu machen.«

»Okay. Wir reden dann später in Ruhe. Dennis' Bericht war etwas wirr und durcheinander.«

Unwillkürlich musste ich grinsen. Dadurch, dass ich jetzt schon mehrfach zusammen mit Erwin in zweifelhaften Todesfällen ermittelt hatte, wusste ich, worauf es bei der Schilderung eines Hergangs ankam – und worauf eben nicht. Und ich kannte meinen Chef: Wenn er einmal ins Plappern geriet, stoppte ihn so schnell nichts mehr. Nach einer weiteren halben Stunde rief man mich endlich zum Eingang des Behandlungsbereichs. Pascal sei nicht ernsthaft verletzt, erfuhr ich, aber er habe ein unangenehmes Schleudertrauma erlitten. Man wolle ihn auf jeden Fall zur Beobachtung im Krankenhaus behalten.

»Darf ich zu ihm?«, fragte ich, aber die medizinische Fachkraft mit dem strengen grauen Dutt schüttelte den Kopf.

»Heute nicht mehr. Wir haben ihm etwas zur Beruhigung gegeben, und er schläft bereits. Wir verlegen ihn jetzt auf die Station; dort können Sie ihn morgen besuchen. Aber erst nach der Visite, also nicht vor zehn Uhr.«

Sie sagte mir, wo ich ihn dann finden konnte, und schon schloss sich die Tür vor meiner Nase.

Langsam fuhr ich durch die nächtliche Stadt nach Hause. Erwin und Doris sowie Dennis warteten zwar auf meinen Anruf, aber ich musste erst raus aus den dreckigen Klamotten und unter die Dusche. Eingewickelt in meinen flauschigen Bademantel bereitete ich mir danach einen Kakao zu und ging ins Wohnzimmer. Nach ein paar Schlucken des heißen, süßen Getränks ging es mir besser. Baghira rollte sich neben mir auf dem Sofa zusammen, nachdem er mich ausgiebig beschnüffelt und heftig geniest hatte. Ob noch Krankenhausgeruch an mir haftete? Trotz der Dusche?

Zuerst rief ich Dennis an. »Loretta hier. Pascal geht es gut, er hat ein Schleudertrauma erlitten, aber wohl nichts gebrochen.«

»Und seine Beine?«

»Davon haben sie nichts gesagt, scheint alles soweit okay zu sein.«

»Mensch, Gott sei Dank. Hast du mit ihm gesprochen?«

»Nee. Sie haben mich nicht zu ihm gelassen. Außerdem hat er schon geschlafen. Ich besuche ihn morgen.«

Ich musste ihm versprechen, nach meinem Besuch im Krankenhaus auf jeden Fall ins Callcenter zu kommen und ihn mit Neuigkeiten zu versorgen, dann legten wir auf.

Bei Erwin klingelte es höchstens einmal, dann hatte ich ihn am Apparat. »Was ist mit Pascal? Wie geht es ihm?«, hörte ich sein aufgeregtes Täubchen im Hintergrund rufen. So dauerte es ein wenig, bis ich alle Informationen losgeworden war, da Erwin auf Lautsprecher gestellt hatte und seine Doris immer wieder Zwischenfragen stellte.

»Täubchen, du hast doch gehört, es geht ihm gut«, sagte Erwin schließlich streng. »Mehr erfahren wir heute nicht mehr. Geh jetzt schlafen, Schatz.«

»Doris, ich komme morgen nach dem Krankenhaus direkt ins Callcenter«, rief ich. »Schlaf gut!«

Erwin schloss eine Tür und stellte das Telefon um. »So, ich höre.«

Ich berichtete ihm alles Wesentliche, was zwischen Dennis' Anruf bei mir und Pascals Abtransport ins Krankenhaus passiert war.

»Loretta, das schmeckt mir ganz und gar nicht. Erst dieser Neumüller, jetzt Pascal.«

»Du denkst, die beiden Sachen hängen zusammen?« Ich erschrak, als mir die Bedeutung dessen klarwurde. Dann krächzte ich: »Du denkst, das war derselbe Täter, der Blumen…, der Stalker? Der provozierte den Unfall? Meinetwegen?«

Jetzt war es raus. Mit jedem Wort war meine Stimme höher und schriller geworden. Und Pascal hatte diese Frage gestellt: Warum tut jemand so etwas?

»Solange dieser Stalker dir nur Blumenbotschaften hinterlassen hat, war alles noch halbwegs harmlos. Aber was, wenn er jetzt anfängt, Konkurrenten aus dem Weg zu räumen?«

»Als Pascal heute bei mir war, habe ich ihn runter zum Auto begleitet, weil er mir etwas geben wollte. Ich ... wir haben uns geküsst. Denkst du, der Typ war da und hat es gesehen? Und ist dann Pascal gefolgt, um ihn ...« Bei der bloßen Vorstellung versagte mir die Stimme.

»Loretta, ich will dir nicht unnötig Angst machen«, sagte Erwin ernst, »aber Stalker denken nicht normal. Sie bilden sich eine Beziehung ein, verstehst du? Er könnte im Park nur ein paar Schritte entfernt gewesen sein, als du dich mit Neumüller verabredet hast. Wohlgemerkt: *könnte.* Genauso heute. Vielleicht hat er Pascal und dich tatsächlich beobachtet.«

»Ach, und auf Verdacht hat er immer einen Kofferraum voller Blumen dabei? Für den Fall, dass er mir spontan etwas zu sagen hat? Und ein ganzes Arsenal von Waffen gegen Konkurrenten in petto?«

»Ich verstehe, dass du dich in Sarkasmus flüchtest«, sagte Erwin sanft. »Das würde ich an deiner Stelle auch tun. Loretta, wir müssen uns zusammensetzen und alles aufdröseln.«

»Ja. Ja, du hast recht. Ich ... denkst du, dass ich in Gefahr bin, Erwin? Sei ehrlich.«

Seine Antwort beruhigte mich sofort.

»Nein, das glaube ich nicht. Aber es kann nicht sein, dass alle Männer um dich herum in Lebensgefahr schweben, wenn sie nett zu dir sind. Der Kerl muss gefunden werden. Und wir müssen mit Astrid reden. Das kann entscheidend für ihre Ermittlungen sein.«

Ja, das mussten wir.

Und zwar so schnell wie möglich.

Kapitel 15

Wenn Blumen sprechen, ist die Botschaft nicht zwangsläufig nett, wie Loretta mittlerweile weiß

Die Nacht war unruhig. Ich wälzte mich hin und her, nickte ein, wachte auf. Träume quälten mich, an die ich mich beim Aufwachen nicht mehr erinnern konnte. Dass sie nicht angenehm gewesen sein konnten, merkte ich daran, dass ich schweißgebadet und tränenüberströmt aus ihnen hochschreckte. In den frühen Morgenstunden resignierte ich, stand auf und zog mich an.

Als ich in der Küche Licht machte, blinzelte Baghira verschlafen aus seinem Krähennest, miaute eine kurze Begrüßung und schlief wieder ein. Beinahe war ich neidisch auf die Fähigkeit aller Katzen, in Sekundenschnelle wegzupennen. Hinlegen, Augen zu, eingeschlafen. Beneidenswert.

Ich stand gedankenverloren am Herd und wartete auf meinen Espresso, als mein Blick auf die Vase auf der Fensterbank fiel, in die ich alle bisher erhaltenen Blumengrüße gesteckt hatte; sowohl die echten als auch die aus Plastik. Eine Sekunde später befanden sich die Blumen im Abfalleimer – so weit kam das noch, dass sie hier weiterhin herumstehen durften.

Dann hielt ich inne, dachte nach und holte sie wieder heraus. Sie waren leicht zerfleddert, aber vor ihrer endgültigen Vernichtung wollte ich mir noch notieren, wann ich welche bekommen hatte. Und was sie bedeuteten. Vor allem Letzteres. Vielleicht wäre das noch einmal wichtig, und Kommissarin Küpper würde es ganz sicher wissen wollen.

Mit der Tasse in der Hand stand ich am Küchentisch, nippte den heißen Espresso und sortierte die Blumen. Zuerst hatte ich doch die Rose erhalten, von der ich fälschlicherweise dachte, sie sei von Pascal. Obwohl, nein: Die allererste Botschaft war vermutlich tatsächlich der Farnwedel gewesen, wie ich heute wusste. Also zuerst der Farn, dann die rote Rose. Und dann? Ich gruppierte den Rest mehrmals um, dann hatte ich es: Nach der Rose folgten Efeu, Lavendel und Salbei, nichts am Wochenende und schließlich die beiden künstlichen Blumen: Iris und Kornblume. Danach hatte ich keine mehr erhalten.

Auf einem Block notierte ich die Liste ins Unreine, der ich noch hinzufügte, wo ich die Blumen gefunden hatte und was sie bedeuteten. Dann tippte ich sie auf dem Laptop in eine Tabelle, um sie für Erwin und die Kommissarin auszudrucken:

Sonntag (zu Hause)/ Farn: *Ich mache nicht gern viele Worte.*
Dienstag (Callcenter)/ rote Rose: *Ich liebe dich über alles.*
Mittwoch (Callcenter)/ Efeu + Liste: *Liebe*
Donnerstag (Callcenter)/ Lavendel: *Ich werde mein Ziel schon noch erreichen!*
Freitag (Callcenter)/ Salbei: *Ich denke an dich.*
Sonntag (zu Hause)/ Iris: *Ich stehe zu dir.*
Dienstag (Callcenter)/ Kornblume: *Ich bleibe dran und gebe die Hoffnung nicht auf.*

Später am Dienstag hatte ich Neumüllers Leiche gefunden. Kaum zu glauben, dass es erst zwei Tage her war. Und gestern dann Pascals Unfall …

Ich raffte die Blumen wieder zusammen und stand gedankenverloren mitten in der Küche. Was passierte hier eigentlich gerade? Wie konnte ich schon wieder in eine derartige Situation geraten? Würde Kommissarin Küpper mich aus diesem Chaos befreien können, indem sie den Stalker schnappte? Oder musste ich doch selbst aktiv werden? Immerhin hatte Stella ja gesagt, letztendlich träfe ich die Entscheidungen über mein Leben.

Dieser Gedanke wirkte wie ein plötzlicher Energieschub. Ich erwachte aus meiner Erstarrung und stopfte die Blumen zurück in den Mülleimer, wo sie verdammt noch mal hingehörten.

Der Morgen graute allmählich, und irgendwas war anders als sonst. Plötzlich wusste ich, was mir komisch vorkam: Es war nicht nebelig, das erste Mal seit Tagen. Ich beschloss, zumindest einen Teil meines Schicksals in die eigenen Hände zu nehmen und mir die Unfallstelle anzusehen, bevor ich zu Pascal in die Klinik fuhr.

Auf der Landstraße war nicht viel los, denn diejenigen, die zur Arbeit mussten, dürften jetzt, um kurz nach acht, bereits in der City sein und an ihren Schreibtischen sitzen. Ich musste mich stark konzentrieren, denn im nächtlichen Nebel hatte ich zu keinem Zeitpunkt wirklich gewusst, wo ich mich genau befand. Ob ich die Stelle überhaupt finden würde?

Aber ich sah die breite Lücke im Zaun sofort, als diese lange Linkskurve begann. Die zerstörten Elemente, die nachts noch am Boden gelegen hatten, waren entfernt worden. Ich fuhr rechts ran und atmete erst einmal tief durch.

Bei Tageslicht sah das Feld aus, als hätte dort ein Rugby-Turnier stattgefunden. Der Boden war großflächig matschig und zerwühlt, außerdem entdeckte ich Spuren von sehr großen Reifen. Dann ging mir auf, dass man sicherlich mit einem Abschleppwagen dorthin gemusst hatte, um Pascals Auto vom Acker zu holen. Ob es jetzt bei der Polizei stand, damit die Spurensicherung es untersuchen konnte? Wenn er gerammt worden war, mussten daran Lackspuren des anderen Wagens zu finden sein.

Moment mal: Falls es einen Kontakt zwischen den Autos gegeben hatte, lagen vielleicht am Straßenrand noch Splitter vom Blinker des Angreifers oder sogar ein Außenspiegel, den er sich bei der Attacke abgerissen und erst ein paar Meter weiter verloren hatte. Ich ging also etwa 200 Meter die Straße entlang, den Blick auf die Erde gerichtet. Deshalb entdeckte ich sie erst auf meinem Rückweg zum Auto: die fünf gelben Nelken, die etwa zehn Meter von der Unfallstelle entfernt mit Hilfe eines langen Kabelbinders locker an einem Zaunpfahl befestigt waren.

Ich erstarrte zur Salzsäule.

Keine Ahnung, wie lange ich dort stand und die verfluchten Blumen anglotzte, ohne einen klaren Gedanken fassen zu können. Dann funktionierte ich mechanisch, wie ein Roboter: Zuerst holte ich mein Handy heraus und fotografierte das Arrangement, bevor ich die Blumen aus ihrer losen Halterung riss, in den Kofferraum warf und mich hinter das Steuer setzte. Ich nahm meine Tasche vom Beifahrersitz und zog die Liste hervor. Die Bedeutung gelber Nelken war: *Ich verachte dich.* Zumindest hatte ich jetzt keinen Zweifel mehr daran, dass mein Stalker etwas mit Pascals Unfall zu tun hatte. Das konnte einfach kein Zufall sein.

Bevor ich Pascal besuchen konnte, musste ich mich unbedingt beruhigen. Die Vorstellung, dass ihm der Unfall meinetwegen zugestoßen war, ließ mich fast durchdrehen. Und Neumüller? Hatte der Irre auch ihn auf dem Gewissen? Mein schlechtes Gewissen war überwältigend. Unmöglich, untätig im Auto zu sitzen, unmöglich, in diesem Zustand zu fahren. Ich schloss die Augen, riss sie wieder auf, schlug aufs Lenkrad. Gern hätte ich geweint, aber da war nur Wut.

Schließlich fuhr ich zurück in die Stadt. Ich wollte unter Leute, erst einmal. Immer wieder checkte ich den Rückspiegel. In der City fuhr ich in ein Parkhaus und ging dann durch die Fußgängerzone zu meinem Lieblingscafé. Hier hatte ich an einem der bodentiefen Fenster gesessen, als ich Pascal zum ersten Mal gesehen hatte. Im Sommer waren die Fenster auf gesamter Front geöffnet, aber es war Winter gewesen, genau wie jetzt. Wie lange war das her? Zwei Jahre oder drei? Ich war zu konfus, um mich zu erinnern.

Gerade, als ich eintrat, wurde ein Tisch am Fenster frei. Die Atmosphäre im Café war wie immer; ich fühlte mich sofort geborgen. Ich mochte diese gemütliche Geräuschkulisse aus zischender Kaffeemaschine, dem Klappern von Geschirr, dezent geführten Gesprächen, ganz leiser Musik und dem Rascheln der großformatigen, überregionalen Tageszeitungen, wenn sie umgeblättert wurden. Ich spürte, wie meine Anspannung langsam nachließ.

Ich bestellte einen doppelten Espresso und ein Glas Wasser. Dann fiel mir ein, dass ich ohne Frühstück aus dem Haus gegangen war. Das Angebot in der Kuchentheke war reichhaltig und hätte mir an jedem anderen Tag die Wahl schwergemacht, aber ich entschied mich für zwei Croissants. Als ich an den Tisch zurückkehrte, hatte der Kellner bereits meine Getränke serviert, und ich saß einfach da, starrte blicklos aus dem Fenster und riss kleine Bissen vom Gebäck ab, die ich mir in den Mund steckte und langsam kaute. Wie eine hirnlose Aufziehpuppe: abreißen, in den Mund, kauen, schlucken. Abreißen, in den Mund, kauen, schlucken. Und immer so weiter, zwischendurch ab und zu am Espresso nippen. Oder einen Schluck Wasser trinken. Und dann wieder: abreißen, in den Mund, kauen, schlucken. Als würde ich das seit Urzeiten tun und bis in alle Ewigkeit damit weitermachen.

»Hallo. Ich habe dich schon auf der Arbeit vermisst. Bist du krankgeschrieben?«

Ich erwachte wie aus einem Traum und sah den Typen

an, der an meinem Tisch stand. Ich brauchte einige Zeit, um ihn zu erkennen, denn ich hatte ihn bisher immer nur nachts gesehen.

»Hallo, Mark.«

»Nach Feierabend trinke ich hier beinahe jeden Tag einen Kaffee. Zum Runterkommen. So ein Zufall, dass wir uns treffen.«

War es das wirklich? Meine Nerven vibrierten. War er vielleicht der Stalker? Konnte das sein? Im Geiste ging ich die Situationen durch … Ließ sich alles mit seiner Nachtschicht in Einklang bringen? Aber natürlich kannte ich seinen genauen Schichtplan nicht, und ich war ihm auch nicht in jeder Nacht begegnet.

Dennoch: War er im Nebel hinter mir hergeschlichen? Ob er es gewesen war, irgendein anderer oder Graf Dracula persönlich – ich hatte ja ohnehin nichts bemerkt.

Wahrscheinlich glotzte ich ihn ziemlich blöde an, denn er wirkte verunsichert, als er fragte: »Hast du was dagegen, wenn ich mich setze?«

Ja, dachte ich, das habe ich, denn ich möchte allein sein, aber in Anbetracht der besonderen Umstände …

»Nein, bitte setz dich. Entschuldige, ich bin etwas geistesabwesend. Ein sehr guter Freund hatte gestern Abend einen üblen Autounfall. Ich habe die halbe Nacht im Krankenhaus verbracht.«

»Ist er schlimm verletzt?«

Aha – da war sie, die verräterische Frage. Oder doch nicht? Lag in seiner Stimme lediglich freundliches Interesse? Oder hörte ich die mühsam beherrschte Neugier des Täters, der herausfinden wollte, ob er erfolgreich gewesen war? Würde ich Pascal zusätzlich in Gefahr bringen, wenn ich jetzt etwas Falsches sagte? Was, wenn er dann im Krankenhaus aufkreuzte, um die Sache zu Ende zu bringen?

»Ich habe keine Ahnung. Man hat mir nichts Genaues gesagt. Ich fahre gleich wieder zu ihm.«

»Gab es noch mehr Verletzte?«

Ich schüttelte den Kopf. »Er ist von der Straße abgekommen und hat sich überschlagen. Keine weiteren Beteiligten, soweit ich weiß.«

»Es ist schlimm, um jemanden zu bangen«, sagte er leise. »So etwas habe ich auch schon erlebt.«

Er blickte aus dem Fenster, und ich nutzte die Gelegenheit, um ihn mir genau anzusehen. Er war attraktiv, mittelgroß, ungefähr Mitte vierzig, kurze hellbraune Haare mit ersten weißen Strähnen, Dreitagebart. Rollkragenpullover, Jeans, kein Schmuck. Auf den ersten Blick harmlos. Aber wirkten nicht alle Soziopathen harmlos? Oder waren es die Psychopathen? Oder war es ein- und dasselbe? Worin unterschieden sie sich? Tatsache war aber wohl zweifelsfrei, dass sie ihr Umfeld und vor allem ihre Opfer mit ihrer vermeintlichen Harmlosigkeit nachhaltig zu täuschen vermochten, wenn sie es wollten.

Oder drehte ich durch? War Mark einfach nur Mark, der nette Mann, der in einem Callcenter arbeitete? Warum auch immer? War ja auch nicht gerade ein Traumjob für einen Mann mittleren Alters, oder? Eine Familie konnte man davon jedenfalls nicht ernähren.

»Darf ich dich etwas fragen, Mark?«

Er wandte sich mir wieder zu und trank einen Schluck von seinem Milchkaffee, den er mit an den Tisch gebracht hatte. Offenbar hatte er schon im Café gesessen, als ich hereingekommen war. Dann nickte er. »Natürlich. Nur zu. Wenn die Frage mir zu privat ist, lasse ich es dich wissen.«

Das gefiel mir wiederum. Offen, klar, geradeheraus.

»Warum arbeitest du im Callcenter? Auf Nachtschicht?«

Ein Grinsen huschte über sein Gesicht. »Okay, die Kurzform. Gescheiterte Ehe, die Frau hat das Haus behalten, der Mann zieht in eine kleine Wohnung. Der Mann verliert seine gutbezahlte Arbeit, droht abzustürzen und in Selbstmitleid zu ersaufen. Und in Alkohol, um ehrlich zu sein. Er kriegt den Arsch gerade noch hoch, mag aber zurzeit nicht gern unter Menschen gehen. Also sucht er sich einen Job, bei dem er nachts arbeiten kann und nicht übermäßig viele Kollegen hat. Und keinen direkten Kundenkontakt. Da ist so ein Callcenter mit 24-Stunden-Hotline einfach perfekt. Momentan.« Er zuckte mit den Achseln. »Aber vielleicht auch für immer, wer weiß? Ich lasse es auf mich zukommen.«

Keine Ahnung, was ich von seiner Geschichte halten sollte. Sie war der Standard-Lebenslauf vieler Männer, so beliebig wie nicht widerlegbar, jedenfalls nicht jetzt und nicht von mir.

»Wenn du mir die Bemerkung erlaubst«, fuhr er unerwartet fort, »in dir glaubte ich eine Art verwandte Seele zu erkennen. Jemanden, der auch mal gut auf Menschen verzichten kann und die nächtliche Parallelwelt vorzieht. Und das aus gutem Grund.«

Meine Brauen wanderten von ganz alleine hoch. »Tatsächlich? Und das weißt du schon nach ein paar kurzen Gesprächen?«

»Es waren weniger die Gespräche. Es war eher diese Aura, die dich umgibt. Du wirkst stark, aber gleichzeitig sehr traurig und verletzlich. So, als würde dich das Schicksal immer wieder mit Dingen konfrontieren, unter denen andere Leute längst zusammengebrochen wären.«

Heilige Scheiße.

Hatte er mein Leben ausspioniert oder war er eine Nachwuchs-Pythia? Oder war das schlicht und ergreifend eine billige Masche, um vermeintlich unglückliche und einsame

Frauen anzubaggern? *Uuuuh ... du bist so verletzlich, ich verstehe dich, ich kann dich erlösen* ... Die Erfolgsquote war bestimmt nicht so schlecht.

»Nichts dergleichen«, erwiderte ich betont munter. »Ich bin nur ein paar Tage lang für eine Kollegin eingesprungen; normalerweise arbeite ich tagsüber.«

Mark lächelte. »Ist doch super. Ich freue mich für jeden Menschen, der mit seinem Leben zufrieden ist. Das ist so selten heutzutage.«

Ich freue mich für dich – das klang immer so gönnerhaft, fand ich. Das war keine Formulierung, die ich besonders schätzte. Jeder durfte sich gern *mit* mir freuen, aber keinesfalls *für* mich.

Mit einem beherzten Schluck leerte ich meinen Espresso, trank noch den Rest Wasser hinterher und stand auf. »Ich muss los. Hat mich gefreut, dich zu treffen.«

»Mich auch«, sagte er. »Vielleicht laufen wir uns ja mal wieder zufällig über den Weg. Bei der Arbeit ja wohl eher nicht, wenn du die Schicht wieder wechselst. Mach's gut, Loretta.«

Ich knöpfte meine Jacke zu und nickte. »Du auch. Bis dann.«

Kapitel 16

In Kropkas Klümpchenbude *erweist Loretta sich als Meisterin des eleganten Themenwechsels – immer dann, wenn es unbequem wird*

Pascal war deutlich munterer, als ich befürchtet hatte, wenn auch total gelangweilt. Er teilte sein Zimmer mit zwei anderen Männern, die gerade miteinander Schach spielten. Pascal stand am Fenster und sah hinaus. Er bemerkte mich erst, als ich ihn ansprach, und drehte sich langsam zu mir um. Sein ernstes Gesicht hellte sich auf. »Loretta. Schön, dich zu sehen.«

Ich traute mich nicht, ihn zu umarmen. Ich wollte ja nichts an ihm kaputtmachen. Außerdem wusste ich nicht, wo er eventuell Schmerzen hatte. »Wie geht es dir?«

Er berührte die dicke Halskrause. »Wie nach dem Schleudergang in der Waschmaschine. Ein bisschen durchgerüttelt, aber sonst okay.«

»Wann darfst du raus?«

»Vielleicht schon morgen. Die warten noch auf irgendwelche Untersuchungsergebnisse.«

»Welche?«

Er zuckte mit den Schultern, erstarrte und zog zischend Luft durch die Zähne. »Aha, diese Bewegung ist also nicht angesagt.« Er grinste schief und fuhr fort: »Muss man sich erst mal dran gewöhnen. Aber wem sage ich das? Du hattest ja schon oft genug schmerzhafte Blessuren.«

»Mit den Beinen alles okay?«

»Ja, zum Glück. Sie waren wirklich nur eingeklemmt, aber nicht verletzt. Ein paar Prellungen. Schmerzhaft, sehr schmerzhaft. Aber nicht auszudenken, wenn ich den nächsten Job hätte absagen müssen. Das wäre nicht nur ätzend für mich gewesen, sondern auch für meine Auftraggeber. Kurzfristig einen Toningenieur zu finden, der für ein halbes Jahr mit auf eine Welttournee geht, ist nicht einfach.«

Aha, er ging also wieder mal für längere Zeit ins Ausland. Und diesmal hatte er es nicht vorher mit mir besprochen oder mir auch nur mitgeteilt, obwohl sein Engagement dafür ganz sicher nicht kurzfristig gewesen war. Seit wann wusste er es wohl schon?

Wir beschlossen, draußen ein paar Schritte zu laufen. Erst im Fahrstuhl fiel mir auf, dass er einen Jogginganzug aus Sweatshirtstoff trug, also andere Kleidung als gestern.

»Wer hat dir die Klamotten gebracht?«

Pascal grinste. »Du wirst es nicht glauben: Erwin und Täubchen sind aus genau dem Grund heute Morgen um sieben hier aufgeschlagen. Ich hatte ja nur das bei mir, was ich gestern am Leib trug. Keine Zahnbürste, kein Schlüppi zum Wechseln, nix. Also hat Doris so lange genörgelt, bis Erwin mit ihr hergekommen ist. Ich hab ihnen meinen Schlüssel gegeben, und sie haben mir eine kleine Notfalltasche gepackt. Und meinen Mitbewohnern Bescheid gesagt, wo ich stecke.«

Prompt hatte ich ein schlechtes Gewissen, denn an nichts davon hatte ich gedacht. Noch ein Grund mehr, mich ihm gegenüber mies zu fühlen.

Ich musste wissen, ob und was Erwin ihm über unseren schrecklichen Verdacht erzählt hatte. Wusste Pascal vom Stalker? »Wie nett von ihnen. Haben sie dir noch beim Frühstück Gesellschaft geleistet?«

»Nee. Als sie zurückkamen, war ich von Ärzten umringt. Ich habe sie dann nicht mehr gesprochen.«

Alles klar, er wusste nicht Bescheid. Noch nicht.

Hinter dem Krankenhaus gab es einen kleinen Park mit einem Ententeich, um den herum etliche Bänke standen, die zum Teil durch Patienten und ihre Besucher besetzt waren. Die Teichbevölkerung geriet in Bewegung, als wir uns setzten, und paddelte quakend in unsere Richtung, drehte aber umgehend ab, als wir keine Anstalten machten, sie zu füttern. Bestimmt leben sie hier nicht schlecht, dachte ich. Ein paar Meter weiter blieb dann auch ein Spaziergänger am Ufer stehen und begann, Brotstückchen ins Wasser zu werfen, was das Federvieh in helle Aufregung versetzte. Im Eiltempo rasten sie zur Futterquelle und balgten sich lautstark und flügelschlagend um die besten Bröckchen.

Wir sahen dem Treiben eine Zeitlang schweigend zu, dann sagte ich: »Ich bin sehr froh, dass dir nicht mehr passiert ist. Als ich das Auto auf dem Dach liegen sah … furchtbar. So ein Schreck.«

»Frag mich mal. Gott sei Dank hattet ihr die Geistesgegenwart, nach mir zu suchen. Eine Nacht da draußen wäre bestimmt sehr unangenehm geworden. Hoffentlich kriegen sie das Arschloch.«

»Konntest du irgendetwas erkennen?«, fragte ich und fügte in Gedanken hinzu: War der Fahrer zufällig ein Mann mittleren Alters mit hellbraunen Haaren, der Mark heißt?

»Gar nichts. Nicht einmal, was für ein Auto es war oder welche Farbe es hatte. Kein Geländewagen oder Transporter, dann wären die Scheinwerfer höher gewesen. Aber das ist auch schon alles, was ich zu bieten habe. Es war dunkel und neblig, dann war ich geblendet. Und zu guter Letzt war ich damit beschäftigt, den Wagen auf der Straße zu halten. Was mir nicht gelungen ist, wie wir wissen.«

»Hat der andere Fahrer dich touchiert?«

»Er hätte, wenn ich nicht ausgewichen wäre. Oder haben die Autos sich doch berührt? Ich weiß es wirklich nicht mehr.« Er seufzte, dann fuhr er fort: »Weißt du, Loretta, du kapierst ja gar nicht, was da abgeht, wenn es passiert. Ein Auto kommt von hinten und fährt ganz dicht auf. Und du denkst: *Hey, du Idiot, halt Abstand.* Aber das tut er nicht. Nein, er legt noch eins drauf: Er blendet die Scheinwerfer auf. Das war derart krass! Und während du dich noch fragst, was mit der Blitzbirne hinter dir los ist, und du dich bemühst, *nicht* in den Rückspiegel zu gucken, fährt der Typ plötzlich neben dir und kommt immer näher. Und allmählich wirst du richtig sauer auf den Kerl, der da gerade nicht nur sein, sondern auch dein Leben aufs Spiel setzt, warum auch immer. Hast du darauf vielleicht eine Antwort? Ich jedenfalls habe keine.«

Ich schüttelte den Kopf. »Denkst du, er wollte dich zu einem Rennen animieren?«

»Nein, das denke ich nun wirklich nicht. Ich denke, er wollte genau das, was letztendlich geschehen ist: dass ich von der Straße abkomme. Mit allen Konsequenzen, die bei einem solchen Unfall möglich sind. Von harmlos bis tödlich.«

Ich konnte ihn nicht ansehen, also stierte ich – genau wie er – weiter auf den Teich hinaus, auf dem die Enten wieder herumpaddelten und leise vor sich hin quakten. Auf der Wasseroberfläche gleißten die Reflexionen der Sonne. »Ist er weitergefahren? Oder ist er stehengeblieben und vielleicht sogar ausgestiegen?«

Um mich anzublicken, musste Pascal wegen der Halskrause mühsam den gesamten Oberkörper zur Seite drehen, und genau das tat er nun. »Fragst du mich das im Ernst? Erstens: Falls er angehalten hat, war ich leider gerade damit beschäftigt, über diese Matschpiste zu holpern und mich zu überschlagen. Entschuldige bitte, dass ich dem Arschloch in diesem Moment keine Aufmerksamkeit geschenkt habe.

Und zweitens ist es ja wohl Sache der Polizei, das zu klären, oder? Was bitte könntest du wohl in dieser Sache tun, das die Polizei nicht tun kann, hm? *Was,* Loretta?«

Seine Stimme war immer lauter geworden. Es wurde Zeit, Dampf aus der Sache zu nehmen. »Nichts kann ich tun, gar nichts. Aber … ich bin so unglaublich schockiert von der Fahrlässigkeit dieses Kerls. Wer weiß, vielleicht wollte er einfach nur mal sehen, was passiert, wenn man ein Auto von der Straße drängt.«

Pascal atmete tief durch. »Ich wollte dich nicht anschreien, tut mir leid. Aber ich zermartere mir natürlich den Kopf, was dahintersteckt. War das einfach nur ein hirnloser Idiot oder war es ein gezielter Anschlag auf mich?«

Ich lachte, aber es klang gekünstelt. »Ein Anschlag? Wer sollte so etwas tun?«

»Ach, keine Ahnung. Aber wenn dir sowas passiert, kommst du auf dumme Gedanken. Bestimmt war ich nur ein zufälliges Opfer. Oder er hat mich schlicht verwechselt.«

»Die Polizei wird es herausfinden«, sagte ich. »Das verspreche ich dir.«

Pascal schnaubte. »Na, du traust dich was, für die Polizei ein Versprechen abzugeben. Ich glaube nicht, dass sie große Chancen haben, den Kerl zu finden. Was für mich übrigens ein großes Problem darstellt: Sollte der andere Wagen meinen nicht berührt haben – wie soll ich der Versicherung beweisen, dass ich abgedrängt wurde? Ohne Beweise wie frische Kratz- oder Farbspuren an meinem Auto?«

Ich dachte an die Nelken in meinem Kofferraum; für mich Beweis genug. Aber für die Versicherung? Zweifelhaft. Im schlimmsten Fall würde Pascal beweisen müssen, dass er nicht zu schnell gefahren war.

»Haben sie bei dir einen Alkoholtest gemacht?«

»Klar, was denkst du denn? Die Bullen sind in der Notaufnahme aufgekreuzt, und ich habe zugestimmt, dass sie mir Blut abnehmen dürfen.« Er stand auf und streckte sich vorsichtig. »Mir wird kalt. Und ich muss gleich noch zu Untersuchungen, die wollen meinen Nacken noch mal durchleuchten. Kommst du später noch mal rein? Was zu lesen wäre schön.«

Und wo bekam ich Lesestoff für Pascal? Natürlich in *Kropkas Klümpchenbude,* wo sonst? Abgesehen davon, dass Frank mit Sicherheit von den Ereignissen der letzten Tage wusste und bereits vor Neugier platzte, war es Ehrensache, bei ihm einzukaufen.

Wie ein Wiesel flitzte Frank um seinen Tresen herum zu mir, als ich den Kiosk betrat. Beinahe zerquetschte er mich in seiner Umarmung. Ich rang nicht nur um Luft, sondern auch um Fassung, als er drei Zentimeter neben meinem Ohr brüllte: »Die Loretta is hier!«

»Loretta!«, ertönte Bärbels Stimme aus dem Vorratsraum. In der nächsten Sekunde stand sie neben uns und zerrte Frank von mir weg, um mich in die Arme zu schließen. Dann schob sie mich zu den Barhockern am Stehtisch und nötigte mich sanft, mich zu setzen. »Frank, mach bitte einen Kakao für Loretta, ja?« Sie wandte sich wieder mir zu. »Du Ärmste, du musst jetzt bei Kräften bleiben. Wenn du Unterstützung brauchst, sag Bescheid, ja? Wir sind alle für dich da.«

Huch, was ging denn hier ab? Frank brachte den Kakao, und dann starrten sie mich an, als sei ich eine vom Aussterben bedrohte Spezies, die eine potenziell tödliche Krankheit hatte.

»Was ist los mit euch? Es geht mir gut! Ich weiß ja nicht, was ihr gehört habt, aber ...«

»Wat wir gehört ham?«, fiel Frank mir ins Wort und

wechselte einen beredten Blick mit seiner Liebsten. »Wat wir gehört ham? Dat du 'ne Leiche gefunden has, *dat* ham wir gehört. Klar, dat passiert dem Frollein alle Naselang, aber dat war ja nich allet. Der Pascal is ausgezogen, und dann isser noch ganz nebenbei gestern mitten Auto koppheister gegangen. Und wer hat ihn gesucht, mitten inne Nacht? Dat Frollein natürlich. Und im Büro bisse auch umgekippt. Sogar *mit Notarzt!*«

Über diese Formulierung musste ich grinsen – ich war ja nicht mit dem Notarzt umgekippt, sondern …

»Dat finze also komisch?«, herrschte Frank mich an.

»Frank, nicht so grob. Es geht ihr schon schlecht genug«, sagte Bärbel. Dann sah sie mich an. »Loretta, wir machen uns ernsthaft Sorgen um dich.«

Hm – das war ja leider nichts Neues. Stella hatte sich geirrt: Meine Freunde bewunderten mich keineswegs dafür, mich bedrohlichen und unerfreulichen Situationen auszusetzen. Nein, sie sorgten sich um mich. Um meine Gesundheit, vor allem um die geistige.

Aber ging es mir wirklich schlecht? Ich horchte in mich hinein. Ich wurde verfolgt, vermutlich wurden meinetwegen Leute angegriffen und im Erfolgsfall sogar getötet … was fühlte ich dabei? Verwirrung, würde ich sagen. Es war so viel in so kurzer Zeit passiert, dass ich gefühlsmäßig nicht hinterherkam. Immer noch nicht.

Außerdem: Spätestens, seit ich heute Morgen am Unfallort die Nelken gefunden hatte, war ich im Jagdfieber. Ich brauchte kein heißes Getränk, um bei Kräften zu bleiben, denn durch meine Adern rauschte pures Adrenalin. Hektoliterweise.

Aber tatsächlich hörten sich die Ereignisse der letzten Tage, wenn sie so komprimiert aufgezählt wurden, ziemlich heftig an. Und dabei war noch nicht einmal vom Stalker die

Rede gewesen – wenn Frank davon erführe, würde er nicht ruhen, bis er den Kerl hatte, und ihn dann in seine Einzelteile zerlegen. Langsam und sehr schmerzhaft.

»Pascal geht es übrigens so weit ganz gut«, sagte ich, um einen eleganten Themenwechsel zu forcieren, »ich komme gerade aus dem Krankenhaus. Aber er langweilt sich zu Tode. Er hat mich um Lesestoff gebeten.«

»Ich kuck ma«, brummte Frank und stiefelte rüber zu seinem Zeitschriftenangebot.

»Erstklassiges Ablenkungsmanöver.« Bärbel sah hinüber zu Frank und senkte die Stimme. »Und wie geht es dir wirklich? Ich merke dir doch an, dass du unter Strom stehst. Frank kannst du vielleicht täuschen – mich nicht.«

Mist. Schon wieder eine, die mich gut genug kannte, um mir etwas anzumerken. Immerhin kam diese Erkenntnis nicht wie bei Madame Pythia aufgrund von übersinnlichem Hokuspokus oder – wie bei Stella – durch ihre exorbitante Beobachtungsgabe und Menschenkenntnis. Oder durch die Konstellationen der Planeten in meinem Horoskop. Ah, auch ein gutes Thema.

»Ich war übrigens schon zweimal bei der Astrologin«, plapperte ich los, »das war echt abgefahren. Musst du auch mal ausprobieren. Ach nee, hast du ja schon.«

Bärbel runzelte die Stirn. »Du weichst schon wieder aus. Du willst dich doch nicht etwa in Ermittlungen stürzen? Herrje, Loretta. Erwin sagt, seine Patentochter ist an der Sache dran.«

Ja, aber Kommissarin Küpper weiß noch längst nicht alles, dachte ich. Mir wurde mit einem Mal bewusst, in welcher Reihenfolge ich meine Prioritäten setzte: Erst am Unfallort herumschnüffeln, dann Pascal besuchen und Lesestoff für ihn besorgen, danach erst einmal ab ins Callcenter ... und das, obwohl ich doch dringend zur Küpper müsste! Was war los mit mir? Aber ich tröstete mich damit, dass ich den Termin im Präsidium zuerst mit Erwin besprechen musste. Ja genau.

Ich klatschte mir mit der Hand vor die Stirn. »Erwin! Den habe ich ja total vergessen! Doris und er warten auf Nachricht von Pascal. Bärbel, wir reden demnächst in Ruhe, versprochen. Spätestens am Wochenende.«

Frank kam mit einem Stapel Zeitschriften an den Tisch. »Hier, fürn Pascal. Und schöne Grüße.«

Als ich mein Portemonnaie aus der Tasche holte, hob er die Hand. »Kommt nich inne Tüte. Wollze mich beleidigen oder wat? Dat is ’n Geschenk, da will ich kein Geld für.« Er ging hinter den Tresen und füllte einige Kuchenstückchen in eine Tüte, die er mir übergab. »Hier. Damit er wat Ordentlichet auffen Zahn kricht. Im Krankenhaus kricht man ja nix Vernünftiget.«

Widerstand war zwecklos, das wusste ich, also stopfte ich die Tüte in meine Tasche zu den Magazinen.

»Ich muss dann jetzt los«, sagte ich.

Ich nickte ihnen zu und verließ schnell den Kiosk, denn ich konnte Bärbels sorgenvollen Blick nicht aushalten.

Kapitel 17

Kommissarin Küpper wird mit frischen Informationen versorgt – und Loretta legt noch ein paar Blumen drauf

Ich nahm wieder den Nebeneingang, um in Erwins Büro zu gelangen, die Nelken und die Zeitschriften für Pascal hatte ich in eine der Einkaufstaschen gepackt, die immer in meinem Kofferraum herumflogen. Ich hatte plötzlich kein Bedürfnis mehr, noch einmal zu Pascal ins Krankenhaus zu fahren und hoffte, Erwin würde mir die Zustellung des Lesestoffs abnehmen.

»Loretta, Liebchen, wie geht es dir?«, fragte Erwin gleich zur Begrüßung und legte einen besorgten Gesichtsausdruck auf.

Bämm – schon hatte ich schlechte Laune.

»Nichts für ungut, Erwin, aber wenn mich noch einer fragt, wie es mir geht, schreie ich den gesamten Ruhrpott zusammen. Ich kann es nicht mehr hören.«

Zu meinem Glück konnte er darüber lachen. »Dann sollte ich meinem Täubchen besser nicht Bescheid sagen, dass du hier bist.«

»Ich wollte dich sowieso bitten, damit noch zu warten. Ich muss dir vorher noch etwas zeigen. Und dann werden wir garantiert Redebedarf haben. Unter vier Augen.«

Interessiert beobachtete er, dass ich in die Einkaufstasche griff. Seine Brauen schossen hoch, als er die schon leicht ramponierten Nelken sah, die ich ihm dann entgegenstreckte.

»Bitte. Mit den besten Grüßen vom Blumenkavalier.«

Erwin war sichtlich verwirrt. »Woher sind die? Waren die an deinem Auto?«

»Oh nein, viel besser. Nein: viel *gruseliger.* Ich habe sie heute Morgen am Unfallort gefunden.«

Das musste er erstmal verdauen. Nach einem Moment der Sprachlosigkeit sagte er: »Kein Irrtum möglich?«

»An welcher Stelle sollte denn bitte ein Irrtum möglich sein? Ich war am Unfallort, um in der Umgebung nach Spuren dafür zu suchen, dass der andere Wagen Pascal gerammt hat. Lacksplitter, Scherben, was weiß ich. Die Nelken steckten höchst dekorativ im Zaun.«

»Und da waren sie in der Nacht des Unfalls noch nicht?«

»Woher zum Henker soll ich das denn wissen?«, fauchte ich ihn an. Dann zählte ich innerlich bis zehn, um mich zu beruhigen. Es brachte nichts, wenn ich mich jetzt aufregte. Und erst recht führte es nirgends hin, wenn ich Erwin anpöbelte. »Erwin, tut mir leid, aber meine Nerven sind zum Zerreißen gespannt. Also: zweiter Versuch einer Antwort. In der Nacht des Unfalls habe ich schlicht nicht darauf geachtet. Kann sein, dass die Nelken zu dem Zeitpunkt schon dort waren. Sie waren allerdings nicht direkt am Unfallort, sondern ein Stückchen weiter die Straße runter. Gelbe Nelken bedeuten übrigens Verachtung.«

Erwin nickte langsam. »Mir wird richtig unbehaglich.«

»Frag mich mal. Jemand hat versucht, Pascal umzubringen. Meinetwegen. Und er ahnt von nichts. Was, wenn der Typ es noch einmal versucht? Sein Werk vollenden will?«

»Hm. Hm.« Mit großen Schritten tigerte Erwin durchs Büro. »Wir müssen …«

»Sofort mit deiner Astrid sprechen, ich weiß«, fiel ich ihm ins Wort. »Noch heute.«

Er sah auf die Uhr. »Sie müsste noch im Büro sein. Ich rufe sie an.«

Er ging gerade zu seinem Schreibtisch, als Doris ins Büro platzte.

»Wie geht es Pascal?«, fragte sie sofort. »Seit wann bist du hier?«

»Seit ein paar Minuten.« Ich hörte Erwin leise telefonieren, aber zu meiner Erleichterung achtete Doris nicht auf ihn.

»Ich habe mir schon Sorgen gemacht, wo du bleibst. Du wolltest doch direkt nach dem Krankenhaus …«

»Ich war noch kurz bei Frank. Pascal hat nach Lesestoff gefragt; er langweilt sich schrecklich. Er ist übrigens nur leicht verletzt, wir müssen uns um ihn wirklich keine Sorgen machen.«

Jedenfalls nicht, was die unmittelbaren Unfallfolgen anging, was ja immerhin schon mal positiv war. Dass vielleicht ein Verrückter herumlief, der genau deswegen unzufrieden war und noch einmal nachlegen wollte, würde sie nur über meine Leiche erfahren.

Erleichtert presste sie die Hand auf ihren wogenden Busen. »Gott sei Dank. Wann wird er entlassen?«

»Bestimmt schon morgen. Er hat ein Schleudertrauma erlitten, und sie wollten sich seinen Nacken noch einmal genauer ansehen. Sonst geht es ihm gut.«

»Schätzchen, ich muss zurück ans Telefon. Aber wir fahren später zusammen ins Krankenhaus, ja?«

»Ich … äh … ja, bestimmt«, eierte ich los, und schon eilte Erwin zu meiner Rettung herbei.

Er gab seinem Täubchen einen Kuss und sagte: »Zuerst müssen Loretta und ich ins Präsidium. Astrid hat noch ein paar Fragen zu der Sache auf dem Friedhof.«

Doris runzelte die Stirn. »Bestell ihr einen schönen Gruß von mir. Sie kann Loretta auch mal in Ruhe lassen.«

»Das werde ich ihr ausrichten. Aber sie ist nicht nur meine Patentochter, sondern auch die Kommissarin, die in diesem Fall ermittelt.« Liebevoll, aber unnachgiebig schob er sie zur Tür, die das Callcenter mit dem Büro verband. »Tschüss, Täubchen, bis später. Ich hole dich ab.« Er hielt inne und dachte nach. »Aber wer weiß, wie lange das bei Astrid dauert. Dennis wird mit dir ins Krankenhaus fahren. Ich versuche, nachzukommen.«

Begeisterung sah anders aus, aber Doris winkte mir noch einmal zu und ging.

Erwin und ich waren jeweils mit unseren eigenen Autos zum Präsidium gefahren. Jetzt starrte Kommissarin Küpper stirnrunzelnd auf die Blumen, die ich ihr – bisher ohne weitere Erklärung – auf den Schreibtisch gelegt hatte. Draußen war es mittlerweile fast dunkel, und ich beobachtete sie über die Spiegelung im Fenster. Schließlich blickte sie hoch und sagte: »Also gut. Ich höre.«

Im Fenster sah ich, dass Erwin mich anguckte, also wandte ich mich der Kommissarin zu. »Ich weiß nicht, wo ich anfangen soll.«

»Am Anfang«, erwiderte sie.

Erwin schüttelte den Kopf. »Nein. Wir beginnen mit Pascals Unfall, also am Ende.«

Die Kommissarin verdrehte die Augen. »Einigt euch bitte. Und zwar möglichst schnell, bevor ich die Geduld verliere.«

Na, das fing ja gut an.

»Also, was ist mit diesem Unfall?«, fragte sie. »Das Opfer ist doch Ihr Freund, Frau Luchs, oder? Meine Kollegen ermitteln, ob es tatsächlich noch einen weiteren Beteiligten gab, wie das Unfallopfer behauptet. Angeblich soll es sich ja um Nötigung im Straßenverkehr mit Unfallfolge und anschließender Fahrerflucht des Verursachers handeln.«

Herrje, immer diese Fachtermini.

»*Angeblich?*«, fauchte ich. »Pascal wurde von der Straße

gedrängt, wenn nicht sogar *gerammt.* Hat Ihre Spurensicherung denn nichts feststellen können?«

»Sie wissen genau, dass ich Ihnen darüber keine Auskunft geben kann«, sagte die Küpper. »Wenn die Aussage Ihres Freundes stimmt, werden die Kollegen auch die entsprechenden Beweise finden.«

Ich deutete auf die Blumen. »Da haben Sie Ihren Beweis.«

»Woher stammen diese Blumen?«, fragte Kommissarin Küpper.

»Von der Stelle, an der sich Pascals Wagen überschlagen hat«, erwiderte ich.

»Und wieso haben meine Kollegen die nicht gefunden und sichergestellt?«

»Ich habe sie dort heute in der Frühe entdeckt. Nicht direkt an der Unfallstelle, sondern etwas davon entfernt. Ich weiß nicht, ob sie gestern Nacht schon dort waren. Vielleicht hat sie der Täter erst später dort deponiert. Um mir damit eine Nachricht zu hinterlassen.«

»Ihnen?« Die Kommissarin hob die Brauen. »Doch wohl eher der Polizei, falls überhaupt. Außerdem: Falls Ihre Geschichte stimmt: Wieso entfernen Sie ein mögliches Beweisstück vom Fundort? Gerade Sie sollten doch wissen, dass eine derartige Handlungsweise höchst unprofessionell ist.«

Ich holte mein Handy aus der Jackentasche und zeigte ihr die Fotos, die ich davon gemacht hatte.

»Was soll das beweisen?«, fragte sie prompt. »Sie können die Blumen doch selbst dort deponiert und dann geknipst haben.«

Wie bitte? Spinnt die jetzt vollkommen? Es hielt mich nicht mehr auf dem Stuhl. Ich sprang auf und lief hin und her. Andernfalls wäre ich vielleicht über den Schreibtisch gehechtet, um sie mal kräftig durchzuschütteln.

Niemand sagte etwas, und schließlich meldete Erwin sich zu Wort. »Warum hätte Loretta das tun sollen, Astrid?«

»Um ihrem Freund zu helfen, vielleicht? Wenn es keine Beweise dafür gibt, dass er am Unfall unschuldig ist, werden halt welche konstruiert. Ich muss alle Möglichkeiten in Betracht ziehen, Onkel Erwin. Du zu allererst solltest das wissen.«

Erwin schüttelte den Kopf. »Dann zieh jetzt bitte auch die Möglichkeit in Betracht, dass Loretta die Wahrheit sagt, Astrid. So viel Fairness muss sein.«

»Vermutlich muss ich jetzt beweisen, dass der Beweis echt ist«, sagte ich betont ruhig und setzte mich wieder. »Aber was würde es ändern, wenn ich die Blumen dort am Zaun gelassen und die Polizei geholt hätte? Dann könnten Sie mir doch auch unterstellen, dass ich die Nelken dort selbst hingebracht hätte.«

»Leider gibt es einen wesentlichen Fehler, den Sie gemacht haben.« Die Kommissarin deutete auf die Blumen. »Sollten irgendwelche verwertbaren Spuren des Täters an den Blumen gewesen sein, haben Sie sie vermutlich durch Ihr übereiltes Handeln zerstört. Oder zumindest kontaminiert und damit vielleicht sogar unbrauchbar gemacht. Das war nicht klug von Ihnen, Frau Luchs.«

Ich spürte, wie mir prompt der Schweiß ausbrach. Sie hatte absolut recht. Was hatte ich mir nur gedacht? Ich hatte die Nelken erst in meinen dreckigen Kofferraum geworfen, dann in die Einkaufstasche gestopft. Ich war eine hirnlose, superdämliche Vollidiotin. Kein Wunder, dass sie mich nicht ernstnehmen konnte.

»Da habe ich … verdammt, ich habe wohl nicht nachgedacht«, blubberte ich los, denn ich schämte mich halb zu Tode. »Ich war so aufgeregt, als ich die Nelken sah. Er hat mir wieder eine Nachricht hinterlassen. Das war so *unheimlich.*«

Jetzt beugte die Kommissarin sich vor. »Diese Nachricht an Sie. Das haben Sie vorhin schon einmal erwähnt. Wieso denken Sie, dass die Blumen Ihnen gelten?«

»Und damit wären wir beim Anfang der Geschichte angelangt«, sagte Erwin. »Lass nichts aus, Loretta.«

Also erzählte ich der Kommissarin von den Blumengrüßen, die ich erhalten hatte, und der Dechiffrier-Vorlage dazu. Und dass ich befürchtete, dass er mich und Pascal gesehen hatte, als wir uns vor dem Haus so liebevoll voneinander verabschiedeten. Und er könnte mir im Park nachgeschlichen sein, verborgen im Nebel, und die Verabredung mit Neumüller mitbekommen haben …

Abschließend zog ich die Liste mit den Bedeutungen der Blumen aus der Tasche, außerdem die Notizen, die ich gemacht hatte, und schob ihr alles über den Tisch. »Hier. In der Tabelle sehen Sie, wann ich welche Blumen bekommen habe und was sie bedeuten sollen.«

Während sie die Seiten studierte, sagte Erwin: »Loretta hat einen Stalker, Astrid. All diese Ereignisse gehören zusammen, es gibt keine andere Erklärung. Und jetzt eskalieren die Dinge.«

Die Kommissarin nickte. »Sieht ganz so aus. Nach Fingerabdrücken muss ich auf der Liste des Blumenkavaliers wohl nicht suchen.«

»Nein«, erwiderte ich. »Zuerst hielt ich es ja für die nette Geste eines heimlichen Verehrers. Ich habe die blöde Liste mit mir herumgeschleppt. Ich … ich konnte doch nicht ahnen, wie die Sache sich entwickeln würde. Selbst nach Neumüllers Ermordung stand ich zunächst noch auf der Leitung. Aber als die Sache mit Pascal passierte, dämmerte es mir langsam. Das alles geschieht meinetwegen! Das ist furchtbar.«

»Diese Blumengrüße – wo sind die jetzt?«

Herrje – wieder etwas, das sie nicht erfreuen dürfte. »Vernichtet. Die habe ich in den Müll geworfen. Ich wollte sie nicht mehr in der Wohnung haben. Die Tonnen wurden mittlerweile geleert.«

Ich sah ihr an, dass sie um Beherrschung rang, aber sie riss sich zusammen. »Sehr schade, aber ist nicht zu ändern. Haben Sie irgendeinen Verdacht, wer dieser Stalker sein könnte? Ziehen Sie die Option in Betracht, dass es sich um eine Frau handelt?«

Verblüfft wechselte ich einen Blick mit Erwin. Nein, diese Option hatte ich definitiv nicht in Betracht gezogen. »Ich habe nicht die geringste Ahnung. Eine Frau? Ich weiß nicht recht. Diese Szenerie auf dem Friedhof ... könnte eine Frau das schaffen? Rein kräftemäßig, meine ich. Neumüller ist doch woanders umgebracht und dann dort deponiert worden, oder?«

Ihr Gesichtsausdruck war undurchdringlich, als sie mich schweigend ansah. Aus ihr würde ich nichts rauskriegen.

»Wie sind denn Ihre Erfahrungen mit Stalkern? Sind die Opfer eher männlich oder weiblich?«, fragte ich dann.

»Das kommt auf die sexuelle Orientierung des Stalkers an«, erwiderte die Kommissarin. »Danach richtet sich das Geschlecht des Objektes der Begierde. Oder der Anbetung. Meist wird dieses Objekt idealisiert, und der Stalker bildet sich sogar eine Beziehung ein, die in der Realität selbstverständlich nicht existiert. Aber es gibt auch die Stalker, die ihr Opfer zerstören wollen, es unnachgiebig verfolgen und belästigen.«

»Ich glaube, bei Loretta ist Ersteres der Fall«, warf Erwin ein. »Jemand hat sich in sie verliebt und hat versucht, sich ihr über die Blumengrüße zu nähern.«

»Aber das ist doch Schwachsinn!«, rief ich. »Wie hätte ich denn antworten sollen? Ohne zu wissen, von wem die

Blumen kommen? Gibt es überhaupt eine Blume, die *›lass mich in Ruhe, du verrückter Idiot‹* bedeutet?«

Die Küpper vertiefte sich in die Liste. »Hm ... ich finde hier etliche Blumen, durch die Sie Ihr Desinteresse hätten signalisieren können. Mit Margeriten, zum Beispiel. Die bedeuten, dass Sie in Ruhe gelassen werden wollen.«

Oh. Hatte der Blumenkavalier tatsächlich auf eine Antwort von mir gewartet? Ich hätte sie ja nur dort deponieren müssen, wo ich seine Nachrichten fand: unter dem Scheibenwischer an meinem Auto. Also sollte die Liste nicht nur dafür sorgen, dass ich ihn verstand, sondern auch dazu dienen, dass wir uns *unterhalten* konnten?

»Wirklich gar keine Idee, wer der Stalker sein könnte?«, fragte die Küpper noch einmal nach.

»Nein. Obwohl ... ich dachte kurz ...« Ich berichtete ihr von Mark, mit dem ich einige Male in der nächtlichen Pause geredet hatte, und der mir am Vormittag im Café über den Weg gelaufen war.

Sie notierte sich den Namen. »Nachname?«

Ich schüttelte den Kopf. »Keinen Schimmer. Aber er arbeitet im Callcenter über unserem. Immer Nachtschicht, wenn ich ihn richtig verstanden habe.«

Ich legte noch eine Beschreibung drauf, die sie sich in Stichpunkten notierte.

»Den finden wir«, sagte sie dann. »Ich werde gleich morgen Kollegen losschicken, die in der Personalabteilung seine Adressdaten besorgen. Und dann statte ich dem Herrn einen Besuch ab und unterhalte mich mit ihm. Wir haben ja eine grobe Zeitleiste, wann was passiert ist. Also werden seine jeweiligen Alibis auch leicht zu überprüfen sein, denke ich.«

Bei dem Gedanken fühlte ich mich unbehaglich. Was, wenn er *nicht* derjenige welcher war – was ich ja ohnehin glaubte? Andererseits konnte ich schon längst nicht mehr rational denken. Ich brauchte etwas Zeit für mich, unbedingt. Oder mit jemandem, der mich ablenken konnte – und wenn es auch nur für einen Abend war.

Erwin und ich standen auf dem Parkplatz vor dem Präsidium. Ich hatte mit Isolde telefoniert, um meinen Besuch anzukündigen, was Erwin für eine gute Idee hielt. Er selbst wollte noch ins Krankenhaus fahren.

Wir hatten uns gerade verabschiedet, als mir noch etwas einfiel. »Was ist mit Pascal? Was, wenn der Stalker ins Krankenhaus geht und versucht, ihn umzubringen?«

»Das wird nicht passieren.«

»Wie kannst du so sicher sein? Pascal ist dort vollkommen schutzlos. Und nicht nur das: Er weiß noch immer nicht, dass es bei der ganzen Geschichte um mich geht. Wir sollten noch mal zur Küpper gehen und um Polizeischutz für ihn bitten.«

Erwin schüttelte den Kopf. »So einfach ist das nicht; den müsste sie erst beantragen. Außerdem: Wir haben zwar einige Indizien zusammengetragen, aber noch immer keinerlei Beweise dafür, dass alles so abgelaufen ist, wie wir glauben.«

»Toll. Wäre es Beweis genug, wenn Pascal auch noch draufginge?«

»Keine Sorge, Loretta. Bisher hat der Stalker nur im Verborgenen agiert. Das ist seine Handschrift, sein *Modus operandi.* Es ist mehr als unwahrscheinlich, dass er plötzlich seine Vorgehensweise ändert und als Pfleger verkleidet ins Krankenhaus marschiert, um Pascal umzubringen. Zumal nachts, wenn es dort nicht vor Personal wimmelt.« Er nahm mich kurz in den Arm und ließ mich wieder los. »Soll ich Pascal alles erklären?«

Ich schauderte. »Nein … Aber wie wäre es, wenn wir es gemeinsam täten, wenn Pascal wieder zu Hause ist?«

Erwin nickte. »So machen wir es. Wir holen ihn morgen ab, wenn er entlassen wird. Und dann reden wir mit ihm.«

Ich kann nicht behaupten, dass ich mich darauf freute.

Kapitel 18

Loretta macht eine spontane Stadtrundfahrt, aber der Grund dafür ist leider nicht ihr ausgeprägter Entdeckergeist

Ich sauste kurz nach Hause, um Baghira zu füttern, der mein Auftauchen erwartungsgemäß mit großem Theater kommentierte.

»Ja, ich weiß, ich habe dich vernachlässigt«, sagte ich zu ihm, während ich seinen Napf füllte und er mir unter viel Geschrei um die Beine strich.

Er war ja ein genügsamer Kater, aber ein wenig Aufmerksamkeit wollte er dann doch – und das vollkommen zu Recht. Das hatten Pascal und ich bisher ganz gut untereinander aufgeteilt. Ob es eine gute Idee war, noch eine Katze oder einen Kater anzuschaffen, damit Baghira Gesellschaft hatte?

Um mein schlechtes Gewissen zu beruhigen, setzte ich mich an den Küchentisch und guckte ihm beim Fressen zu, was ihm vermutlich schnurzpiepegal war. Zumindest würdigte er mich keines Blickes mehr, als er, nachdem er den Napf geleert hatte, auf seinen Kratzbaum kletterte. Oben in seinem Krähennest rollte er sich mit einem zufriedenen Schnaufer zusammen und schlief umgehend ein.

Damit war ich wohl entlassen.

Isolde zu besuchen, um mich abzulenken, entpuppte sich als schlechte Idee, wie ich ziemlich schnell merkte. Immer wieder unterschätzte ich, wie gut die Buschtrommeln in meinem Freundeskreis funktionierten.

Unser gemütlicher Abend war für mich ein einziges Kriegsgebiet voller Minenfelder, da ich über gewisse Dinge natürlich nicht reden wollte. Immer wieder lenkte ich das Gespräch auf meine Begegnungen mit Stella, über die ich ausführlich berichtete – in der Hoffnung, von anderen Themen abzulenken. Keinesfalls wollte ich, dass sie vom Stalker und der vermutlich von ihm ausgehenden Gefahr erfuhr, aber prompt sprach sie mich darauf an.

»Ich höre, ein geheimnisvoller Verehrer lässt dir blumige Grüße zukommen«, sagte sie und zwinkerte schelmisch.

Huaaaah. Abstreiten konnte ich es nicht. Also: Augen zu und durch.

»Stimmt. Aber ich finde das blöd. Wer mir etwas sagen will, soll es tun und mir nicht irgendwelches Gestrüpp ans Auto klemmen. Lächerlich.«

»Ach, ihr jungen Leute seid so unromantisch!« Sie seufzte theatralisch. »So ein zarter Blumengruß – das ist doch wunderbar. Ein dezenter Fingerzeig, ein schüchternes Herantasten. Nicht umsonst sagt man bestimmte Dinge durch die Blume, anstatt plump mit dem Zaunpfahl zu winken.«

Ein Zaunpfahl mit gelben Nelken dran, dachte ich grimmig. Ohne es zu ahnen, hatte Isolde das perfekte Reizwort benutzt.

Ich stand auf und ging ans Fenster ihres Penthauses, von dem aus man die Stadt überblicken konnte. Zumindest war das möglich, wenn nicht – wie jetzt gerade – Nebel aufzog. Noch glommen die Lichter der Stadt schwach durch den Dunst, aber bald würde es damit vorbei sein.

Hoffentlich merkte sie mir nicht an, dass sie mich gerade auf hauchdünnes Eis geschubst hatte. Eine falsche Bewegung, ein falsches Wort, und ich würde einbrechen und ersaufen. Um nichts in der Welt wollte ich die Fassung verlieren und Isolde ängstigen.

Ich setzte mich wieder zu ihr aufs riesige Sofa, auf dem

sie und ihre drei Katzendamen malerisch thronten. »Vielleicht bin ich momentan einfach nicht empfänglich für subtile Blumengrüße heimlicher Verehrer. Die Trennung von Pascal ist noch zu frisch. Außerdem muss ich erst mal den Schreck verdauen, dass er diesen Unfall hatte. Mein Kopf ist noch lange nicht frei für etwas Neues. Mein Blumenkavalier hat sich den gänzlich falschen Zeitpunkt ausgesucht, um mich zu umgarnen.« Ich versuchte ein Lachen, das mir allerdings gründlich misslang.

»Natürlich, du Ärmste. Daran hatte ich nicht gedacht. Du bist eine viel zu treue Seele, als dass Pascal dir gleichgültig sein könnte – gerade jetzt, da er Hilfe braucht. Umso geschmeichelter bin ich, dass du hier bist und nicht bei ihm im Krankenhaus. Aber bestimmt warst du heute schon dort.«

Ich nickte. »Klar. Und jetzt sind Doris und Erwin bei ihm. Wahrscheinlich wird er morgen entlassen, und dann wird die ganze Sache bald vergessen sein.«

Dass sie daran zweifelte, war ihr deutlich anzusehen, und ich merkte plötzlich, wie sehr ich mich nach meiner Wohnung und dem Alleinsein sehnte. Manchmal war es einfach besser, nicht reden zu müssen, denn dann konnten auch keine unangenehmen Themen aufs Tapet kommen.

Es herrschte wenig Verkehr, als ich mich auf den Weg nach Hause machte. Kein Wunder: Es war mitten in der Woche und zudem mittlerweile vollkommen neblig, es waren also nicht viele Nachtschwärmer unterwegs. Ich freute mich auf mein gemütliches Sofa und noch ein paar kuschelige Momente vor dem Fernseher, die ich mit meinem schnurrenden Kater zu teilen gedachte. Der morgige Tag würde wenig angenehm beginnen, denn ich hatte eine Heidenangst vor dem Gespräch mit Pascal. Zwar würde er mir nicht die

Schuld an seinem Unfall geben, aber das half mir kein Stück. Ich fühlte mich verantwortlich, auch wenn ich keinen Schimmer hatte, wie ich den Mord und seinen Unfall hätte verhindern sollen.

Mir stockte der Atem. Wäre vielleicht alles anders gekommen, wenn ich auf die Blumen reagiert hätte? Wollte der Stalker mit seinen Angriffen etwa nur meine Reaktion provozieren? Mir beweisen, wie wichtig ich ihm war? Es musste einfach eine Möglichkeit geben, ihn ausfindig zu machen. Und ich würde der Küpper damit so lange auf den Geist gehen, bis sie alle verfügbaren Kräfte dafür einsetzte.

Da mein Magen laut knurrte, hielt ich spontan bei meinem Lieblingsimbiss und holte mir einen Döner. Als ich mich wieder ins Auto setzte, grinste ich in mich hinein: Von diesem Döner durfte Isolde nichts erfahren, denn ich hatte ihr Angebot, mir einen Happen zu essen zu machen, dankend abgelehnt. Dass ich überhaupt Appetit hatte, beruhigte mich ein wenig. Meine Überlebensinstinkte funktionierten also noch.

Nach ein paar Minuten Fahrt registrierte ich den Wagen, der mich verfolgte. Nein, das stimmte nicht ganz: Zuerst nahm ich einfach nur dieses Auto hinter mir wahr. Schon klar: Es war nicht ungewöhnlich, dass auch andere Leute in dieselbe Richtung wollten wie ich. Aber ich befand mich mitten in einer ziemlich ungewöhnlichen Lebenssituation mit einem Stalker, einem Mord und einem Mordversuch, was einer ausgewachsenen Paranoia Tür und Tor zu öffnen vermochte.

So auch bei mir.

Immer stärker spürte ich das Kribbeln in meinem Nacken, immer häufiger blickte ich in den Rückspiegel, der nach wie vor die Scheinwerfer des Wagens hinter mir zeigte.

Kaum vorstellbar, dass ich es nicht bemerkt haben sollte,

wenn er abgebogen wäre und es sich jetzt um ein anderes Auto handelte. Nein, das hätte ich nicht übersehen.

Um sicherzugehen, bog ich bei der nächstbesten Gelegenheit ab und zickzackte durch ein verschlafenes Wohnviertel mit schmalen Straßen.

Der Fahrer hinter mir blieb dran.

Oder handelte es sich doch um einen unglücklichen Zufall, und jemand suchte eine Adresse? Nebel, Dunkelheit ... da konnte man sich als Ortsunkundiger schon mal verfransen. Ich verließ das Viertel wieder. Nach einem Blick in den Rückspiegel war klar: Ich würde keinesfalls nach Hause fahren, solange ich verfolgt wurde, auch wenn der Stalker ohnehin wusste, wo ich wohnte.

Um nachzudenken, folgte ich der Straße rund um die Innenstadt. Schließlich stoppte ich mit laufendem Motor an einer Bushaltestelle; der andere Wagen hielt einige Meter hinter mir. Ich fummelte mein Handy aus der Jackentasche und wählte Erwins Nummer, dann gab ich wieder Gas.

»Erwin«, japste ich, kaum dass er abgehoben hatte, »ich werde gerade verfolgt! Ein Auto klebt an meinem Kofferraum, seit ... seit ... ich habe keine Ahnung, wie lange schon! Was soll ich tun? Ich trau mich nicht nach Hause!«

»Bleib ruhig«, sagte er. »Bist du ganz sicher?«

»Natürlich bin ich sicher!«, kreischte ich. »Ich gurke seit ewigen Zeiten in der Gegend herum, rein in Wohnviertel, wieder raus ... und der bleibt die ganze Zeit dran!«

»Du kommst zu uns. Sofort und ohne weitere Umwege. Wie lange brauchst du?«

»Ich bin ganz in der Nähe. Keine fünf Minuten.«

»Ich warte draußen.«

Mir fiel ein Stein vom Herzen.

Du solltest dich besser nicht mit Erwin anlegen, du Arschloch, dachte ich.

Erwin stand vor seinem Haus am Straßenrand. Er behielt die Straße im Auge, als er um mein Auto herumkam und die Fahrertür öffnete.

»Er ist nicht mehr da«, sagte ich. »Als ich hier eingebogen bin, hat er aufgegeben.«

Ritterlich reichte er mir die Hand, um mir aus dem Auto zu helfen. »Du wirst heute bei uns übernachten.«

»Ist Doris noch wach?«, flüsterte ich, als wir ins Haus traten und er leise die Tür hinter uns schloss.

Erwin schüttelte den Kopf und dirigierte mich zu einem kleinen Zimmer im Erdgeschoss. Auf einer aufklappbaren Schlafcouch lag ein Haufen Bettzeug, und auf dem Nachtschrank standen eine Flasche Wasser und ein Glas. Eine kleine Nachttischlampe verbreitete schummriges Licht.

»Bezüge findest du im Schrank«, sagte er, »das habe ich so schnell nicht geschafft.« Er nahm mir die dicke Jacke ab und hängte sie an einen Kleiderhaken an der Tür, dann schnupperte er. »Rieche ich Essen?«

Ich musste grinsen, denn Erwin würde jegliches Essen vermutlich auch durch mehrere meterdicke Mauern hindurch riechen; erst recht also den Döner in meiner Tasche, der lediglich mit ein wenig Alufolie umhüllt war.

Ich holte ihn heraus und legte ihn auf den Nachtschrank. »Mein Abendessen.«

»Guten Appetit.« Er spähte durch die Vorhänge am Fenster nach draußen auf die Straße, danach setzte er sich auf den kleinen Cocktailsessel, der unter seiner breiten Gestalt beinahe wie ein Kinderstuhl wirkte. Eine Zeitlang sah er mir beim Essen zu, dann fragte er: »Wie geht es dir?«

Ich legte den Rest des Döners weg und wischte mir die Hände an der Papierserviette ab, die in der Tüte gewesen war. »Rate mal. Scheiße geht es mir. Was sollen wir bloß machen, um den Kerl loszuwerden?«

»Astrid wird alles Menschenmögliche tun, um ihn zu fassen, das weißt du. Du wirst erst einmal gründlich ausschlafen, verstanden? Ich werde morgen Früh mein Täubchen zur Arbeit bringen, und dann hole ich Pascal aus dem Krankenhaus ab.«

»Du wirst ihn doch nicht etwa bei sich zu Hause abliefern und seinem Schicksal überlassen?« Allein der Gedanke machte mich hibbelig.

Erwin schüttelte den Kopf. »Das habe ich nicht vor. Ich bringe ihn her. Dann werden wir zwei ihm reinen Wein einschenken. Außerdem werdet ihr beide unsere Gäste sein, bis der Spuk vorbei ist.«

Ich wollte protestieren, aber er hob die Hand. »Keine Widerrede, Loretta. Es muss was passieren. Wir werden noch einmal mit Astrid reden. Und wir brauchen einen Schlachtplan.«

»Es geht ihm doch um mich, oder? Die Polizei braucht mich als Köder, verstehst du? Wir müssen ihn dazu bringen, mich wieder zu verfolgen, und dann können sie zuschlagen.«

»Darauf wird Astrid sich niemals einlassen.«

»Sondern? Darauf warten, dass noch mehr Leute draufgehen? Ich bin schuld an der Eskalation, Erwin. Ich habe mich falsch verhalten.«

Er sah mich an, als hätte ich den Verstand verloren. »Rede nicht so einen Scheiß, Loretta. Du bist an gar nichts schuld. Und erst recht hast du dich nicht falsch verhalten. Du bist ein Opfer und kein Täter. Wie kommst du bloß auf dieses schmale Brett?«

»Überleg doch mal: Er hat mir diese Liste bestimmt nicht nur gegeben, damit ich seine Blumengrüße verstehe, sondern damit ich ihm antworten kann! Und das habe ich nicht getan. Aus seiner Sicht habe ich ihn ignoriert. Und nur deshalb musste Neumüller sterben, da bin ich sicher. Und dann war Pascal an der Reihe, weil der Kerl wahrscheinlich gesehen hat, dass ich ihn geküsst habe. Ein anderer Grund fällt mir nicht ein, Erwin!«

Er stand auf und sagte: »Schlaf jetzt, Loretta. Falls du noch etwas brauchst, weißt du ja, wo alles ist. Morgen sprechen wir und überlegen, was wir tun können, falls Astrid die Hände gebunden sind.«

»Versprochen?«

Er nickte. »Versprochen.«

Dann schloss er die Tür hinter sich, und ich war mit mir und meinen Gedanken alleine.

Tatsächlich war ich schon oft genug bei Doris und Erwin zu Besuch gewesen, um mich hier bestens auszukennen. Zunächst bezog ich das Bettzeug und freute mich, als ich zwischen den Decken ein Flanellnachthemd entdeckte, das vermutlich Doris gehörte.

Da ich sie keinesfalls wecken wollte, verzichtete ich auf eine Dusche und begnügte mich mit Katzenwäsche – sogar eine noch originalverpackte Zahnbürste lag im Bad für mich bereit. An derlei Kleinigkeiten merkte ich immer wieder, dass Doris und Erwin mit Leib und Seele Gastgeber waren. Ich hätte jede Wette gehalten, dass ich am nächsten Morgen einen frischen Schlüppi für mich vorfinden würde. Ernsthaft: Mir fiel kein Ort ein, an dem ich jetzt im Moment lieber gewesen wäre.

Als ich im Bett lag, merkte ich, dass ich viel zu unruhig war, um einzuschlafen. Nachdem ich mich mindestens eine Stunde lang unruhig herumgewälzt hatte, stand ich auf und tapste ins Wohnzimmer, um mir mithilfe eines Zaubertranks aus der stets gut bestückten Hausbar die nötige Bettschwere zu verpassen.

Wie erwartet hatte ich die ganz große Auswahl. Ich entschied mich für einen erstklassigen Wodka, von dem ich mir einen vierfachen genehmigte. Auf Zehenspitzen kehrte ich mit dem Getränk zurück ins Gästezimmer und stellte es auf dem Nachtschrank ab.

Dann löschte ich das Licht und zog den Fenstervorhang ein wenig zurück, um hinauszuschauen. Auf der Straße rührte sich nichts; es war totenstill. Das Licht der Laterne vor dem Haus schimmerte diffus durch den Nebel; ihr Pfahl war kaum zu erkennen.

Sorgfältig schloss ich den Vorhang wieder und setzte mich auf die Bettkante. Den Wodka trank ich ihn kleinen Schlucken, die mit leichtem Brennen die Speiseröhre hinabrannen. Ich wusste, der Alkohol würde mich umhauen, und genau das erhoffte ich mir.

Ich stellte das leere Glas weg und legte mich hin. Langsam breitete sich wohltuende Wärme in mir aus, gefolgt von bleierner Müdigkeit.

Ich merkte noch, dass sich mein Gesicht zu einem vermutlich ziemlich trunkenen Grinsen verzog, dann war ich weg.

Kapitel 19

Immer, wenn Loretta zu wissen glaubt, was als Nächstes passiert, geschieht garantiert etwas Unvorhergesehenes

Klar, dass ich am nächsten Morgen zunächst heftige Orientierungsprobleme hatte. Der Raum lag im Halbdunkel; zudem war alles verschwommen, denn ohne Brille konnte ich erst einmal nichts erkennen. Blind tastete ich auf dem Nachttisch herum. Ich stieß ein Glas herunter, das über den Teppich kollerte. Glas … richtig: der Wodka. Aha, daher stammten dann wohl auch die Kopfschmerzen. Ich fand die Brille, fummelte sie mir ungeschickt ins Gesicht und blickte mich um.

Ein fremdes Zimmer. Ich dachte angestrengt nach, dann dämmerte es langsam: Ich war bei Doris und Erwin. Mühsam entsann ich mich eines Gesprächs, das ich gestern Nacht noch mit Erwin geführt hatte, und zwar in diesem Raum.

Aber worüber hatten wir geredet?

Und warum hatte ich hier übernachtet?

Ich stand auf und zog die Vorhänge beiseite. Draußen herrschte dichter Nebel, genau wie in meinem Kopf.

Es musste doch einen Grund dafür geben, dass ich hier war und nicht zu Hause … Aber vielleicht war es ein frühmorgendlicher Service meines Gehirns, dass ich mich nicht erinnerte?

Ich holte mein Handy heraus, um nach der Uhrzeit zu sehen. Es war kurz nach acht; Erwin und Doris waren also schon aus dem Haus.

Ich ging ins Bad, wo ich neben einem gefalteten Badetuch für mich tatsächlich einen frischen Schlüpfer vorfand. Ein Gruß von Doris, der weltbesten Gastgeberin.

Unter der Dusche ließ ich mir Zeit. Das Wasser und das Abschrubben erfrischten mich, und tatsächlich kehrte die Erinnerung zurück, und zwar mit Wucht: Ich war hierhin geflüchtet, weil mich gestern Nacht ein Auto verfolgt hatte. Kurz wurde mir so flau, dass ich mich an der gekachelten Wand abstützen musste, dann fing ich mich wieder.

Dann fiel mir ein: Erwin würde später Pascal vom Krankenhaus abholen und herbringen, und dann wollten wir ihm alles erzählen.

Prompt wurde mir erneut flau.

»Jetzt nicht durchdrehen, Loretta«, sagte ich, während ich mich energisch abtrocknete. »Alles wird gut werden. Wir werden das Arschloch finden. Die Polizei oder wir, egal. Hauptsache, der Irre wird geschnappt und kann nicht noch mehr Unheil anrichten.«

Verdammt, jetzt redete ich schon mit mir selbst. Aber wer sollte mir Mut machen, wenn nicht ich?

Ich zog mich an und ging in die Küche, wo der kleine Esstisch für mich gedeckt war. Natürlich fand ich alles vor, was das Herz begehrte: Käse, Marmelade, diverse Wurstwaren und sogar kleine Frikadellen, Doris' Spezialität. *Komm gut in den Tag!* stand auf einem Zettel, der an der Warmhaltekanne lehnte. Ich goss mir Kaffee ein und roch sofort, dass er frisch aufgebrüht war. Wenn ich schon keinen Espresso haben konnte, war das definitiv meine nächste Wahl. Ich setzte mich und griff nach einem Brötchen, dann hielt ich inne.

Was, wenn der Irre wusste, wo ich war? Und irgendwo in der Nähe lauerte? Oder sogar versuchen würde, ins Haus zu kommen?

Ich konnte nicht anders, ich musste einen Kontrollgang durchs Haus machen. Alle Fenster waren fest verschlossen, ebenso die Terrassentür. Angestrengt spähte ich in den Garten, ohne etwas erkennen zu können. Nicht einmal die Tannen am Ende des Grundstücks konnte ich deutlich sehen, dort hätte sich selbst eine verdammte Giraffe verbergen können, ohne entdeckt zu werden.

Nachdem ich an der Haustür die Sicherheitskette vorgelegt hatte, ging ich zurück in die Küche und setzte mich wieder an den Tisch. Erst einmal frühstücken und die Zeitung lesen. Ohne wirklichen Appetit würgte ich ein mit Käse belegtes Brötchen runter, und es tat mir in der Seele weh, dass Doris' leckere Frikadellchen mich im Moment nicht reizen konnten. Ich war unruhig und wischte mir immer wieder die schweißnassen Hände an der Jeans ab. Am liebsten wäre ich vor dem bevorstehenden Gespräch mit Pascal geflüchtet, aber immerhin würde Erwin mir beistehen.

Vor Schreck schrie ich auf, als plötzlich mein Handy klingelte, das neben meiner Tasse auf dem Tisch lag. Mein Herz hämmerte so stark, dass ich das harte Pochen in meiner Halsschlagader und bis hinauf in den Kopf spürte. Auf dem Display sah ich, dass es Erwin war, der anrief.

»Wie geht es meinem Mädchen heute Morgen?«, dröhnte es jovial aus dem Hörer.

Er sollte sich keine Sorgen machen, also gab ich mich betont munter. »Sehr gut! Ich genieße gerade mein Frühstück. Ihr seid wunderbare Gastgeber.«

Erwin lachte. »Dieses Kompliment gebührt meinem Täubchen, und ich gebe es gern an sie weiter.«

»Du, ich überlege gerade, ob ich nicht ganz bei euch einziehen sollte. Bei dieser Verpflegung ist die Versuchung groß.«

»Darüber sprechen wir später, in Ordnung? Im Ernst: Wenn dir nach Gesellschaft sein sollte, weil dir zu Hause die Decke auf den Kopf fällt, bist du herzlich willkommen, auch für länger. Auf jeden Fall wirst du bei uns bleiben, bis der verdammte Stalker geschnappt ist. Genau wie Pascal.«

»Hast du schon von ihm gehört?«

»Ich soll gegen elf vor dem Krankenhaus auf ihn warten, hat er gesagt.«

Plötzlich fiel mir ein, dass es ja noch jemanden gab, um den ich mich kümmern musste. »Unser Plan hat einen Haken. Ich muss unbedingt nach Hause, wegen Baghira. Ich kann doch nicht einfach tagelang wegbleiben und ihn unversorgt lassen.«

»Verdammt«, murmelte Erwin. Er dachte einen Moment lang nach, dann sagte er: »Dann kommt er halt mit zu uns. Für ein paar Tage wird das schon klappen.«

»Frag bitte Doris, ob es ihr recht ist. Falls nicht, bringe ich ihn zu Isolde. Oder zu Frank. Die Kinder lieben ihn.«

»Gut. Ich melde mich wieder.«

Das Gespräch mit Erwin hatte mich beruhigt. Jetzt fand ich es beinahe albern, dass ich die Türen so panisch verrammelt hatte. Es war helllichter Tag – naja, *nebliger,* helllichter Tag – und der Stalker hatte bisher nur nachts agiert, oder etwa nicht?

Ich räumte den Tisch ab und spülte das Geschirr, dann machte ich das Bett im Gästezimmer. Danach hatte ich nichts weiter zu tun, als herumzusitzen, was mir überhaupt nicht in den Kram passte. Wenn ich wenigstens meinen Laptop hiergehabt hätte. Oder irgendetwas anderes, mit dem ich mich hätte beschäftigen können. Ruhelos tigerte ich durchs Haus, dann stand mein Entschluss fest: Ich würde zu mir fahren und alles für Baghiras Umzug vorbereiten. Dann konnte ich auch gleich eine Reisetasche mit dem Nötigsten für mich zusammenstellen und meinen Laptop einpacken.

Ich versuchte, Erwin zu erreichen, konnte ihm aber nur eine Nachricht hinterlassen, da er nicht ans Handy ging. Entweder war er mit dem Auto unterwegs oder hatte eine Besprechung mit einem Klienten seiner Detektei.

Bevor ich ins Auto stieg, scannte ich die Straße nach verdächtigen Autos oder Personen, konnte aber nichts entdecken. Der Nebel hatte sich ein wenig gelichtet, und durch den weißen Dunst war sogar eine fahlgelbe Sonnenscheibe sichtbar. In der kleinen Vorort-Straße gab es nur Einfamilienhäuser, und mein Auto war das einzige, das nicht in einer Einfahrt geparkt war. Niemand schien auf mich zu lauern, also atmete ich durch und fuhr los.

Immer wieder blickte ich in den Rückspiegel, aber hinter mir und um mich herum floss nur der übliche Verkehr. Vorsichtshalber näherte ich mich meinem Heim über wirre Umwege, die die normale Strecke vervierfachten, aber nur so konnte ich sicher sein, nicht verfolgt zu werden.

Baghira begrüßte mich überaus stürmisch und tänzelte aufgeregt miauend durch die Küche, während ich seinen Futternapf füllte.

Ich ließ ihn in Ruhe fressen und ging ins Schlafzimmer, um meine Tasche zu packen. Ein paar Schlüppis, zwei Pullis, eine Jeans, Socken, das musste reichen. Wenn etwas fehlte, konnten wir es jederzeit holen; schließlich war es ja nicht so, dass ich in die Arktis übersiedelte. Ich steckte noch meinen Laptop in die Tasche; dann machte ich mich daran, alles Nötige für Baghiras Umzug zusammenzusuchen. Er brauchte Futter und Näpfe, außerdem sein Ersatzklo und einen Beutel Streu. Als ich seinen Transportkorb in die Küche brachte, musterte er mich misstrauisch.

»Keine Sorge, es geht nicht zum Onkel Doktor, Dicker«, sagte ich, aber er sah nicht so aus, als würde er mir glauben. Immerhin behauptete ich das jedes Mal, wenn ich ihn zum Tierarzt verfrachtete.

Mein Handy klingelte – Erwin rief zurück.

»Wo bist du?«, bellte er so laut, dass ich das Telefon ein Stück vom Ohr weghielt.

»Hey, sei nicht sauer, ich wollte nur ein paar Dinge vorbereiten. Ich bin sicher hier angek…«

»Ja, weil der Typ anderweitig beschäftigt war«, unterbrach er mich barsch. »Pascal ist verschwunden.«

Haltsuchend tastete ich nach einem Stuhl und sackte darauf zusammen. »Sag mir sofort, was los ist.«

»Ich stehe am Krankenhaus, und kein Pascal weit und breit.«

»Was sagen die auf der Station?«

»Dass er bereits entlassen ist. Der Pförtner hat ihn hinausgehen sehen, aber Pascal ist nirgends zu finden. Ich bin schon durch den Park gelaufen. Er ist weg.«

In meinen Ohren rauschte es. »Wo ist er, Erwin?«, kreischte ich so laut, dass Baghira fauchend aus der Küche raste. »Hat *er* ihn etwa?«

»Ich weiß es nicht, Loretta«, erwiderte Erwin ruhig. »Es gibt immer noch die Möglichkeit, dass er sich ein Taxi genommen hat und nach Hause gefahren ist.«

So war es immer: Wenn ich kurz vorm Durchdrehen war, wurde Erwin ganz ruhig.

»Warum sollte er das tun? Ihr wart doch um elf verabredet, oder etwa nicht? Er haut doch nicht einfach ab, ohne dich zu benachrichtigen! Hast du versucht, ihn anzurufen?«

»Natürlich, aber ich habe nur seine Mailbox erreicht. Ja, wir waren hier verabredet. Gegen elf. Er kannte den genauen Zeitpunkt seiner Entlassung nicht.«

Ich spürte, dass mir Tränen in die Augen stiegen. »Was machen wir denn jetzt bloß?«

Vor Entsetzen konnte ich nur noch wimmern. *Er* hatte sich Pascal geholt – mein Ex war in der Gewalt dieses Irren, das war für mich sonnenklar.

»Ich sage dir, was wir tun, Loretta. Wir treffen uns bei Astrid im Präsidium.«

»Und dann?«, schrie ich. »Dann labert sie was davon, dass Pascal erwachsen ist und ein Aufenthaltsbestimmungsrecht hat oder wie das heißt, und dass er achtundvierzig Stunden lang verschwunden sein muss, bevor sie etwas unternehmen können! Bis dahin kann er tot sein!«

Mir stockte der Atem: Wer sagte denn, dass Pascal nicht längst tot war? Warum sollte der Irre denn warten, bevor er wieder killte?

»Was, wenn er ihn längst umgebracht hat?«, flüsterte ich.

»Das glaube ich nicht«, sagte Erwin. »Ich glaube, dass er Pascal noch braucht.«

»Wozu? Um ihn noch ein bisschen zu foltern?«

»Nein. Er braucht ihn, weil er dich haben will, Loretta. Er will Kontakt zu dir.«

»Großer Gott, Erwin, das ist doch krank!«

»Das ist genau der Punkt. Der Typ ist krank, er denkt nicht normal. Das ist unsere einzige Hoffnung, fürchte ich.«

»Okay. Okay. Moment, ich muss versuchen, mich runterzufahren. Geht gleich wieder.«

Ich atmete bewusst ein und aus. Tiefes Einatmen, langsames Ausatmen. Allmählich beruhigte ich mich.

»Geht es wieder?«, fragte Erwin nach einiger Zeit.

»Ja. Ich habe trotzdem Angst um Pascal.«

»Natürlich, das habe ich auch. Kannst du Auto fahren? Dann fahre ich nämlich jetzt direkt zum Präsidium, und wir treffen uns dort. Einverstanden?«

»Einverstanden.« Unvermittelt brach ich in Tränen aus. »Erwin, alles ist meine Schuld. Ohne mich wäre Pascal jetzt nicht …«

»Hör sofort auf damit, Loretta!«, unterbrach er mich. »An gar nichts bist du schuld, hörst du? Willst du etwa die Verantwortung für die Taten dieses Kerls übernehmen, die seinem kranken Hirn entsprungen sind?«

»Nein«, piepste ich, ohne es wirklich zu meinen.

Erwin schnaubte in den Hörer. Dann blaffte er: »Und jetzt reiß dich verdammt noch mal zusammen, putz dir die Nase und mach dich auf den Weg. Und zwar pronto.«

Bämm. Ich zuckte zusammen. Aber eine Ohrfeige – sei sie auch nur verbal – konnte niemals schaden, wenn jemand drohte, hysterisch zu werden. So wie ich gerade.

Der arme Pascal, wie mochte es ihm gehen? Hatte er Angst und fürchtete um sein Leben? War er irgendwo eingesperrt?

Ich würde alles tun, um ihn zu befreien.

Absolut alles.

Gerade hatte ich mich vor dem Haus ins Auto gesetzt, als mein Handy signalisierte, dass ich eine Nachricht erhalten hatte. Ich zog es aus der Jackentasche. Jemand – der Absender hatte seine Nummer unterdrückt – hatte mir ein Foto geschickt. Mit zitternden Fingern tippte ich auf den Tasten herum. Es dauerte einen Moment, dann öffnete sich die Nachricht und ich starrte fassungslos auf ein Foto eines Mausoleums. Nein, es war *das* Mausoleum auf *dem* Friedhof. Dort, wo ich Neumüllers Leiche gefunden hatte.

Als das Handy klingelte, fuhr ich derart zusammen, dass es mir aus der Hand in den Fußraum fiel. Dort schrillte es nervtötend vor sich hin, während ich ausstieg und mich dann ins Auto beugte, um das verdammte Telefon aufzuklauben. Jemand mit unterdrückter Nummer rief mich an. Na, wer konnte das wohl sein? Schlagartig war ich unglaublich wütend. So wütend, dass ich mich nicht einmal wunderte, woher er meine Handynummer hatte.

Ich nahm das Gespräch an und brüllte: »Wo ist Pascal? Was hast du mit ihm gemacht, du Arschloch?«

»Hallo, Loretta«, sagte eine sanfte Männerstimme.

»Nicht aufregen, bitte. Es geht ihm gut. Und dabei bleibt es auch, wenn du tust, was ich sage.«

Er klang vollkommen gelassen. Klar, er hatte ja auch die Zügel in der Hand. Ich biss mir auf die Unterlippe, um ihn nicht mit unflätigen Beschimpfungen zu überschütten.

»Wo ist er?«, fragte ich dann so ruhig ich konnte.

»Das hast du doch bereits gesehen. Du kennst den Ort, nicht wahr?«

Dieser perfide Mistkerl.

»Was soll ich tun?«

»Zuerst sage ich dir, was du *nicht* tun sollst. Die Polizei informieren, zum Beispiel. Oder sonst irgendjemanden. Dann wird Pascal nichts passieren. Das ist es doch, was du willst, nicht wahr, Loretta? Dass deinem *kostbaren* Pascal nichts passiert.«

Würg. Ich hätte mich auf der Stelle übergeben können, als ich hörte, wie er das Wort *kostbar* aussprach.

»Ja. Lass ihn in Ruhe. Sag mir, was ich tun soll.«

»So ist es besser. Du kommst jetzt zum Mausoleum, und dann sehen wir weiter.«

»In Ordnung.«

Na klar, du hirnloser Spacken. Und auf dem Weg dorthin werde ich die Kavallerie alarmieren. Für wie dämlich hältst du mich eigentlich? Denkst du wirklich, ich tue all diese Dinge, ohne jemanden zu informieren? Doch nicht so gut durchdacht, dein Plan.

»Ach, noch etwas«, sagte er, »damit du nicht auf dumme Gedanken kommst, stellst du gleich dein Handy auf Lautsprecher und legst es auf den Beifahrersitz. Während der Fahrt wirst du mir permanent erzählen, wo du gerade bist. Bedenke: Ich kenne den Weg von dir zum Friedhof.«

Verdammt. Verdammt. Verdammt.

Dennoch versuchte ich, mich aufzulehnen. »Wer sagt

denn, dass ich gerade bei mir bin? Und nicht irgendwo anders? Am Callcenter, zum Beispiel?«

»Willst du Spielchen spielen, Loretta?« Er lachte leise. »Bist du zu Hause, Loretta?«

»Ja«, erwiderte ich zähneknirschend.

Nein, ich wollte nicht spielen.

Nicht mit einem Irren um Pascals Leben.

»Na also. Okay: Wenn du auflegst, stirbt Pascal. Wenn ich höre, dass du irgendwo grundlos anhältst, ohne dass dort eine rote Ampel ist, stirbt Pascal. Wenn du mit jemandem redest, stirbt Pascal. Du wirst nicht auflegen, bis wir uns gegenüberstehen. Bis gleich, Loretta. Ich freue mich auf dich. Fahr jetzt los. In spätestens einer Viertelstunde bist du hier.«

Eines musste ich ihm lassen: Der Plan war echt durchdacht. So verhinderte er tatsächlich, dass ich irgendjemandem mitteilte, was los war.

Ich setzte mich ins Auto, stellte das Handy auf Lautsprecher und legte es auf den Beifahrersitz. Dann startete ich den Motor und legte den Gang ein.

»Ich fahre jetzt los«, sagte ich.

»Sprich ein wenig lauter, Liebes«, erwiderte er. »Dann kann ich dich besser verstehen.«

Liebes? *Liebes?*!

Ich werde mich fürchterlich an dir rächen, dachte ich grimmig, ich werde deine Eingeweide herausreißen und an Ratten verfüttern. Und weil du ja so auf die etwas andere Art der Kommunikation stehst, werde ich dich die Sprache meiner Fäuste lehren, und wenn es sein muss, liefere ich dir auch eine Liste mit den Botschaften der verschiedenen Wirkungstreffer, damit du sie dechiffrieren kannst …

»Loretta? Du solltest dich jetzt auf den Weg machen, sonst könnte ich auf die Idee kommen, dass du irgendwelche

Pläne schmiedest. Das würde mich sehr unglücklich machen. Und bitte: Rede laut und deutlich.«

Herrje. *Das würde mich sehr unglücklich machen.* Er laberte wie ein verdammter Kinobösewicht. Fehlte nur noch, dass eine puschelige weiße Katze auf seinem Schoß saß, die er unentwegt streichelte.

Also holte ich tief Luft und rief: »Besser so?«

Wieder dieses Lachen, das dafür sorgte, dass sich mir der Magen umdrehte. »Viel besser. Los geht's.«

Ich setzte den Blinker. »Ich muss warten, der Verkehr ist zu dicht.«

»Immer mit der Ruhe. Wir wollen doch nicht, dass dir was passiert.«

Ich blickte in den Seitenspiegel, und endlich war die Straße frei. »Jetzt«, sagte ich.

Ich fuhr vom Parkstreifen und gab Gas.

Kapitel 20

Ereignisse wiederholen sich, und Loretta kann Pascal aus einer misslichen Lage befreien – aber ihr Einsatz dafür ist hoch

Ein Gutes hatte es, dass ich jeden Meter meiner Fahrt kommentieren musste: Mir blieb keine Zeit, eine Panik zu entwickeln.

»Ich stehe an der Ampel und biege nach rechts in die Sowieso-Straße ein«, oder: »Vor mir ist ein Linienbus, der jetzt an einer Haltestelle hält. Ich muss warten, denn der Gegenverkehr ist zu dicht«, oder: »Ich werde die Grünphase nicht schaffen, vor mir sind zu viele Autos.«

So und ähnlich brabbelte ich vor mich hin, während ich in Richtung Friedhof fuhr. Von Zeit zu Zeit ermahnte er mich, lauter zu sprechen, woraufhin ich jedes Mal eine kleine innerliche Wutattacke erlitt. Am liebsten hätte ich das Handy aus dem Fenster gepfeffert, nur um diese widerlich sanfte Stimme loszuwerden, die mich rasend machte. Aber dann dachte ich an Pascal, der ihm hilflos ausgeliefert war. Ich hatte keine Wahl, als zu tun, was dieser verfluchte Irre von mir verlangte.

Ich kam nur langsam voran. Der Nebel war wieder dichter geworden, und der Verkehr floss träge dahin, aber irgendwann hatte ich den Friedhof erreicht.

»Ich bin jetzt am Friedhof«, sagte ich laut, während ich mir das Hirn zermarterte, ob und wie ich eine Nachricht hinterlassen konnte. Ich könnte irgendetwas in den Staub auf dem Armaturenbrett schreiben. Oder in den Dreck auf der Motorhaube. Aber was? Ich hatte ja keine Ahnung, was als Nächstes passieren würde.

»Stell dein Auto an der Straße ab«, erwiderte die Stimme, »und dann kommst du auf direktem Weg zum Mausoleum. Hör nicht auf, mich ständig auf dem Laufenden zu halten, wo du gerade bist.«

»Ich gehe jetzt durchs Friedhofstor und folge dem Weg bis zum Grab mit der großen Madonna, dann biege ich ab. Rechts steht der riesige Engel mit den ausgebreiteten Flügeln ...«

Diesmal hatte ich keinen Sinn für die morbide Schönheit dieses Ortes, der bei meinem ersten Besuch durch den Nebel so wundervoll mysteriös und verwunschen gewirkt hatte. Nein, momentan war er entschieden bedrohlich, denn ich konnte sicher sein, dass ich beobachtet wurde. Oder hockte er ganz entspannt im Mausoleum und wartete auf mich? Mit einer fluffigen, weißen Katze auf dem Schoß? Nach wie vor wagte ich nicht, die Verbindung zu unterbrechen.

Schließlich stand ich vor dem niedrigen schmiedeeisernen Zaun, der das Mausoleum umgab. Ich starrte auf die angelehnte Tür des kleinen Gebäudes. Durch den Spalt drang wieder dieses schummrige Licht; genau wie drei Tage zuvor, als ich zum ersten Mal hier gewesen war.

»Ich bin da«, sagte ich und steckte mein Handy in die Jackentasche; in der vagen Hoffnung, er könnte es vergessen. Vielleicht konnte ich es ja in einem unbeobachteten Moment dazu benutzen, um eine Nachricht abzusetzen.

Mein Herz pochte schmerzhaft, und mir war eiskalt. Die Konfrontation stand unmittelbar bevor.

Ich erstarrte, als die Tür des Mausoleums sich langsam öffnete und ein Mann heraustrat. Es war nicht Pascal, das sah ich sofort. Der Mann war größer als er, massiger. Bekleidet war er mit einer dunklen Hose und einem schwarzen Pulli, dessen Kapuze er aufgezogen hatte. Ein Tuch verhüllte seine Mundpartie; zusätzlich trug er eine Sonnenbrille.

»Loretta«, sagte er. »Endlich.« Er streckte den Arm aus und winkte mich zu sich. »Komm.«

Ich stand da wie festgewachsen. Mein Gehirn gab den Befehl, loszugehen, aber mein Körper weigerte sich. Ich starrte ihn an und dachte darüber nach, ob und wie ich ihn überwältigen könnte. Einen Kerl, der mindestens einen Kopf größer und mindestens zwanzig Kilo schwerer war als ich. Gleichzeitig wusste ich, dass ich ihm ausgeliefert war. Dieses kranke Hirn wollte nun mit Gewalt durchsetzen, was die Blumengrüße nicht erreicht hatten.

Vor drei Tagen hatte ich hier eine Leiche gefunden. Was, wenn Pascal ebenfalls längst tot war? Was, wenn er meinen vermeintlichen Einfluss auf Pascals Überleben nur als Taktik benutzt hatte, um mich an diesen Ort zu locken und in seine Gewalt zu bringen?

»Muss ich dich holen?«, fragte er.

Oha, das machte mir Beine. Nein, ich wollte auf keinen Fall, dass er mich holen musste, denn das klang nicht gerade vielversprechend.

Ich setzte mich in Bewegung und ging im Schneckentempo auf ihn zu. Als ich nur noch zwei Schritte von ihm entfernt war, sagte er: »Gib mir dein Handy.«

Verdammt. Damit war mein schöner Plan zum Teufel, es später zu benutzen. Ich zog das Telefon langsam aus der Jackentasche, holte aus und schleuderte es so weit weg, wie ich konnte. Es verschwand im Nebel, dann raschelte es irgendwo, als es auf den Boden prallte.

Er machte eine unwillkürliche Bewegung, als wollte er hinterherlaufen, aber dann stand er wieder still. »Na gut, wenn dir das lieber ist. Soll es hier von mir aus verrotten.«

In dem Moment wurde mir bewusst, wie unglaublich bescheuert es von mir gewesen war, das Handy wegzuwerfen. Unter Umständen hätte man ja anhand des Signals den

Platz orten können, an den er mich zu verschleppen gedachte. Dass er das vorhatte, stand für mich fest.

Er trat beiseite und forderte mich mit einer Kopfbewegung auf, ins Mausoleum zu gehen.

Für einen verrückten Moment lang fühlte ich mich um drei Tage zurückversetzt, denn alles sah genauso aus: die im Luftzug flackernden Kerzen und vor allem der Mann, der mit geschlossenen Augen auf der steinernen Bank in der Mitte des Raums lag. Aber diesmal war es nicht Neumüller, sondern Pascal.

»Pascal!«, kreischte ich, hechtete vorwärts und fiel neben ihm auf die Knie.

Ich wagte nicht, ihn zu berühren, denn ich hatte Angst, seine Haut könnte die kalte Haut eines Toten sein.

Pascals Lider flatterten. Dann öffneten sie sich, und er sah mich an. Vor Erleichterung hätte ich heulen können.

»Loretta?«, krächzte er. »Was ist hier los?« Sein Blick löste sich von meinem und irrte über die Wände, über die zahlreiche Skelette tanzten. »Wo um Himmels willen sind wir?«

Als ich nach seiner Hand griff, bemerkte ich, dass er an den Handgelenken gefesselt war. »Alles wird gut«, sagte ich, »ich bin ja jetzt da.«

»Wirklich rührend, euer junges Glück«, kommentierte der Mann, der noch immer an der Tür stand. »Mir kommen gleich die Tränen.«

Zorn kochte in mir hoch. Hatte dieser Blödmann etwa vor, weiterhin schlechte Bösewicht-Phrasen aus miesen Filmen zu dreschen? Allerdings waren seine beschränkten sprachlichen Fähigkeiten wahrlich unser geringstes Problem, wie ich zugeben musste.

Ich stand auf und wandte mich ihm zu. »Wie geht es nun weiter?«

Es war höchst irritierend, wegen seiner Maskerade nicht

in seinem Gesicht lesen zu können. Das Tuch und die Sonnenbrille entmenschlichten ihn total, da sie seine Mimik verbargen – und damit auch seine Reaktionen auf das, was ich sagte oder tat. Ich konnte nicht riskieren, ihn wütend zu machen, denn ich wollte nicht, dass er seinen Zorn an Pascal ausließ. Oder an Pascal und mir, wenn er zu dem Schluss kam, dass ich zu renitent war.

»Romeo und Julia müssen Abschied voneinander nehmen«, sagte er. »Tut mir leid, Kumpel, deine Liebste hat ab sofort einen neuen Freund.«

Beinahe hätte ich laut losgelacht. Meinte er damit sich selbst? Das konnte ja wohl nicht wahr sein. Eines faszinierte mich wirklich: Er schaffte es, mich im Minutentakt zwischen Zorn, Panik und hysterischer Heiterkeit hin und her taumeln zu lassen. Unter anderen Umständen hätte ich ihn höchst unterhaltsam gefunden.

»Mark, bist du das?«, fragte ich aufs Geratewohl.

Der Mann schüttelte den Kopf. »Mark? Dieser Loser aus dem Callcenter? Nein. Hättest du gern, dass ich Mark wäre?«

Keine Ahnung. Dennoch: Vielleicht hätte ich dann Zugang zu dieser dunklen Gestalt gefunden. Immerhin hatten wir einige nette Gespräche geführt. Oder stritt er es nur deshalb ab, um Pascal keinen Hinweis auf seine Identität zu liefern? Ich hielt mich nicht damit auf, mich zu fragen, woher er Mark kannte. Wenn er mich unentwegt verfolgt hatte, dann hatte er mich auch während meiner nächtlichen Pausen gesehen.

Er ging zu Pascal, und ich hielt den Atem an. Aber der Mann beugte sich nur über ihn und sagte: »Hast du gewusst, dass es einen *Mark* im Leben deiner Liebsten gibt?«

»Du scheinst zu glauben, dass Pascal und ich ein Paar sind«, fauchte ich. »Das stimmt nicht mehr. Wir haben uns getrennt. Schon vor längerer Zeit. Offenbar bist du nicht auf dem Laufenden.«

Für einen winzigen Moment schien er irritiert, aber dann zuckte er mit den Schultern. »Egal. Er hat dich ja trotzdem hergelockt, nicht wahr? Also hat er seinen Zweck erfüllt.«

»Loretta, wer ist der Kerl?«, krächzte Pascal, der das Gespräch zwischen dem Maskierten und mir bisher stumm verfolgt hatte.

Ich wandte mich ihm zu. »Ich habe keine Ahnung, wer er ist. Aber vermutlich ist er derjenige, dem du den Unfall zu verdanken hast.«

Der Mann gluckste vergnügt und hob beide Hände. »Schuldig im Sinne der Anklage!«

Pascal versuchte, sich aufzurichten, gab mit einem Stöhnen auf und sank wieder zurück. »Aber warum? Ich hätte draufgehen können!«

»Tja, irgendwas ist ja immer«, sagte der Mann. »Aber du bist nicht draufgegangen. Wäre auch schade gewesen, denn dann hättest du dieses wunderbare Abenteuer verpasst. Man stelle sich vor: Eine holde Jungfrau eilt herbei, um ihr Leben für das des gar nicht so edlen Ritters in die Waagschale zu werfen. Wer kann das schon von sich sagen?«

Vergeblich zerrte Pascal an seinen Fesseln. Nun sah ich, dass auch seine Füße zusammengebunden waren. »Lass Loretta in Ruhe!«, brüllte er. »Was hast du mit ihr vor?«

Der Mann verschränkte die Arme vor der Brust. »Ich finde das überaus rührend. Ihr macht euch nur Sorgen um den anderen, nicht um euch selbst. Aber jetzt ist Schluss mit dem launigen Geplänkel. Loretta und ich werden jetzt gehen. Von Gentleman zu Gentleman versichere ich dir, Pascal: Es wird ihr immer gut gehen.«

Mein Herzschlag beschleunigte sich wieder. Fantasierte

dieser verrückte Knallkopf etwa von einer gemeinsamen Zukunft? Wie lange wollte er mich gefangen halten? Für den Rest meines Lebens? Oder seines? Er konnte nicht ernsthaft glauben, dass ich mich fügen würde, ohne mich zu wehren.

Seine Hand schloss sich schmerzhaft um meinen Arm. »Wir müssen allmählich los, Liebes. Verabschiede dich bitte von deinem … hm … was auch immer er für dich ist.«

Er wollte mich mit sich ziehen, aber ich machte mich extra steif und schwer. »Was wird aus Pascal? Ich gehe hier nicht weg, bevor nicht klar ist …«

»Okay, du bist lieber störrisch, als dich zu verabschieden. Soll mir recht sein. Irgendwer wird ihn schon finden«, sagte der Mann und zerrte mich hinter sich her aus dem Mausoleum.

»Wenn du ihr was tust, bringe ich dich um, du Bastard!«, hörte ich Pascal aus dem Mausoleum schreien.

Urplötzlich meldete sich mein Fluchtinstinkt. Mein Körper agierte, ohne dass ich auch nur das Geringste dagegen tun konnte. Ich versuchte, mich loszureißen und überraschte ihn mit meinem unerwarteten Widerstand. Wir rangelten, dann war ich frei. Gerade hatte ich mich herumgeworfen und wollte lossprinten, als hinter mir das Geräusch eines aufspringenden Messers ertönte.

Notbremse.

Wie angewurzelt verharrte ich auf der Stelle.

»Keine Fisimatenten, Loretta. Denk an Pascal. Ich hasse Gewalt, aber ich kann jederzeit zu ihm gehen und ihn dafür büßen lassen, dass du ungehorsam bist. Willst du das?«

Ha, er hasste Gewalt. Das war der beste Witz des Tages. Bisher jedenfalls. Und der Tag war noch lang.

Ergeben blieb ich stehen und ließ zu, dass er mich durch den Nebel über den Friedhof führte.

Offenbar gab es noch einen anderen Ausgang als den, den ich kannte. Rasch verlor ich die Orientierung, denn wir benutzten mir fremde Wege. Irgendwann traten wir durch ein kleines Tor, das schief in seinen verrosteten Angeln hing, auf eine schmale Straße, die diese Bezeichnung kaum verdient hatte. Vielmehr handelte es sich um eine halb verrottete Piste mit aufgesprungenem Asphalt, der schon seit Urzeiten nicht mehr erneuert worden war. Niemand würde diesen Rumpelpfad ohne Grund benutzen. Ich musste die Hoffnung aufgeben, irgendeinen Passanten auf meine Lage aufmerksam machen und um Hilfe bitten zu können.

Aber natürlich hatte er bei seinen Planungen auch daran gedacht. Ich hatte nicht den Hauch einer Ahnung, seit wann, wie häufig und wie nah er mir während der letzten Tage an den Hacken geklebt hatte. Immerhin hatte er gewusst, wo Pascal zu finden gewesen war. Aber warum war Pascal mit ihm gegangen? Er musste doch vor dem Krankenhaus auf Erwin gewartet haben – da stieg er doch nicht einfach bei einem Fremden ins Auto.

Wir gingen die Straße entlang bis zu einer Kurve. Dahinter stand das Auto meines Entführers, und mir wurde schlagartig klar, wie er sich Pascal geschnappt hatte: Es war ein Taxi mit dunkel getönten Scheiben.

»Steig ein«, sagte er und öffnete die hintere Tür. Als ich saß, kommandierte er: »Hände vorstrecken.« Er holte ein Stück zusammengerolltes Seil aus der Hosentasche, schnürte meine Handgelenke zusammen und befestigte sie dann über meinem Kopf am Haltegriff.

Das war nicht wirklich bequem, aber immerhin hatte er mich nicht in den Kofferraum gestopft. Andererseits hatte er mich so auch besser unter Kontrolle, denn ich hätte gegen den Kofferraumdeckel treten und so unerwünschte Aufmerksamkeit erregen können.

Er setzte sich auf den Fahrersitz, dann stieg er noch einmal aus. Er zog die Kapuze herab und knotete das Tuch auf, das sein Gesicht verhüllte. Zum Vorschein kam wirres braunes Haar, außerdem eine weiche, konturlose Kinnpartie mit graubraunen Bartstoppeln und ein fieser, schlecht gestutzter Schnäuzer. Großer Gott, der Kerl hatte eine Pornobremse. Neben allem anderen, was der Typ bereits verbrochen hatte, katapultierte spätestens dieser Anblick eine potenzielle gemeinsame Zukunft mit Lichtgeschwindigkeit in weitestmögliche Ferne. Der einzige Mann in meinem Umfeld, der einen Schnäuzer mit Würde zu tragen vermochte, war Erwin.

Er verband mir die Augen, danach startete er den Motor und fuhr los.

Da ich keine Ahnung hatte, wo wir waren, war es vollkommen sinnlos, mir den Weg einzuprägen. Also konnte ich mich auch mit ihm unterhalten.

»Bist du Taxifahrer?«, fragte ich.

»Nein.«

Aha. Ob er die Karre geklaut hatte? Oder nur das Taxischild, das er dann auf sein Auto montiert hatte?

»Woher wusstest du, wo du Pascal heute Morgen finden würdest?«

»Ich weiß so einiges«, erwiderte er. »Du hast keine Ahnung, wie oft ich in deiner Nähe war.«

Ich schauderte. Damit bestätigte er, was ich insgeheim bereits befürchtet hatte. Kam er mir nicht doch irgendwie bekannt vor? Dieses Mondgesicht, der Schnauzbart … wäre dieser Anblick irgendwo bei mir haften geblieben, wenn ich ihm begegnet wäre? Als irgendein Kunde in der Kassenschlange hinter mir im Supermarkt? Oder als Gast im Café, der drei Tische weiter saß und vermeintlich Zeitung las? War er im Café gewesen, als ich dort mit Mark gesprochen hatte? Dass er nicht Mark war, wusste ich ja nun mit Sicherheit.

Ich durchforstete meine Erinnerungen. Herrje, vieles während der letzten Tage hatte im dichten Nebel stattgefunden, da hätte er auch zwei Hörner und einen Bocksfuß haben können, ohne dass ich es bemerkt hätte.

Aber unvermittelt entstand ein Bild vor meinem inneren Auge: Pascal und ich sitzen hinter dem Krankenhaus am Teich auf einer Bank und unterhalten uns, einige Meter weiter steht ein Mann und füttert die Enten …

»Du warst gestern am Krankenhausteich!«, rief ich.

»Zum Beispiel. Bravo.« Es klang anerkennend. »Nachdem du mich freundlicherweise zu Pascal geführt hast, war alles Weitere gar nicht mehr so kompliziert: Man kann als Besucher auf eine Station gehen, man kann zufällig ein Telefonat belauschen, man kann am nächsten Morgen sagen, Erwin hätte doch keine Zeit und deshalb ein Taxi geschickt. Peng, schon saß er bei mir im Auto.«

»Aber Erwin hätte doch dort auftauchen können.«

»Ist er auch. Aber leider zu spät. Wir sind aneinander vorbeigefahren.«

Verdammt. Wäre Erwin nur ein paar Minuten früher am Krankenhaus gewesen …

»Tja«, fügte er fröhlich hinzu, »knapp daneben ist eben auch vorbei. Aber dann hätte ich mir eben etwas anderes überlegt, kein Problem. Auch wenn sich unsere Begegnung dadurch verzögert hätte, liebste Loretta.«

»Wieso wurde Pascal nicht misstrauisch?«

»Chloroform. Er lag bereits bewusstlos hinten im Auto, bevor wir auch nur das Krankenhausgelände verlassen hatten. Es war eine kleine Herausforderung, ihn heute ins Mausoleum zu schaffen, aber ich hatte Hilfe.«

Ich erstarrte. Er hatte *Hilfe?* Er war gar kein einsamer, verrückter Stalker, der sich aus welchen unerfindlichen Gründen auch immer auf mich fixiert hatte – von ihm gab es noch mehr? Wie viele denn, um Himmels willen? Erwartete mich etwa eine ganze Gruppe von Bekloppten?

»Wer …« Meine Stimme versagte, und ich musste mich räuspern, bevor ich weitersprechen konnte. »Wer hat dir geholfen?«

»Du bist neugierig, das kann ich verstehen. Gleich werdet ihr euch begegnen.«

Er summte vor sich hin. Großer Gott, das wurde immer gruseliger. War ich in die Fänge einer Gruppe von Gleichgesinnten geraten, die es nicht abwarten konnten, mich als Sexsklavin zu halten?

»Was habt ihr mit mir vor?«

»*Ihr?* Es gibt kein ›ihr‹, das hast du falsch verstanden. Es gibt nur dich und mich, Loretta. Für immer.«

Jesses, was für ein Spinner. Bei aller Angst konnte ich es kaum fassen, dass er tatsächlich glaubte, er und ich würden ein glückliches Paar werden.

Der Wagen stoppte, dann bog er in etwas ein, das ich für eine Auffahrt hielt, denn unter den Reifen befand sich kein Asphalt mehr, sondern Kies oder Geröll. Knirschend kam das Auto zum Stehen.

»Wir sind da«, sagte er.

Er löste meine Fessel vom Handgriff, aber meine Hände blieben verschnürt. Er nahm mir die Augenbinde ab, und ich sah mich blinzelnd um. Wir standen auf einer Auffahrt, die in einem Bogen aufs Grundstück führte; die Straße war nicht zu sehen. Mein Blick fiel auf ein hell verputztes, adrettes Einfamilienhaus mit Spitzgiebel und hübschen Gardinen an den Sprossenfenstern.

Er führte mich ums Haus herum zu einer Hintertür, durch die wir eine Küche betraten. Eine Frau stand am Herd und rührte in einem Topf. Es duftete nach Kartoffelsuppe.

»Wir sind zu Hause!«, rief er fröhlich. »Das riecht aber köstlich!«

»Ich hab mir schon Sorgen gemacht, wo ihr bleibt«, erwiderte die Frau und drehte sich zu uns um.

Es war Gudi.

Sie wischte sich die Hände an der Schürze ab, schenkte mir ein strahlendes Lächeln und fügte hinzu: »Hallo, Loretta. Herzlich willkommen.«

Kapitel 21

Eine bunte Umgebung hebt nicht automatisch die Laune, wie Loretta feststellt – auch wenn dort eine Überraschung auf sie wartet

Deshalb hatte sie also gewusst, dass ich eine Leiche gefunden hatte; vermutlich hatte sie ihrem Goldschatz auch dabei geholfen. Es war mitnichten so gewesen, dass sie Erwin, Doris oder Dennis belauscht hatte.

Und deshalb hatte ihr Sohn mir auch eine Nachricht aufs Handy schicken können, denn sie hatte ihm meine Nummer besorgt. Es existierte nämlich für den Notfall eine Liste mit den Telefonnummern aller Mitarbeiter, damit wir ohne großen Umstand die Schichten untereinander tauschen konnten.

»Dann bist du vermutlich Ralf«, sagte ich zu dem Mann neben mir. Das war das Erste, das mir einfiel. Gudis Sohn Ralf. Der gute Junge.

Endlich setzte er die Sonnenbrille ab. Er hatte große Augen mit hellblauer Iris, genau wie Gudi. Die liebe Mami, die offenkundig guthieß, was ihr Sohn veranstaltete. Zumindest überraschte es sie kein Stück, dass ihr Goldjunge mich bei ihnen zu Hause anschleppte. Wohlgemerkt: gefesselt. Sie war also mindestens genauso irre wie ihr Sohn, denn mir wurde schlagartig klar, dass sie die Hilfe war, von der er gesprochen hatte. Keine anderen Kerle oder auch nur einer, nein: seine Mami. Die nur wollte, dass der gute Junge glücklich war. Egal um welchen Preis.

Stalking, Erpressung, Entführung, Mord – egal.

Ziemlich unwahrscheinlich, dass ich es schaffen würde, sie auf meine Seite zu ziehen.

»Ralf«, sagte sie mit mütterlich-mildem Tadel in der Stimme, »was soll Loretta von uns denken? Sie muss uns für schreckliche Gastgeber halten. Wie wäre es, wenn du ihr mal ihre Räumlichkeiten zeigst? Dann kann sie sich vor dem Essen noch ein wenig frischmachen.«

Meine *Räumlichkeiten?*

»Komm«, sagte er.

Er packte mich wieder am Oberarm, und zwar an genau der Stelle, an der er mich nicht nur aus dem Mausoleum gezerrt, sondern auch über den Friedhof geführt hatte. Sein Griff hatte sich angefühlt wie eine Zange, und mit Sicherheit hatte sich dort ein blauer Fleck gebildet, der bei der Berührung jetzt richtig wehtat.

»Aua!«, rief ich empört aus.

»Ralf!« Gudis Stimme klang schneidend. »Sei nicht so grob, hörst du?«

»Vielleicht schleifst du mich freundlicherweise mal am anderen Arm hinter dir her?«, sagte ich. »An diesem bin ich mit Sicherheit schon blau und grün.«

»Tu, worum Loretta dich bittet.« Gudi nickte auffordernd, und folgsam ging der Sohn an meine andere Seite und umfasste vorsichtig den Arm.

Na also, geht doch.

Durch einen adretten, blitzsauberen Flur führte er mich zu einer Tür. Als er sie öffnete, blickte ich eine Kellertreppe hinunter. Wie bitte? Dort unten befanden sich meine *Räumlichkeiten?* Sollte ich mein zukünftiges Leben etwa in einem finsteren, feuchten Kerker fristen?

Unwillkürlich versteifte ich mich, und er sagte: »Geh bitte voraus. Es wird dir gefallen, das verspreche ich dir.«

Höchst unwahrscheinlich, aber ich gehorchte, nachdem er das Licht angeknipst hatte.

Entgegen meinen düsteren Erwartungen war auch der

Keller – zumindest das, was ich von ihm sehen konnte – sauber und aufgeräumt. Er dirigierte mich in einen Raum mit gefliestem Boden, in dem zwei große Tiefkühltruhen vor sich hin summten. Außerdem erblickte ich diverse Vorratsregale mit Lebensmitteln und anderen Dingen des täglichen Lebens, die ordentlich aufgereiht und thematisch übersichtlich sortiert auf den Regalbrettern standen.

»Warte hier«, sagte er und ging zu einem Regal, das er mithilfe einer unsichtbaren Mechanik zur Seite schob. Dahinter kam eine Tür zum Vorschein.

Er öffnete sie und wandte sich zu mir um, und im selben Moment flogen ihm meine aneinander gefesselten Fäuste ins Gesicht. Mit war egal, wo genau ich ihn traf; ich hatte ziellos zugehauen. Es tat derart höllisch weh, dass ich im ersten Moment befürchtete, es hätte mir sämtliche Fingerknöchel zerbröselt.

»Uh«, machte er überrascht und taumelte durch die offene Tür in den dahinterliegenden Raum.

Tja, dachte ich, bei mir musst du immer mit einer Überraschung rechnen, du Idiot. Ich warf die Tür hinter ihm zu und dachte hektisch nach. Jetzt musste ich nur noch an Gudi vorbeischleichen und hoffen, dass die Haustür nicht abgeschlossen war …

Ein heftiger Schmerz, dann wurde mein Kopf mit Gewalt nach hinten gerissen. Gudi hatte ihre Hand in meine Haare gekrallt und zwang mich nun in die Knie. Von unten starrte ich hoch in ihr freundlich lächelndes Muttchengesicht. Ich war maßlos enttäuscht, aber ich hatte es immerhin versucht.

»Tu das nicht, Loretta«, sagte Gudi sanft. »Ralf ist ein guter Junge. Er hat so eine Behandlung nicht verdient.«

»Dein guter Junge hat einen Menschen umgebracht. Und bei einem weiteren hat er es versucht. Oder zumindest in Kauf genommen. Findest du das *gut?*«, ächzte ich mit zusammengebissenen Zähnen, denn sie hatte ihren eisenharten Griff noch nicht gelockert.

Sie ließ mich los und trat einen Schritt zurück. »Mach die Tür auf und entschuldige dich bei Ralf.« Sie musterte mich und fügte dann hinzu: »Ich verstehe ja, dass du im Moment verwirrt bist. Gib ihm eine Chance. Er hat sich solche Mühe gegeben, damit du es schön hast.«

Beinahe hätte ich gelacht, so absurd war das alles. Ganz eindeutig litten Mutter und Sohn an einer kollektiven Bewusstseinsstörung, denn beide schienen die Wahl der nun doch recht brutalen Mittel, mich zu einem Leben mit Ralf zu zwingen, völlig okay zu finden.

Ich drückte die Klinke hinunter, und die Tür wurde von innen aufgerissen. Ralf war echt sauer, denn offenkundig hatte ich einen echten Wirkungstreffer gelandet. Zu sehen, dass er an der Braue eine aufgeplatzte Stelle hatte, aus der ziemlich viel Blut tropfte, befriedigte mich zutiefst.

Wie ein wütender Bulle stürmte er auf mich los, aber die Stimme seiner Mutter stoppte ihn. »Bleib ruhig, Ralf. Loretta hat es nicht so gemeint.«

Doch, hatte ich wohl. Und ich hätte nichts dagegen gehabt, ihm ein paar Zähne auszuschlagen.

Mit geballten Fäusten stand er da und schnaufte.

»Du musst Loretta ein wenig Zeit geben, sich an die neue Situation zu gewöhnen«, fuhr Gudi fort. »Und sie hat mir fest versprochen, so etwas nicht mehr zu versuchen.«

Nein, hatte ich nicht. Und ich würde jede Gelegenheit nutzen, um ihn zu überwältigen. Jede.

Gudi wandte sich mir zu. »Du wolltest dich doch bei ihm entschuldigen.«

Nein, wollte ich nicht. Aber dann sah ich in ihren Augen etwas aufblitzen, das mich hastig sagen ließ: »Tut mir leid, Ralf. Kommt nicht wieder vor.« Sicherheitshalber senkte ich devot den Blick, um meinen verlogenen Worten etwas mehr Gewicht zu verleihen.

»Na gut«, brummte er. »Aber das hat echt wehgetan.«

Heul doch, du Honk, dachte ich, Menschen umbringen und dann winseln, weil man eine geknallt kriegt, das verstehe ich unter Männlichkeit, das finde ich super attraktiv. Und du offenbar auch.

»So, Kinder, ich muss mich wieder ums Essen kümmern«, zwitscherte Gudi. »Ralf, du kommst hoch, wenn du Loretta herumgeführt hast, damit ich dich verarzten kann. Kinder, keine Dummheiten, ja?«

Herrje – als würde sie pubertierende Teenager ermahnen, nicht zu fummeln, sobald sie alleine sind. Grotesk.

Sie eilte auf ihren Hausschuhen lautlos hinaus, aber ich ging davon aus, dass sie um die Ecke stehenbleiben und auf ihren kostbaren Ralf aufpassen würde. Und falls ich ihm noch eine reinsemmelte, würde sie mich umbringen, dessen war ich todsicher. Erstmal keine unnötigen Risiken eingehen, beschloss ich.

Schließlich wollte ich diesen verrückten Scheiß überleben.

»Willkommen in deinem neuen Zuhause«, sagte Ralf und wischte sich mit dem Handrücken das Blut echt männlich aus dem Gesicht.

Ich ging an ihm vorbei und stand in einer Filmkulisse. Hier hätte man sehr schön eine lustige Sitcom über ein frisch verliebtes Paar drehen können; eine Serie von der Sorte mit schlagfertigen Dialogen und intelligentem Witz.

Eindeutig hatten sie in diesem gewissen schwedischen Möbelhaus eingekauft, und es war kunterbunt eingerichtet. Kunterbunt, aber leblos. Logisch, hier wohnte ja auch niemand. Bis jetzt.

»Gefällt es dir?«, fragte Ralf, und es lag so viel Hoffnung in der Stimme, dass ich beinahe Mitleid bekommen hätte.

Auf jeden Fall hielt ich es momentan für opportun, mich zustimmend zu äußern. »Toll. Hast du die Möbel ausgesucht?«

Er nickte stolz. Tja nun, wenigstens hatte er jetzt gute Laune. Manchmal war es ganz einfach, Leute glücklich zu machen.

»Komm, ich zeige dir noch den Rest«, sagte Ralf.

Nein, das wollte ich nicht.

»Hast du was dagegen, wenn ich mich alleine umsehe? Ganz in Ruhe? Ich ... ich brauche mal einen Moment für mich. Bitte.«

Er zögerte, aber dann erwiderte er: »In Ordnung. Im Schlafzimmer ist ein Kleiderschrank, dort findest du etwas zum Anziehen. Die Kleidung hat Mama besorgt. Und es wartet eine besondere Überraschung auf dich.«

Er wollte gehen, aber ich hob die gefesselten Hände. »Das wäre ich gerne los, Ralf.«

Er langte in seine Hosentasche, und ich zuckte unwillkürlich zusammen, als er das Springmesser aufschnappen ließ. Solange er diesen langen Zachel in der Hand hielt, würde ich garantiert keine Mätzchen versuchen. Wie scharf das Teil war, merkte ich, als er die Klinge vorsichtig zwischen meine Handgelenke schob und das um sie gewundene Seil mit einem Schnitt zerteilte.

Endlich. Ich schüttelte meine Arme aus, und Ralf trat sicherheitshalber einen Schritt zurück.

Dann sagte er: »Du solltest wissen, dass überall Kameras sind. Im Bad natürlich nicht, ich bin ja nicht pervers. Aber ansonsten kann ich in jeden Winkel sehen. Du wirst niemals unbeobachtet sein, also wird es dir auch nicht gelingen, mich oder Mama mit einem Überraschungsangriff zu überwältigen.«

Sag ich doch: Filmkulisse.

»Und wenn ich mich im Klo ersäufe?«

»Nein, das tust du nicht.« Er ging zur Tür, dann drehte er sich noch einmal zu mir um. »Wir essen in einer Stunde. Du hast also genug Zeit, dich auszuruhen. Und zieh dich bitte um, ich mag dein Outfit nicht.«

Damit ließ er mich allein.

Wie lange hat er wohl an diesem Versteck gearbeitet?, dachte ich, während ich mich umsah.

Die Wände waren hellgrün gestrichen und mit gerahmten Bildern von sonnendurchfluteten Frühlingswäldern geschmückt. Auf der roten Couch lagen etliche grün und gelb gemusterte Kissen, außerdem eine weiche grüne Wolldecke. Davor stand ein niedriger Tisch, auf dem sich Magazine stapelten. Es gab einen großen Fernseher und eine Menge Lesestoff in den Regalen; alles Querbeet von Krimis bis zu Liebesromanen. Da nur künstliches Licht zur Verfügung stand, waren unechte Zimmerpflanzen aufgestellt, die allerdings täuschend echt aussahen.

In einer Ecke stand ein einfacher Esstisch mit zwei Stühlen, auf denen grüne Sitzkissen lagen. In einer Vase auf dem Tisch prangten dunkelrote Rosen mit riesigen Blütenköpfen. Als ich näher heranging, stellte ich fest, dass auch sie künstlich waren.

Um diese Botschaft zu kapieren, benötigte ich keine Liste. Rote Rosen waren nicht misszuverstehen. Würg.

Ein leises Surren erregte meine Aufmerksamkeit und entpuppte sich als das Geräusch eines Belüftungssystems. Klar, es gab kein Fenster – von irgendwo musste der Sauerstoff ja kommen.

Zwei Türen gingen von dem Raum ab, in dem ich mich befand. Hinter der einen entdeckte ich ein richtiges Badezimmer mit Toilette, großem Waschbecken und einer modernen, gläsernen Duschkabine. Im Spiegelschrank über dem Becken fand ich von einer Zahnbürste bis hin zu Tampons alles, was ich eventuell benötigen könnte. Sogar Tampons! Unfassbar.

Ob hier tatsächlich keine Kamera installiert war? Der Raum war bis zur Decke weiß gekachelt, ebenso der Boden. In einem offenen Regal lagen rote Handtücher in allen Größen, außerdem Baumwollmatten in derselben Farbe. Ein roter Bademantel aus flauschigem Frottee hing innen an der Tür. Der Typ mochte Rot, das hatte ich schon im ersten Raum gesehen: rotes Sofa, roter Teppich, rote Regale.

Ich nahm mir Zeit, das Bad sorgfältig nach Kameras abzusuchen, fand aber tatsächlich keine. An der Decke war ein Lüftungsmechanismus, denn auch hier gab es kein Fenster.

Blieb noch das Schlafzimmer.

Ich ging hinüber und öffnete die zweite Tür. Weiße Möbel, rot bezogene Bettwäsche. Ebenfalls kein Fenster. Hinter dem Bett eine Fototapete, die einen herbstlichen Wald zeigte. Eine Schubladenkommode mit Unterwäsche der praktischen Art und zwei Nachthemden, die wie überlange T-Shirts geschnitten waren, außerdem einige schwarze Leggings, Strumpfhosen und Wollsocken. Im Kleiderschrank hingen … nun ja … *Kleider.* Und zwar *ausschließlich* Kleider. Und das mir, die ich ein Kleid nur unter Zwang anzog. Das meinte er also, als er sagte, ihm gefiele mein Outfit nicht. Vermutlich fand er Ringelpullis und Jeans zu burschikos für die Frau an seiner Seite.

Immerhin hing kein überkandideltes Zeug mit Rüschen oder Spitzen auf den Bügeln, sondern schlicht geschnittene, knielange Kleider, meist einfarbig, allenfalls klein gemustert. Nun ja, damit konnte ich zur Not leben.

Du solltest duschen, Loretta, dachte ich, du stinkst wie ein Iltis. Kein Wunder, denn ich hatte vor Angst und Stress geschwitzt, von den schweißtreibenden Adrenalinschüben ganz zu schweigen.

Wie es Pascal wohl ging? Ob sie ihn schon gefunden hatten? Ich hatte keine Vorstellung davon, wie spät es mittlerweile war, aber sicher war Erwin misstrauisch geworden, als ich nicht im Präsidium aufgetaucht und auch nicht zu erreichen gewesen war. Dazu das Verschwinden von Pascal …

Vielleicht orteten sie mein Handy und fanden Pascal auf diesem Weg. Hoffentlich musste er nicht allzu lange dort liegen und auf Rettung warten.

Aber was konnte er ihnen schon sagen, außer, dass ein vermummter Mann ihn verschleppt, ihn dann dazu benutzt hatte, mich ins Mausoleum zu locken und danach mit mir verschwunden war, wohin auch immer?

Es brachte nichts, mir den Kopf zu zermartern.

Ich wählte ein einfaches, dunkelgrünes Kleid aus und holte Unterwäsche und eine Strumpfhose aus der Kommode. Die warme Dusche tat mir gut, und ich genoss es, mir den Schweiß vom Körper zu waschen. Als ich mich abtrocknete, fühlte ich mich erfrischt, beinahe heiter. Ich zweifelte nicht daran, dass ich einen Weg finden würde, zu entkommen – wenn ich nicht ohnehin bald befreit würde.

Wie und warum das passieren sollte, wusste ich allerdings noch nicht.

Die Unterwäsche wie auch die Handtücher waren bereits einmal gewaschen worden; Gudi war wirklich eine vorbildliche Hausfrau. Auch wenn sie komplett gaga war.

Ich zwängte mich in die Strumpfhose und zog das Kleid über den Kopf. Nun ja.

Ich erinnerte mich, dass ich neben dem Bett ein Paar Holzclogs hatte stehen sehen; die waren jetzt besser als die dicken Schnürboots, die ich getragen hatte.

Ich ging zurück ins Schlafzimmer und schlüpfte in die Clogs, die mir eine Nummer zu groß waren. Für einen schnellen Sprint waren sie nicht geeignet, das würde ich bei meinen Fluchtplänen, die es noch zu schmieden galt, bedenken müssen. Ich saß auf der Bettkante und entdeckte im Spiegel etwas, das ich vorhin übersehen hatte: etwas Weißes, das seitlich am Kleiderschrank hing.

Nein, das kann nicht sein, dachte ich und stand auf, um es mir näher anzusehen. Weißer, glänzender Stoff, am Oberteil mit Perlen bestickt, ein ausladender Rock.

Es war ein Brautkleid.

Kapitel 22

Wenn zarte Zeichen missverstanden werden, kommt kein guter Dialog zustande – aber für diese Erkenntnis ist es längst zu spät, erkennt Loretta

Ich fing an zu lachen; ich konnte einfach nicht anders.

Es war mir schnurzpiepegal, ob ich dabei beobachtet wurde – was höchstwahrscheinlich der Fall war. Sollte ich dadurch die Gefühle des verrückten Goldjungen verletzen, musste er da jetzt eben durch. Und ich später auch, wenn er deshalb wütend auf mich wurde.

Aber ich *konnte* nicht anders, beim besten Willen nicht.

Ich stellte mir vor, wie er oben – vermutlich in seinem Kinderzimmer, das seit 35 Jahren unverändert war – mit bebender Unterlippe in einen Monitor glotzte und mir dabei zusah, wie ich grölend vor Lachen vor diesem Lieschen-Müller-Traum von einem Brautkleid stand. Bestimmt würde er danach zu seiner Mama rennen und sich über mich ausheulen.

Mal ernsthaft: Was hatte er vor? Wollte er mich gefesselt und geknebelt in eine Kirche schleifen und mir sein blödes Springmesser an die Kehle halten, damit ich ›Ja‹ sagte?

Oder hoffte er tatsächlich, dass ich mein Herz an ihn verlieren würde? Dass bei mir so eine Art Stockholm-Syndrom einsetzte, wie damals bei Patricia Hearst, als sie entführt worden war und sich dann mit ihren Kidnappern solidarisch erklärte? Wie konnte er glauben, ich könnte jemals Sympathie für ihn entwickeln?

Irgendwann kriegte ich mich einigermaßen wieder ein und ging kichernd hinüber ins Bad, um mir die Lachtränen abzuwischen. Als ich ins Wohnzimmer zurückkehrte, hörte ich Geräusche an der Eingangstür. Ich straffte die Schultern und wappnete mich innerlich für die Vorwürfe, die ich bestimmt nun zu hören bekommen würde.

Es war Gudi. Sie kam hereingestürmt und zerrte mich grob hinter sich her ins Bad, knallte die Tür hinter uns zu und lehnte sich von innen dagegen.

»Drei Schritte zurück«, fauchte sie mich an.

Ich lief rückwärts, bis ich die Wand hinter mir spürte.

»Jetzt hör mir mal gut zu, Frolleinchen«, sagte Gudi, vor Empörung bebend. »Du kannst froh sein, dass mein Ralf nicht mitgekriegt hat, wie du auf seine wunderbare Überraschung reagiert hast. Du hast darüber gelacht. *Gelacht!* Das gehört sich einfach nicht. Mein Junge gibt sich so viel Mühe, dir eine Freude zu machen. Du wirst die Gefühle meines Jungen nicht mit Füßen treten, verstanden?«

Er hat es nicht mitgekriegt? Meine Gedanken rasten. War er etwa aus dem Haus gegangen und ich war alleine mit Gudi? Vielleicht könnte es mir gelingen, sie zu überwältigen … Am besten, ich gab mich fügsam und wiegte sie in Sicherheit.

»Gudi, es tut mir wirklich leid. Aber das Brautkleid … es traf mich so unerwartet, ich war einfach nicht vorbereitet. Es … wie soll ich sagen? Es ist nicht gerade das Modell, das ich mir ausgesucht hätte.«

Ihr wutverzerrtes Gesicht entspannte sich. »Ach, deshalb hast du gelacht? Wenn es dir nicht gefällt, such dir halt ein anderes aus. Drüben liegen Magazine mit Brautkleidern. Sag mir, welches du haben willst, und ich kaufe es dir.«

Hm, darin gab es doch bestimmt auch Designerfummel für 12.000 Euro oder so. Ich könnte mir gut vorstellen, dass ich mich spontan in eine exklusive Robe verlieben würde. Und dann? Musste Gudi einen Kredit oder eine Hypothek aufs Häuschen aufnehmen, um mir diesen Wunsch zu erfüllen? Das würde ich auf jeden Fall ausprobieren.

Herrje – worüber dachte ich da denn nach? Hier ging es nicht darum, meine Gastgeber möglichst viel zu ärgern, sondern darum, ganz schnell abzuhauen.

Am besten sofort. Aber wie sollte ich sie überwältigen?

»Ich werde mir die Magazine gleich mal ansehen«, sagte ich, um die Unterhaltung in Gang zu halten und noch etwas Zeit zu gewinnen. »Ich bin sicher, ich finde ein Kleid, das mir gefällt. Wie sah dein Hochzeitskleid denn aus?«

»Das interessiert dich?«, fragte sie sichtlich erfreut. Auf mein Nicken hin fuhr sie fort: »Es hatte kleine Puffärmel und war ganz mit Spitze besetzt. Dazu trug ich einen bodenlangen Schleier und ganz entzückende Handschuhe. Mein Brautstrauß bestand aus Maiglöckchen und …«

Maiglöckchen, soso. Passte irgendwie, dass ihr Sträußchen aus giftigen Blumen bestanden hatte. Was sie wohl bedeuten mochten? Danach musste ich Ralf unbedingt fragen. Bestimmt standen die niedlichen Maiglöckchen für: *Ich bin komplett wahnsinnig und werde meinem Sohn später einmal bei einem Mord, einem Mordversuch und einer Entführung helfen.*

Während sie weiterplapperte und mit glänzenden Augen von ihrer Hochzeit erzählte, zog ich ein interessiertes Gesicht und dachte fieberhaft nach. Sie war mit mir ins Bad gegangen, damit unser Gespräch nicht gefilmt wurde. Warum war das wichtig, wenn Ralf doch angeblich nicht im Haus war? Aber vermutlich wurde alles aufgezeichnet und gespeichert, und es bestand die Gefahr, dass ihr Goldstück sich später alles ansah. Blieb zu hoffen, dass sie meinen hysterischen Lachanfall vor dem Brautkleid gelöscht hatte.

Oder wurde ich hier gerade getestet? Egal, das musste ich riskieren. Allmählich reifte ein Plan in mir. Sie hielt zu mir einen gewissen Sicherheitsabstand; ich konnte nicht an sie ran, ohne mich ein paar Schritte in ihre Richtung zu bewegen. Also musste ich sie zu mir locken, am besten, indem ich so tat, als ob ich …

»Gudi, mir ist schlecht«, murmelte ich und ließ mich langsam an der Wand herunterrutschen. Theatralisch verdrehte ich die Augen und sank zur Seite.

Prompt löste Gudi sich von der Tür und wollte gerade zu mir eilen, als Ralf von draußen rief: »Mama, bist du hier? Ich bin wieder da!«

Verdammt!

»Ralf, komm schnell, Loretta ist umgekippt!«, schrie Gudi und ich sah zu, dass ich wacker wieder zu Kräften kam.

»Geht schon wieder«, ächzte ich und ließ mir von ihr auf die Beine helfen. »Ein Schluck Wasser wäre toll.«

»Los! Hast du nicht gehört?«, herrschte sie ihren Goldjungen an, der mittlerweile hereingekommen war und uns stumm anglotzte.

Beinahe stolperte er über seine eigenen Füße, als er zum Waschbecken stürzte und das Zahnputzglas mit Wasser füllte. Er reichte es mir und sah zu, wie ich es mit großen Schlucken leerte.

»Du hast bestimmt auch Hunger«, sagte Gudi, »es ist längst Essenszeit.«

Was kam jetzt? Durfte ich mit hoch, um dort zu essen? Vielleicht würde sich dann eine Gelegenheit zur Flucht bieten? Ich schöpfte neue Hoffnung, die aber flugs wieder zerstört wurde, als Gudi fortfuhr: »Komm, Junge. Wir machen oben alles zurecht. Loretta, du kannst schon mal den Esstisch freimachen.«

Sie verließen den Keller, und ich machte nebenan Platz auf dem Tisch, indem ich die hässliche gelbe Vase mit den künstlichen Rosen auf den Couchtisch stellte. Ich hockte mich auf die Sofakante und durchsuchte den Stapel Magazine nach einem mit Brautkleidern. Wenn ich hier irgendeine Chance haben wollte, musste ich die Farce weiter mitspielen.

Als das verrückte Mutter-Sohn-Gespann wieder auftauchte, studierte ich also höchst interessiert, was für die moderne Braut heutzutage als modisches Must-have galt. Nur nebenbei: Natürlich hatte ich auch Kleider für mehr als zehntausend Euro entdeckt. Aber wer, um Himmels willen, war so bekloppt, so viel Geld für einen Fummel auszugeben, der nur ein einziges Mal getragen wurde?

»Du magst hoffentlich deftige Küche?«, zwitscherte Gudi aufgeräumt und stellte ein Tablett mit Geschirr und Besteck auf dem Esstisch ab. Ralf trug ein weiteres, auf dem eine Suppenterrine und zwei Dessertschalen standen, die mit Pudding oder dergleichen gefüllt waren.

Während Gudi den Tisch eindeckte, stand er wie Pik sieben daneben und wartete auf seinen Einsatz. Als ich Gudi meine Hilfe anbot, winkte sie ab und sagte: »So weit kommt das noch. Du bist unser Gast!«

Nanu? Sollte das etwa heißen, dass sie für mich das Leben einer Made im Speck geplant hatten? Wollten sie mich weiterhin von hinten bis vorne bedienen und versorgen, ohne dass ich einen Finger krumm machen musste?

»Heute gibt es nur etwas ganz Einfaches. Ich wusste ja nicht genau, wann ihr kommen würdet«, flötete Gudi, die emsig um den Tisch herumschwirrte und einzelne Gegenstände wie die Trinkgläser immer wieder um Zentimeter nach links oder rechts verschob, bis sie zufrieden war. »Du sagst mir einfach, was deine Lieblingsgerichte sind, okay?« Sie sah mich an und rollte verschmitzt mit den Augen. »Oh je, hoffentlich ist das nicht Sumshi oder wie das heißt. Dieser rohe Fisch, den die Chinesen so gern essen. Ist mir unbegreiflich, wie man dieses glibberige Zeug runterwürgen kann. Wir mögen am liebsten gute deutsche Hausmannskost: Rouladen, Eintöpfe, einen schönen Braten mit Sahnesoße, leckere Salzkartoffeln …«

Aus nachvollziehbaren Gründen – nämlich denen der Diplomatie – verzichtete ich darauf, sie zu belehren, dass es erstens Sushi hieß, dieses Gericht zweitens von Japanern sehr geschätzt wurde und dass drittens roher Fisch nicht nur mitnichten glibberig, sondern ausgesprochen köstlich war. Andererseits lieferte sie mir damit – nach der Sache mit dem Brautkleid – eine weitere Steilvorlage, um sie mit exzentrischen Wünschen so richtig zu terrorisieren, wenn ich es denn gewollt hätte. Quallensalat, gegrillte Tintenfischtentakeln oder gefüllte Kalbsaugen … ach, es gäbe so viel, was ich mir aussuchen könnte.

Gudi huschte durch den Raum, denn jetzt ging es an die perfekte Beleuchtung. Bis auf eine Stehlampe löschte sie alle weiteren Lichtquellen, dann ging sie zielsicher zum Regal und holte eine dort stehende Stumpenkerze, stellte sie auf den Tisch und zündete sie an. Endlich war sie zufrieden mit dem Tisch und sagte: »Guten Appetit, ihr Lieben. Ich lasse euch jetzt alleine.«

Auf Zehenspitzen zog sie sich zurück und schloss leise die Tür hinter sich, als wären ihr Sohn und ich ein frischvermähltes Paar, dessen Hochzeitsnacht nun begann.

Ralf stand nur da und glotzte mich an, also stand ich auf, ging zum Tisch und setzte mich.

Wow, wenn es nach ihm ging, sah meine Zukunft vermutlich so aus: aufstehen, hinsetzen, aufstehen, hinsetzen, aufstehen, hinsetzen und immer so weiter. Und das alles auf geschätzt vierzig Quadratmetern ohne Tageslicht. Wahrscheinlich konnte ich mich schon glücklich schätzen, dass ich nicht angekettet wurde und in einen Eimer pinkeln musste.

Als ich den Deckel von der Suppenterrine hob und den bereitliegenden Schöpflöffel zur Hand nahm, setzte Ralf sich endlich in Bewegung und nahm mir gegenüber Platz. Ich muss zugeben, die Kartoffelsuppe duftete betörend. Ich füllte unsere Teller und sagte: »Guten Appetit. Hau rein.«

Er musterte mich beinahe scheu und blieb stumm.

Sah so aus, als wäre er mit der nun geradezu alltäglichen und fast schon intimen Situation überfordert. Endlich hatte er mich da, wo er mich hatte haben wollen: Wir saßen gemeinsam am Tisch, bei einem guten Essen und romantischer Beleuchtung, ich konnte nicht abhauen, verhielt mich sanft und fügsam – und prompt verschlug es ihm die Sprache.

Mit dem Messer in der Tasche und dem Überraschungsmoment auf seiner Seite hatte er den dominanten Hengst gegeben, sich wie ein Kinobösewicht aufgeführt und markige Sprüche gekloppt. Zusätzlich konnte er natürlich auf die einschüchternde Wirkung der Tatsache bauen, dass er ein verfluchter, gewissenloser Mörder war und vor Gewalt nicht zurückschreckte.

Und nun? Sanft wie ein kleines Lämmchen. Ich hatte das Gefühl, er würde heulend rausrennen, wenn ich nur laut genug »Buh!« rief.

Dennoch machte ich mir nichts vor. Ich hatte keine Ahnung, wie er reagieren würde, wenn er irgendwann wirklich begriff, dass er mich niemals kriegen würde. Also, jedenfalls nicht so, wie er es sich erträumte.

Wir löffelten schweigend unsere Suppe, bis er unvermittelt fragte: »Warum hast du mir nie geantwortet?«

Oh. Es war an der Zeit, die Vergangenheit aufzuarbeiten, wie es schien.

»Ich habe nicht begriffen, dass du auf eine Antwort von mir gewartet hast. Und ich wusste nicht, wo ich sie hätte hinschicken sollen.«

»Du hättest sie dort deponieren können, wo ich meine Botschaften hinterlassen habe: unter dem Scheibenwischer deines Autos.«

Hätte, hätte, Fahrradkette. Hab ich aber nicht.

»Auf die Idee bin ich nicht gekommen. Jetzt tut es mir leid.«

Das war ausnahmsweise mal die Wahrheit. Ich knabberte nach wie vor schwer daran, dass alles zu verhindern gewesen wäre, wenn ich rechtzeitig reagiert hätte. Neumüller könnte noch leben, und Pascal müsste nicht durchleiden, was er gerade durchlitt. Oh Gott, ich konnte nur beten, dass Erwin ihn mittlerweile gefunden hatte!

»Und dann hast du dich auch noch mit diesem Kerl verabredet.«

Jetzt klang er beleidigt. *Stink*beleidigt.

Innerlich atmete ich tief durch. Das ohnehin brüchige Eis unter meinen Füßen knirschte bedenklich, aber ich musste es einfach wissen. »Du warst in der Nähe, als ich mit Neumüller gesprochen habe, oder?«

Er nickte. »Nur ein paar Schritte entfernt. Dass ihr euch sofort so gut verstanden habt, hat mich eifersüchtig gemacht. Ich mache mir die Mühe mit den Blumen und nähere mich dir respektvoll, und der Typ quatscht dich einfach an. Das ist doch stillos.«

Wie gut, dass es nicht stillos ist, Leute umzubringen, dachte ich und unterdrückte das wütende Schnauben, das unbedingt rauswollte. Also los: Innerlich langsam bis zehn zählen, und dann weiter im Text.

»Stefan Neumüller und ich hatten ein gemeinsames Hobby: die Fotografie. Das war alles. Wie bei Hundebesitzern, die sich gegenseitig anquatschen, um über ihre Lieblinge zu reden. Oder darüber, welches Futter das beste ist. Neumüller wollte mir lediglich ein paar Sachen beibringen;

ich habe die Kamera noch nicht lange. Ich habe damit nur geknipst, und er wollte mir zeigen, wie ich damit *fotografieren* kann. Mehr nicht.«

»Das glaube ich nicht. Er wollte dich mir wegnehmen.«

Alter Schwede. Mich ihm wegnehmen? Kann man weggenommen bekommen, was einem nicht gehört? In Ralfs verrückter, kleiner Welt offensichtlich schon. Es war Zeit für eine ernsthafte Frage.

»Hast du ihn deshalb umgebracht? Weil er mich nicht kriegen sollte?«

Ralf beugte sich tief über seinen Teller und tat einfach so, als hätte er die Frage nicht gehört. Klar, das war natürlich auch eine Möglichkeit, wenn man über unbequeme Themen nicht sprechen wollte: spontane Taubheit. Welcher Mörder redete schon gerne über seine Morde? In schlechten Filmen machten das nur diejenigen, die sich vor einem gefesselten Opfer in endlosen Selbstbeweihräucherungsmonologen ihrer ruchlosen Taten rühmten. Dramaturgischer Sinn dessen war, den herbeieilenden Rettern genug Zeit zu geben, das Opfer zu befreien. Tja, leider war ich gerade nicht Darstellerin in einem Film, sondern von einem echten Bekloppten entführt.

Entsprechend wagte ich es nicht, die brisante Frage zu wiederholen, und aß ebenfalls weiter. Obwohl mein Hals wie zugeschnürt war. Aber ich wollte bei Kräften bleiben.

»Das war lecker«, sagte er schließlich, als er fertig war. »Mama ist die beste Köchin.«

»Das stimmt, die Suppe war köstlich. Sag ihr bitte, dass es mir sehr gut geschmeckt hat.«

Ein Lob für seine geliebte Muddi – das ließ ihn strahlen. »Sie hat Pudding für uns gekocht. Richtig gekocht. Mit Milch und so. Nicht nur so ein blödes Pulver mit Wasser verrührt.«

Ich nickte anerkennend. »Respekt. Das beherrschen nur so gute Hausfrauen wie deine Mutter.«

Aaaargh ... dieses geheuchelte Kompliment war mir nicht leichtgefallen. Die unangefochtene Königin aller Hausfrauen war und blieb Doris, und an ihrem Thron würde keine Gudi der Welt rütteln können. Schon gar nicht mit einem popeligen Schokoladenpudding, der zu Doris' Standardrepertoire gehörte und den ich bei ihr schon hundert Mal gegessen hatte.

Ralf stand auf und räumte die Suppenteller vom Tisch. Er trug sie zum Tablett, das auf dem Sofatisch stand, dann holte er die Terrine und stellte sie dazu.

»Du hast dir Brautkleider angesehen?«, fragte er und deutete auf das aufgeschlagene Magazin. »Gefällt dir etwa das nicht, das Mama für dich gekauft hat?«

»Darüber habe ich schon mit ihr gesprochen. Es ist nicht nach meinem Geschmack, das stimmt. Aber das macht nichts, hat deine Mutter gesagt. Ich soll mir ein anderes aussuchen.«

»Hast du es anprobiert?«

Ich schüttelte den Kopf.

»Dann tu es jetzt. Ich möchte es an dir sehen.«

Verfluchter Mist. Erst wollte ich mich weigern, aber dann überlegte ich es mir anders. Ich hatte keinen Bock darauf, dass hier unten alles aus dem Ruder lief.

Ich ging also rüber ins Schlafzimmer und zog mich um. Aus dem einen Kleid raus, ins nächste Kleid rein. Damit hatte ich allein heute mehr Kleider getragen als während der letzten beiden Jahre zusammen.

Ich zerrte mir den weißen Alptraum über den Kopf. Darunter gehörte eindeutig kein Unterhemd, wie sich zeigte. Es sah unter dem Ausschnitt hervor und verlieh meinem Dekolleté einen reichlich rustikalen Touch. Also nochmal raus, Unterhemd ausziehen, wieder rein. Natürlich schaffte ich es nicht, den Reißverschluss zu schließen, ich war ja keine Schlangenfrau. Und ärgerlicherweise hatte Ralf es versäumt, eine Kammerzofe für mich einzustellen.

Also schlurfte ich in Clogs und offenem Brautkleid zurück nach nebenan. »Ich krieg's nicht zu.«

»Ist es … ist es … zu … zu eng?«, stammelte Ralf, den mein Anblick wohl etwas durcheinanderbrachte.

Was ja ohnehin egal wäre. »Nein. Ich komme nicht an den Reißverschluss.«

Er eierte auf mich zu und stellte sich hinter mich. Als ich seine Hände an mir und seinen Atem in meinem Nacken spürte, verlor ich vor Ekel beinahe die Beherrschung. Alles, was ich in diesem Augenblick wollte, war, sein Blut fließen zu sehen. Ich hätte ihm meinen Hinterkopf auf die Nase hämmern können. Oder einen Dessertlöffel ins Auge stechen.

Er schloss den Reißverschluss mit einem leisen Ratschen. Hui, das war eng, aber Hochzeitskleider mit einem Mieder mussten vermutlich so sitzen.

Er ging zum Couchtisch, zupfte eine der roten Stoffrosen aus der Vase, kehrte zurück zu mir und fiel auf die Knie.

Er hielt mir die Rose hin und flüsterte: »Loretta, willst du mich heiraten?«

Kapitel 23

Moral, gute Erziehung, Höflichkeit – alles Dinge, die oftmals sehr subjektiv interpretiert werden, wie Loretta feststellt

Nicht lachen, nicht lachen, nicht lachen, dachte ich, während ich verzweifelt um Fassung rang.

Man bedenke: Der Mann, der mich gewaltsam in seinen Keller verschleppt hatte, kniete vor mir und machte mir einen Antrag. Während die eine Gehirnhälfte damit beschäftigt war, diese bizarre Ungeheuerlichkeit zu verarbeiten, registrierte die zweite glasklar: Ich trug Holzclogs und hatte damit Waffen an den Füßen. Ein beherzter Tritt unter sein weiches Kinn, und das, was jetzt noch seine Zähne waren, würde wie Puderzucker durch den Raum schweben. Und Blut würde fließen, viel Blut. Vielleicht würde er sich ja noch die Zunge abbeißen, bevor es seine Zähne zerbröselte …

Seine Stimme holte mich abrupt aus meinen schönen Gedanken. »Loretta? Du sagst ja gar nichts.«

Nimm dies, du blöder Arsch, dachte ich und nörgelte: »Kein Ring?«

Er erbleichte bis in die Haarspitzen und stammelte los: »Ich … äh … öööh … also, daran hab ich nicht … das war jetzt ganz spontan …«

»Ralf, das war definitiv *viel* zu spontan«, sagte ich mit der sanftesten Stimme, die ich hervorkramen konnte. »Und das mit dem Ring war nur ein Scherz. Aber denkst du nicht, wir zwei sollten uns erst einmal etwas besser kennenlernen? Wir haben uns vor wenigen Stunden zum ersten Mal gesehen.«

Nun ja, das stimmte nicht so ganz. Er zumindest hatte mich schon häufiger gesehen, wie ich ja mittlerweile wusste.

»Gib mir noch ein wenig Zeit«, fügte ich hinzu. »Alles geht so schnell. Du willst doch nicht, dass ich dich bloß deshalb heirate, weil du mich dazu erpresst? Niemand sollte einen Partner haben, der nur unter Zwang …«

»Du hasst mich?«, fiel er mir ins Wort. Seine Stimme klang brüchig, mit leicht hysterischen Kieksern im Finish.

Heilige Scheiße. Niemand würde mir jemals glauben, was hier gerade ablief. Hey, warum sollte ich einen irren Mörder hassen, der meinen Exfreund beinahe umgebracht und dann als Druckmittel benutzt hat, um mich in seine Gewalt zu bringen?

Aber halt: Ganz offenkundig dachte er nicht in derlei Kategorien. All das hatte er aus seiner Sicht zwingend tun müssen, um sein Ziel zu erreichen. Die Unterstützung seiner nicht minder irren Mutter war nicht gerade hilfreich, wenn ich bei ihm ein Bewusstsein dafür wecken wollte, dass er *falsch* gehandelt hatte.

Und dass ich ganz entschieden gegen meinen Willen hier war.

Das schien er vollkommen auszublenden, was ich wiederum irgendwie faszinierend fand. Wie funktionierte das? Er sperrte mich in einen Keller ein, beobachtete mich über Kameras, hängte mir ein potthässliches Brautkleid an den Schrank … sollte ich quiekend vor Begeisterung in die Luft springen und in die Patschhändchen klatschen?

Die noch kein Verlobungsring zierte, wie ich an dieser Stelle noch einmal bemerken möchte.

»Also«, sagte ich, da er mich immer noch anglubschte und auf eine Antwort auf seine bange Frage wartete, »ich hasse dich nicht. Aber es fällt mir im Moment sehr schwer, dich zu mögen. Du lässt mir keine Zeit, mich an die Umstände zu gewöhnen. Dieses Brautkleid überfordert mich gerade total. Ich … ich fühle mich bedrängt. Das verstehst du doch?«

Er nickte zögernd. Immerhin, er nickte.

»Ich werde mich jetzt wieder umziehen«, fuhr ich fort. »Dann essen wir den leckeren Pudding von deiner Mutter, in Ordnung? Und danach lässt du mich alleine, damit ich ein wenig zu Sinnen kommen kann. Je mehr du mich bedrängst, desto schwieriger wird es werden, Ralf. Das *musst* du bitte begreifen.«

Ohne seine Antwort abzuwarten, entschwebte ich mit raschelndem Rock ins Schlafzimmer. Verflucht – der Reißverschluss. Ich brauchte seine Hilfe, und das versaute mir natürlich den beeindruckenden Abgang, den ich hingelegt hatte. Also marschierte ich wieder zurück nach nebenan. Tatsächlich saß er wieder am Tisch, der gute Junge. Mit dem Rücken zu ihm stellte ich mich neben seinen Stuhl. Als nichts passierte, sagte ich: »Der Reißverschluss.«

Ratsch – und schon konnte ich normal atmen. Hocherhobenen Hauptes stolzierte ich nach nebenan und schloss die Tür. Ich wurschtelte mich aus dem weißen Ungetüm und hängte es an den Schrank, bevor ich wieder in mein schlichtes Kleid schlüpfte.

Der Rest des Essens verlief einsilbig, um nicht zu sagen schweigsam. Wir löffelten unseren Pudding, der ganz passabel schmeckte, aber nicht halb so fluffig war wie der von Doris. Dennoch ließ ich es mir nicht nehmen, eine weitere Hymne auf Gudis Kochkünste anzustimmen, was ein Strahlen in sein Gesicht zauberte.

»Ralf, den Rest des Tages würde ich gerne allein verbringen«, sagte ich dann. »Ich muss mich hier ein wenig zurechtfinden. Heute … das war ein sehr anstrengender Tag für mich. Morgen sieht bestimmt alles schon ganz anders aus.«

»Natürlich. Natürlich. Wie du willst«, murmelte er beflissen und schoss von seinem Stuhl hoch.

Selbstverständlich rührte ich keinen Finger, als er das Geschirr auf dem Tablett zusammenstellte. Ratlos stand er vor dem Couchtisch und fragte sich vermutlich, wie er jetzt mit zwei Tabletts und der verschlossenen Kellertür zu meinen Räumlichkeiten klarkommen sollte.

Aber ehe ihm deswegen der Kopf explodieren konnte, war Gudi auch schon zur Stelle, um ihm zu helfen. Klar, sie musste uns von oben zugesehen haben. Ob sie wohl wie bei einer Kinovorstellung mit einer Schüssel Popcorn auf dem Schoß vor dem Monitor saß und sich die Reality-Soap reinzog, die ihr Goldstück und ich für sie aufführten?

Und wann bitte schlief diese Frau?

Sie konnte doch wohl nicht die ganze Nacht arbeiten *und* tagsüber hier die Aufpasserin geben! Aber vielleicht hatte sie sich Urlaub genommen, zumindest für den Beginn meines Aufenthaltes in diesem gastlichen Haus?

Ihre ständige Anwesenheit minimierte meine Chancen beträchtlich, Ralf zu überwältigen und zu fliehen.

»Bis morgen«, murmelte Ralf und ging hinaus, aber Gudi drehte sich in der Tür noch einmal zu mir um. »Ich komme gleich noch einmal runter, und dann trinken wir eine schöne Tasse Kaffee zusammen und unterhalten uns.« Sie zwinkerte mir schmunzelnd zu. »So von Frau zu Frau. Bis gleich, Loretta.«

Die Tür schloss sich, und ich blieb alleine zurück.

Das konnte ja noch heiter werden.

Als hätte ich heute nicht schon absurde Gespräche geführt, die für ein ganzes Leben reichten. Aber gut, eins mehr machte den Kohl jetzt auch nicht mehr fett.

Da ich ohnehin nichts ändern konnte, legte ich mich auf die Couch, zumal ich plötzlich sehr müde war. Allmählich forderte dieser Tag seinen Tribut. Kein Wunder, dass ich erschöpft war: Pascals Verschwinden, die Sache auf dem Friedhof, meine Angst um ihn, dann meine Entführung. Und immer, wenn einer der beiden Verrückten in meiner Nähe war, gurgelten Ströme von Adrenalin durch meine Adern.

Zwar gab ich mich ihnen gegenüber ruhig, aber das kostete mich viel Kraft. Was mich immer wieder vor dem kompletten Durchdrehen rettete, waren mein Galgenhumor und meine Fähigkeit, die tatsächlich ebenfalls vorhandene, unbestreitbare Komik in meiner Situation zu erkennen. Überdies sah ich mich nicht in akuter Lebensgefahr – zumindest, solange ich mitspielte und mich einigermaßen geschmeidig zeigte. Sehr schnell hatte ich kapiert, dass erbitterter Widerstand und Beleidigungen mich kein Stück voranbringen würden.

Ein fröhlich geflötetes »Käffchen?« weckte mich, als Gudi zum Frauengespräch wieder im Keller aufkreuzte. Für einen winzigen Moment lang – mit noch geschlossenen Augen – glaubte ich Doris zu hören und war unendlich erleichtert. Ich war noch immer bei ihr und Erwin, und ich hatte nur einen besonders wirren Traum gehabt. Dann öffnete ich die Augen und blickte geradewegs in Gudis grinsendes Kuhgesicht. Verflucht.

»Du hast es dir gemütlich gemacht, wie ich sehe?« Sie stellte das Tablett auf dem Couchtisch ab und ließ sich zu mir aufs Sofa plumpsen. Hastig zog ich die Beine weg, richtete mich auf und rutschte ans andere Ende. Wenn sie mich berührte, würde ich schreien. Spontan wünschte ich mir einen Sessel herbei, der es mir ermöglicht hätte, noch mehr auf Distanz zu gehen.

Unter munterem Summen schenkte sie uns Kaffee ein und platzierte eine Porzellan-Etagere mit gebackenem Kleinkram in meine Reichweite. Das Service hatte dasselbe kitschige Blümchenmuster wie die Etagere. Kornblumen, Narzissen und Stiefmütterchen bildeten zartfarbene Girlanden, umkringelt von einem Goldrand. Potthässlich, aber nun ja. Ich kramte in meiner Erinnerung, was diese Blumen bedeuteten. Die Narzisse, fiel mir ein, stand für Eitelkeit.

»Was bedeuten Stiefmütterchen?«, fragte ich.

»Sie stehen für die Kraft der schönen Gedanken«, erwiderte Gudi wie aus der Pistole geschossen. »Die Kornblume sagt: *Ich bleibe dran und gebe die Hoffnung nicht auf.* Wunderschön, nicht wahr?«

Ja, kenn ich doch. Sehr schön, dachte ich gallig. Obwohl: Nur ein großer, dampfender, stinkender Haufen Pferdeäpfel war vielleicht *noch* schöner. Aber nur ganz knapp.

»Hast du Ralf …« Ich stockte und setzte noch einmal neu an. »Wer hatte die Idee zu den Blumengrüßen?«

»Ich habe meinen Jungen darauf gebracht«, erwiderte sie sichtlich stolz. »Bei meiner Erziehung war mir immer wichtig, ihm gutes Benehmen beizubringen. Und Höflichkeit anderen Menschen gegenüber.«

Ah, dann war ja alles in Ordnung.

Bestimmt hatte er Stefan Neumüller ganz höflich erklärt, warum er sterben musste, und ich konnte mich wieder abregen. Und auch Pascals Verschleppung war sicherlich nach allen Regeln des guten Benimms abgelaufen. Mir gegenüber hatte er sich auf dem Friedhof allerdings eher rüpelhaft aufgeführt, aber das dürfte seiner Aufregung zuzuschreiben sein. Na dann …

»Und? Wie gefällt es dir bisher bei uns?«, fragte sie. »Wenn dir irgendetwas fehlt, sag es mir bitte.«

»Dir ist aber schon klar, dass ich nicht freiwillig euer Gast bin, oder? Dass ihr mich gegen meinen Willen hier festhaltet? Das ist mir gegenüber nicht besonders höflich, finde ich.«

Das musste einfach raus. Allerdings achtete ich darauf,

nicht allzu zickig zu klingen. Wie auch immer: Interessant war ihre Reaktion darauf. In ihrem Gesicht arbeitete es, als würden die beiden Anteile einer gespaltenen Persönlichkeit miteinander streiten. Da war einerseits die vernünftige, normale Gudi, der sehr wohl klar war, dass sie bereits mehrere Kapitalverbrechen auf dem Konto hatte – und andererseits die total verrückte Ballaballa-Gudi, die alles völlig in Ordnung fand, solange nur ihr Junge glücklich war.

Leider gewann Ballaballa-Gudi, denn sie sagte: »Du bist noch immer verwirrt, und das ist völlig normal. Das nehme ich dir nicht übel, das sollst du wissen.«

Okay, damit war ich also vor eine Wand gelaufen. Zwar vor eine verhältnismäßig weich gepolsterte Gummizellenwand, die aber dennoch undurchdringlich war.

Nächster Versuch.

»Hast du mitbekommen, dass Ralf mir einen Heiratsantrag gemacht hat? Ich will ihn nicht unnötig verletzen, aber den konnte ich natürlich nicht annehmen.«

Scherzhaft drohte sie mir mit dem Finger, den ich am liebsten gepackt und gebrochen hätte.

»*Noch* nicht!«, sagte sie mit breitem Lächeln, dann wurde sie ernst und seufzte. »Das ist sein großes Problem: Geduld. Davon hat er nicht genug. *Ralf, du musst Loretta ein wenig Zeit geben,* das habe ich ihm ständig gepredigt, wenn er gejammert hat, dass du nicht auf seine Blumengrüße reagierst. Aber nein, er will dann unbedingt mit dem Kopf durch die Wand. Dann ist er nicht mehr er selbst.«

»Dann wird er sogar zum Mörder, nicht wahr?«

Sie zuckte zusammen, fasste sich aber wieder. »*Mörder,* wie sich das anhört.«

»Wie würdest du es denn nennen?«, fragte ich sanft.

Irgendeine Rechtfertigung musste sie sich zurechtgebastelt haben, und ich wurde nicht enttäuscht.

»Manchmal ist der Weg zum Glück steinig und voller Hindernisse«, sagte sie, während sie mich mit blitzenden Augen ansah. »Und manchmal gibt es Dinge, die ein Mann dafür tun muss. In früheren Zeiten hätte er sich um dich duelliert, Loretta. *Das* hättest du romantisch gefunden, nicht wahr? Also sieh bitte auch jetzt die Größe seiner Geste dir gegenüber.«

Wie bitte? Bei einem Duell standen sich immerhin zwei Kontrahenten gegenüber, die beide eine Chance hatten, den Kampf zu überleben. Soweit mir bekannt war, hatten beide Duellanten eine Waffe gehabt. Das war bei den Attacken ihres Goldjungen auf Neumüller und Pascal definitiv nicht der Fall gewesen.

Wenn Baghira ein Freigänger wäre und mir von Zeit zu Zeit eine tote Maus vor die Füße legte – ja, *das* wüsste ich als Geste zu schätzen. Aber seit wann war es unter zivilisierten, angeblich gut erzogenen Menschen üblich, sich als Beweis ihrer Zuneigung Leute zu schenken, die man für den anderen umgebracht hatte? Und das noch dazu unaufgefordert?

»Er wollte dich beschützen«, fügte sie hinzu.

Ich schüttelte den Kopf. »Nein, Gudi, das stimmt nicht. Weder Neumüller noch Pascal haben mich bedroht oder belästigt. Die Wahrheit ist, dass sie Ralf als vermeintliche Konkurrenten schlicht im Weg waren. Und du hast ihm geholfen.«

Gelassen knabberte sie ein Plätzchen und trank einen Schluck Kaffee, dann sagte sie in einem Tonfall, als wäre damit alles erklärt: »Ich bin seine Mutter.«

»Aber gehört nicht auch zu den Aufgaben einer Mutter, ihrem Kind manchmal Einhalt zu gebieten, wenn es etwas Unrechtes tut?«

Sie musterte mich mit einem Blick, der voller Verständnis dafür war, dass ich offenbar überhaupt nichts verstand.

»Du hast noch keine Kinder, Loretta. Du bist keine Mutter. Eine Mutter tut alles für ihr Kind. *Alles.* Ohne Fragen zu stellen oder Rechtfertigungen zu verlangen. Wenn dein Kind deine Hilfe braucht, bist du an seiner Seite, ohne Wenn und Aber. So einfach ist das. Und du wirst das auch noch lernen. Sobald du Mutter bist, wirst du schlagartig begreifen, dass du mich zu Unrecht verurteilt hast. Also sehe ich dir deine jetzige Meinung nach. Ich nehme sie dir nicht übel. Überhaupt wird dir schon bald klarwerden, dass wir nur das Beste für dich wollen – du weißt es nur noch nicht.«

Oh, Kinder waren also auch in Planung, interessant. Nun, das setzte eine gewisse körperliche Nähe zwischen Ralf und mir voraus, und das würde nur passieren, wenn er mich vorher betäubte.

Es hatte keinen Sinn, diese Diskussion weiterzuführen; ich würde Gudi jetzt und hier nicht davon überzeugen können, aufzugeben oder ihren Sohn zu beeinflussen, mich freizulassen und sich der Polizei zu stellen. Ich wäre sogar bereit, ihm galoppierende Unzurechnungsfähigkeit zu attestieren.

»Es ist dein erster Tag bei uns«, fuhr Gudi fort, »klar, dass du noch ein wenig fremdelst. Wir haben uns doch auf der Arbeit immer gut verstanden, nicht wahr? Warum also sollte es jetzt plötzlich anders sein? Und mein Ralf ist ein wirklich guter Junge, glaub mir. Er wird dir ein treuer und loyaler Gefährte sein, das garantiere ich.« Verschwörerisch zwinkerte sie mir zu – das machte sie wirklich gerne, wie es schien. »Wenn er sich nicht benimmt, sagst du mir einfach Bescheid, und dann kriegt er es mit mir zu tun. Wir Frauen müssen doch zusammenhalten, nicht wahr?«

Dem gab es wahrlich nichts mehr hinzuzufügen.

Mein Bedarf an Absurditäten und Einblicken in die verstörende Gedankenwelt komplett verrückter Menschen war für heute endgültig gedeckt. Ich wollte nichts mehr davon sehen oder hören, und ich war total erschöpft, weil ich mich ständig hatte zusammenreißen müssen. Irgendwie musste ich sie loswerden, also begann ich, ausgiebig zu gähnen.

Zu meiner Erleichterung kapierte sie schnell. Sie erhob sich vom Sofa und räumte das Geschirr zusammen. »Die Plätzchen lasse ich dir hier, falls du später noch Hunger bekommst. Oder soll ich dir noch ein Abendessen zurechtmachen?«

Das wäre wenig sinnvoll, denn wenn ich deine Visage oder die deines Sohnes heute noch einmal sehe, muss ich mich übergeben, dachte ich.

Ich schüttelte den Kopf, und sie ging zur Tür. »Schlaf gut, Loretta. Bis morgen zum Frühstück.«

Die Tür schloss sich hinter ihr, dann hörte ich das Geräusch des Regals, das davorgerollt wurde.

Kapitel 24

Wie kann man sich mit geistig Verwirrten vernünftig unterhalten – und wie soll man vernünftig wirken, wenn man als geistig verwirrt hingestellt wird?

Endlich Ruhe.

Durchatmen.

Naja, soweit das in einem fensterlosen Raum unter der Erde möglich war – Belüftungsanlage hin oder her.

Eigentlich ging es auch eher um ein mentales Durchatmen nach all dem irren verbalen Müll, den die beiden Bekloppten in mein Hirn geschaufelt hatten. Es war ja nicht das erste Mal, dass ich es mit Verrückten zu tun hatte, aber Gudi und ihr Sohn schossen den Vogel ab. Definitiv. Noch nie hatte ich es erlebt, dass jemand sich derart konsequent ein moralisches Paralleluniversum geschaffen hatte, um seine Untaten zu rechtfertigen. Zunächst vor sich selbst, aber auch vor anderen, mir zum Beispiel.

Ich fragte mich, warum Ralf sich ausgerechnet auf mich versteift hatte. Was konnte er von mir wissen? Im Zweifel nur das, was Gudi erzählt hatte. Und die fand mich ganz toll; entsprechend subjektiv und übertrieben dürften ihre Beschreibungen gewesen sein. Hatte in Wirklichkeit *sie* eine Frau für ihren Sohn gesucht und ihn auf meine Fährte gesetzt?

Mir fiel ein, dass sie mich im Callcenter in einem Gespräch auf meine Abenteuer als Amateur-Ermittlerin angesprochen hatte. Alles wolle sie darüber erfahren, hatte sie gesagt. Ging es hier etwa um etwas ganz anderes? Wollten sie mir beweisen, dass sie einen Mord begehen und mich davon abhalten konnten, ihn aufzuklären?

Nein, das war zu schräg.

Es ging tatsächlich um mich und Ralf mit dem weichen Kinn und dem schrecklichen Schnäuzer. Und um dieses durchgeknallte Muttermonster.

Ich sah auf meine Armbanduhr, es war kurz vor 20 Uhr. Also war ich für meine Freunde seit circa acht Stunden verschollen. Ob sie nach mir suchten? Bestimmt – aber wo? Nach wie vor hoffte ich, dass sie auf dem Friedhof gewesen waren und den bedauernswerten Pascal befreit hatten. Und daran dachten, sich um Baghira zu kümmern.

Tränen stiegen mir in die Augen. Mit Macht kämpfte ich sie zurück. Eingedenk der Tatsache, dass ich höchstwahrscheinlich gerade von mindestens einem meiner Gastgeber beobachtet wurde, verbot ich mir selbst – und zwar kategorisch –, vor ihren Augen zu heulen. Ich hatte nicht vor, Schwäche zu zeigen.

Außerdem befürchtete ich, dass einer der beiden hier unten aufkreuzen würde, um mir fürsorglich beizustehen. Uah. Nichts wünschte ich mir weniger. Nachdem ich jetzt über Stunden die potenzielle Bereitschaft geheuchelt hatte, mich mit meinem Schicksal – pardon: *Glück* – abzufinden, gingen mir allmählich endgültig die Kräfte aus. Ich fühlte mich dünnhäutig, beinahe gläsern. Meine Nervenenden vibrierten. Jede weitere Konfrontation mit den beiden musste unweigerlich zu einer Katastrophe führen, denn ich würde mich keinesfalls weiterhin zusammenreißen können. Nein, ich würde toben, schreien, ausrasten und auf sie losgehen. Ich hatte wenig Lust, die nächste Zeit gefesselt zu verbringen. Oder verletzt – konnte ja sein, dass Ralf das blöde Springmesser immer bei sich trug.

Aber vielleicht sollte ich genau das provozieren, damit sie mich ins Krankenhaus bringen oder einen Arzt rufen mussten? Oder würden sie mich dann einfach verbluten lassen – wenn ich nicht ohnehin tödlich verletzt war?

Unwillkürlich schüttelte ich mich. Ich durfte meine Gedanken nicht in solche Horrorszenarien abschweifen lassen. Lieber ruhig bleiben und taktisch klug vorgehen, damit ich meine Freunde bald wiedersah.

Aber vielleicht war es ja doch eine kluge Taktik, die Verzweifelte zu spielen und zum Beispiel jede Nahrung zu verweigern? Nachteil: Ich wäre dann innerhalb von ein paar Tagen zu schwach, um mir den Weg nach draußen gegebenenfalls freizukämpfen.

Moment mal: *ein paar Tage?* Ich hatte nicht vor, so lange hierzubleiben.

Verdammt, das war das Beschissene meiner Situation: Ich hatte keinen Schimmer, wie lange sie noch andauern würde. Einen Tag, eine Woche, einen Monat – ein Leben lang? Was, wenn mich niemand fand und keiner kam, um mich zu befreien? Für meine Verschleppung gab es vermutlich keine Zeugen, wer also sollte der Polizei einen Hinweis geben? Ob mein Bild wohl morgen in der Zeitung war? *Wer hat diese Frau gesehen? Vermisst wird Loretta Luchs* … Würde auch nichts bringen.

Ich seufzte und stand auf, um mich bettfertig zu machen. Prompt rutschte ich aus meinen zu großen Clogs und stolperte, konnte mich aber gerade noch fangen. Scheißdinger. Ab morgen würde ich meine Boots wieder anziehen. Das Risiko, einen Arzt zu benötigen und keinen zu bekommen, wollte ich nicht unnötig eingehen. Höchstens als aller-, aller-, allerletzte Option, wenn mir gar nichts anderes mehr einfiel.

Als ich im Bad war, gönnte ich mir dann doch ein paar Tränen, als ich im Spiegel mein Gesicht erblickte, dem ich die Strapazen der letzten Tage und besonders der letzten

Stunden deutlich ansah. Ich setzte mich auf den Boden und heulte wie ein Schlosshund. Um mich, um den armen Stefan Neumüller, um Pascal – vor allem aber um mich.

Nachdem die Tränen versiegt waren, fühlte ich mich sogar ein wenig erfrischt. Selbstmitleid kann also doch auch heilsam sein.

Ich schlief tief und traumlos, was mich am nächsten Morgen, als ich erwachte, einigermaßen erstaunte. Ich hatte mit wirren Alpträumen gerechnet, aber offenbar hatte mein Unterbewusstsein seine gnädigen fünf Minuten gehabt und entschieden, mir ein wenig Frieden zu gönnen. Es war schon nach neun; ich hatte zwölf Stunden geschlafen und fühlte mich gestärkt. Gudi und Ralf gegenüber empfand ich beinahe so etwas wie Dankbarkeit, dass sie mich nicht geweckt hatten.

Moment mal: Waren das etwa erste Anzeichen des Stockholm-Syndroms? Wenn das Opfer für seine Peiniger positive Gefühle entwickelt?

Ich ging hinüber ins Bad und stellte mich unter die Dusche. Bestimmt hatten sie oben bemerkt, dass ich aufgestanden war, und waren gerade emsig dabei, das Frühstück zuzubereiten. Und sicherlich würde Ralf mir auch bei dieser Mahlzeit Gesellschaft leisten, so als vertrauensbildende Maßnahme, um das Verhältnis zwischen uns zu verbessern, wie Gudi in ihrem Wahn bestimmt glaubte.

Nichts kann das Verhältnis zwischen mir und deinem Sohn verbessern, liebe Gudi, dachte ich grimmig, während ich mich abtrocknete, keine Geschenke, keine Hochzeit, kein Garnichts. Er wird für mich immer ein irrer Mörder bleiben, der bestraft gehört – genau wie seine Mutter.

Ich zog mich an – heute hatte ich mich für ein wadenlanges, dunkelrotes Kleid entschieden, das vorne bis zum Bauchnabel geknöpft war – und schnürte meine Boots zu.

Jetzt konnte es nicht mehr lange dauern, und richtig: In dem Moment, als ich mich im Wohnzimmer aufs Sofa gesetzt und ein Magazin zur Hand genommen hatte, hörte ich auch schon den Schlüssel im Schloss der Tür.

»Guten Morgen«, sagte Ralf und rollte einen Servierwagen herein, auf dessen zwei Etagen sich Geschirr und Lebensmittel türmten. Er verstaute – wie gestern – den Schlüssel in der Hosentasche und ließ die schwere Eisentür zufallen, die an der Innenseite nur einen Knauf hatte. Oha, Mama hatte offenbar entschieden, das junge Glück diesmal ganz allein zu lassen und nicht einmal den Tisch zu decken. Ob sie ihm von unserem gestrigen Frau-zu-Frau-Gespräch erzählt hatte? Ich korrigiere: *Loretta-zu-Monstermutti*-Gespräch. Oder hatte er ohnehin vor dem Monitor gehockt und zugesehen?

»Bleib ruhig sitzen«, fügte er hinzu und begann, den Tisch zu decken. »Hast du gut geschlafen?«

»Ja.« Ich sah keinen Grund, die Frage *nicht* wahrheitsgemäß zu beantworten.

»Das ist auch eine richtig gute Matratze«, vermeldete er stolz. »Die war ganz schön teuer.«

Als wäre das wichtig oder von irgendeiner Relevanz dafür, ob ich gut oder schlecht schlief. Aber tatsächlich fragte ich mich zum ersten Mal, wie viel Geld die beiden für mich ausgegeben haben mochten; das mussten Unsummen sein. Andererseits dauert so ein Keller-Ausbau doch bestimmt länger als zwei Wochen. Zumal, wenn Ralf es ohne die Hilfe von Handwerkern bewerkstelligt hatte, was ich für wahrscheinlich hielt. Wie hätte er dem Gas-Wasser-Scheiße-Experten erklären sollen, wofür hier unten eine fensterlose Wohnung gebaut wurde? *Ach, wissen Sie, ich habe vor, mir eine Frau zu suchen und hier einzusperren. Mein Vorbild ist dieser Fritzl aus Österreich.*

Hatte vielleicht am Anfang der Plan gestanden, für ihn *irgendeine* Frau zu verschleppen und hier festzuhalten, und die Wahl war letztendlich nur zufällig auf mich gefallen, weil ich durch meine Nachtschicht auf Gudis Radar geraten war?

Der Tisch war gedeckt, und Ralf zog einladend meinen Stuhl zurück. Ich legte das Magazin weg und ging hinüber zu ihm. Wie ein Gentleman wartete er, bis ich saß, und rückte dann meinen Stuhl zurecht, bevor er mir gegenüber Platz nahm. Der Tisch bog sich beinahe unter dem kulinarischen Angebot; sie hatten ja nicht wissen können, was mir schmeckte. Vier Sorten Marmelade, fünf Sorten Käse, fünf Sorten Wurst, außerdem Krabbencocktail und Lachs, frische Brötchen, Butter – da konnte ich wahrlich nicht meckern.

»Warum trägst du deine dicken Stiefel?«, fragte er, während er mir aus der Warmhaltekanne heißen Kaffee einschenkte.

»Die Clogs sind mir zu groß«, erwiderte ich und nahm die Tasse hoch. »Ich bin gestern deswegen beinahe umgeknickt.«

Er stellte die Kanne weg und runzelte die Stirn. »Mist, dass wir das nicht eher wussten. Mama ist gerade einkaufen …«

Mein Körper funktionierte ganz automatisch. Noch ehe mein Gehirn die Information, dass ich mit ihm allein im Haus war, rational verarbeitet hatte, flog der heiße Kaffee bereits durch die Luft und landete in der nächsten Zehntelsekunde in seinem Gesicht. Ralf brüllte wie ein wütender Stier und schlug die Hände vors Gesicht, dann kippte er seitwärts vom Stuhl.

Da stand ich schon neben ihm, bückte mich und wühlte den Schlüssel aus der Hosentasche. Mehr Glück als Verstand. Mit zwei Schritten war ich an der Tür und stieß den

Schlüssel ins Schloss, während Ralf sich neben dem Tisch wimmernd auf dem Boden krümmte.

Hinter mir fiel die Tür zu.

Ich hastete durch den Vorratsraum und den restlichen Keller, dann die Treppe hinauf und zur Haustür. Innerlich flehend drückte ich die Klinke – nicht abgeschlossen! Nicht, dass es mich gestört hätte, ein Fenster einzuwerfen, um durchzuklettern, aber so war es einfacher.

Ich vergeudete keine Zeit damit, sie hinter mir wieder zu schließen – Ralf war ohnehin eingesperrt –, sondern hastete durch dichten Nebel die Einfahrt entlang zur Straße.

Ein riesiger Fehler, wie sich herausstellte; ich hätte irgendwie durch den Garten türmen sollen. Aber hinterher ist man ja immer schlauer. Plötzlich stand ich vor einem Auto, das mich beinahe gerammt hätte. Durch die Frontscheibe starrten Gudi und ich uns einen Moment lang fassungslos an, dann griff sie hastig zur Schließe des Sicherheitsgurtes, während ich bereits die Motorhaube umrundete und mein Hirn verzweifelt überlegte, wohin ich mich wenden sollte.

Die Straße entlang und hoffen, dass sie mich zu Fuß nicht einholte? Und darum beten, dass irgendein Passant mir half? Hier, in dieser gottverlassenen Gegend? Denn ich musste in einem Vorort sein, das sah ich an den kleinen Einfamilienhäusern mit Jägerzaun, die die schmale Straße säumten.

Zu spät registrierte ich das herannahende Auto, dessen Fahrer nun bremste und wütend hupte, weil Gudis Wagen die Straße blockierte. Als ich die Beifahrertür erreichte, war Gudi bereits ein Stück in die Einfahrt gefahren, und mein potenzieller Retter gab Gas und verschwand im Nebel.

Ich warf mich herum und rannte auf das nächstbeste Haus auf der anderen Straßenseite zu, hetzte japsend die Auffahrt und die Stufen zur Haustür hinauf und klingelte wie besessen, während ich mit der Faust gegen das Holz hämmerte.

»Wage es nicht!«, brüllte Gudi, die bereits die Straße überquerte und sich rasch näherte.

Vor Erleichterung hätte ich fast geweint, als ich aus dem Haus schlurfende Schritte hörte, und endlich wurde die Tür geöffnet, gesichert von einer Kette. Eine alte Frau spähte blinzelnd durch den Spalt und fragte: »Ja, bitte?«

»Bitte, Sie müssen mir helfen«, keuchte ich, »lassen Sie mich rein! Ich wurde entführt und …«

»Wie bitte? Ich bin ein wenig schwerhörig«, erwiderte die Frau. »Wer sind Sie denn überhaupt? Wollen Sie mir etwas verkaufen? Ich kaufe nichts.«

»Ich brauche Ihre Hilfe!«, rief ich verzweifelt. »Bitte rufen Sie Kommissarin Küpper bei der Polizei an, bitte! Kommissarin Küpper!«

Schon stand Gudi neben mir und umklammerte meinen Oberarm mit eisernem Griff. An meinen Rippen spürte ich die Spitze eines Messers.

Herrje, sie schleppte also auch so ein Ding mit sich herum? Offensichtlich.

»Ängstige dich nicht, Käthe«, sagte sie sehr deutlich und mit erhobener Stimme. »Sie muss aus dem Haus entwischt sein, das wird nicht wieder vorkommen. Ich habe dir doch von meiner Nichte erzählt, die geistig ein wenig verwirrt ist. Sie ist zurzeit bei uns zu Besuch.«

»Das stimmt nicht! Ihr verrückter Sohn hat mich entführt!«, schrie ich.

»Sie hat Anfälle von Verfolgungswahn, Käthe«, fügte Gudi hinzu, und die alte Dame sah mich bestürzt an. »Typisch dafür ist, dass sie sich alle möglichen Dinge einbildet, die Arme. Sie braucht unbedingt ihre Medikamente. Bitte entschuldige die Störung.«

Hastig schloss die alte Dame die Tür, und ich gab auf. Was hätte ich auch sonst machen sollen?

Grob zog Gudi mich hinter sich her die Stufen hinunter und die Auffahrt entlang. Sie war bärenstark. Wie viel Kraft sie hatte, hatte ich ja schon erfahren müssen, als sie mir gestern ins Haar gepackt und mich brutal in die Knie gezwungen hatte.

»Gnade dir Gott, wenn du meinem Sohn etwas angetan hast, Loretta. Ist das deine Art, dich für unsere Gastfreundschaft zu bedanken?«, zischte sie, während ich neben ihr her auf ihre Haustür zustolperte. »Bete, dass es ihm gut geht.«

Dass es ihm gut ging, bezweifelte ich stark. Ihm würde vom heißen Kaffee die Haut zwar nicht gerade in Fetzen vom Gesicht fallen, aber schon oberflächliche Verbrühungen schmerzten höllisch.

Wir gingen ins Haus; praktischerweise hatte ich ja die Tür offengelassen. Dumm von mir, denn andernfalls hätte sie zumindest eine Hand benötigt, um die Tür aufzuschließen, und dann hätte ich vielleicht …

Aber vielleicht auch nicht. Es war müßig, darüber nachzudenken. Ich hatte jetzt ganz andere Sorgen. Was würden sie mit mir anstellen, um mich für den Fluchtversuch und den Angriff auf Ralf zu bestrafen? Ich rechnete nicht mit Nachsicht und Verständnis.

Mit jedem Schritt, den wir uns der Tür zu meinem Gefängnis näherten, wurde mir mulmiger.

Kapitel 25

Als hätte Loretta nicht bereits genug erbauliche Vorträge aus wenig berufenem Munde gehört – nun folgt noch einer über Verantwortung und Konsequenzen

Im Haus ließ sie mich los und stieß mich grob vor sich her. Bei jedem zweiten Schritt verpasste sie mir einen schmerzhaften Boxhieb in den Rücken, während sie ununterbrochen Drohungen und Verwünschungen ausstieß. Ihre Fantasie zum Thema *Loretta wird bestraft* war recht beachtlich, aber ich ärgerte mich nicht über den gescheiterten Versuch, abzuhauen. Ich hatte eine Gelegenheit beim Schopfe gepackt; es nicht einmal probiert zu haben, hätte mich maßlos geärgert.

Als es die Kellertreppe hinunterging, wurde es gefährlich, denn Gudi hörte nicht auf, mich zu boxen. Um nicht den Halt zu verlieren und mir auf den restlichen Stufen noch den Hals zu brechen, hielt ich mich krampfhaft am Geländer fest. Wenn sie allerdings die Nerven verlor und mir einen Tritt in den Rücken verpasste, würde mir auch das nicht viel nutzen. Momentan war bei ihr mit allem zu rechnen.

Aber ich kam heil unten an, und sie schubste mich weiter vor sich her bis zur Tür meiner Gefängniszelle. Dort griff sie mir in die Haare und zwang mich ein weiteres Mal auf den Boden.

»Auf deine Knie«, fauchte sie speichelsprühend.

Toll. Mein Rücken würde sich grün und blau verfärben und meine Knie vermutlich auf Kürbisgröße anschwellen.

Sie öffnete die Tür und schleifte mich an den Haaren mit sich in den Raum, während sie nach ihrem Sohn brüllte. Die Tür knallte hinter uns zu, und sie ließ mich los und gab mir gleichzeitig einen Tritt in die Seite, der mich nach Luft schnappen ließ.

Auf ihr Geschrei hin kam ihr Goldjunge aus dem Bad, das Gesicht krebsrot und geschwollen.

Wie eine Furie fuhr Gudi zu mir herum. »Was hast du mit ihm gemacht?«

Sie holte mit dem Fuß aus, um mich noch einmal zu treten, aber zu meiner Überraschung und Erleichterung ging Ralf sofort dazwischen. »Lass sie«, sagte er. »Haben wir Brandsalbe?«

Sein Pragmatismus erstaunte mich. Ich hatte damit gerechnet, dass er sich wimmernd in die Arme seiner Mutti stürzen und sich lauthals über mich beschweren würde. Einmal mehr zeigte sich, dass sie in ihren Reaktionen vollkommen unberechenbar waren.

»Mein armer Junge«, jammerte Gudi los und wollte sein Gesicht berühren, aber er zuckte zurück.

Gemeinsam verließen sie den Keller. Ich biss die Zähne zusammen und rappelte mich ächzend hoch. Dann öffnete ich die Faust, mit der ich noch immer den Schlüssel zur Kellertür umkrampfte.

Okay, ich hatte Schmerzen, aber sicherlich nicht so heftige wie Ralf. Fieberhaft dachte ich nach: Wohin mit dem Schlüssel? Hier oder im Schlafzimmer konnte ich ihn nicht verstecken, da überall Kameras hingen. Blieb also nur das Badezimmer.

Ich ging hinüber und sah mich um. Viele Möglichkeiten hatte ich nicht; alles war recht übersichtlich. Einer Durchsuchung würde kein Versteck lange standhalten. Also musste ich mir etwas anderes überlegen, und zwar so schnell wie möglich.

Natürlich ... ich musste die Kameras *für* mich nutzen

und den Schlüssel unter ihren Augen verstecken! Darauf würden sie niemals kommen.

Hoffte ich jedenfalls.

Ich schlenderte also hinüber ins Schlafzimmer, den Schlüssel nach wie vor in der Hand. Dort setzte ich mich auf die Bettkante und schnürte die Boots auf, dann ging ich zur Kommode, um mir Socken zu holen. Ein zusammengerolltes Paar nahm ich in die Hand, überlegte es mir dann vermeintlich anders und legte es zurück, wobei ich den Schlüssel ins Knäuel schob. Dann entschied ich mich für andere und schloss die Schublade wieder. Im Wohnzimmer setzte ich mich aufs Sofa und streifte die Socken über.

Auf dem Tisch stand noch immer das Frühstück. Klar, es war ja auch zu Ende gewesen, bevor es überhaupt begonnen hatte. Plötzlich knurrte mein Magen so laut, dass ich zusammenzuckte. Seit gestern Nachmittag hatte ich nichts mehr gegessen, und so ganz allmählich wurde es Zeit.

Schon allein, um meine Energiespeicher für den nächsten Ausbruchsversuch wieder aufzufüllen.

Der Platz, an dem Ralf gesessen hatte, schwamm in Kaffee, aber die meisten Lebensmittel hatten nichts oder nur ein paar Spritzer abgekriegt. Ich hob den Stuhl auf, der bei meiner überstürzten Flucht umgekippt war, setzte mich und schenkte mir Kaffee ein. Nach ein paar Schlucken – er war noch immer heiß – bereitete ich mir eine Auswahl belegter Brote zu, die ich auf dem Couchtisch abstellte; dann machte ich mich daran, den Tisch abzuräumen und zu säubern. Damit wollte ich mich keineswegs bei Gudi und Ralf einschmeicheln, aber es war mir ein Bedürfnis, meinen Lebensbereich einigermaßen ordentlich zu halten.

Kurz hielt ich inne, als mir bewusst wurde, dass ich diesen Keller tatsächlich als ›meinen Lebensbereich‹ wahrnahm. Fand sich etwa ein Teil von mir bereits damit ab, hier eine gewisse Zeit zu verbringen? Aber tatsächlich war das eine von vielen Optionen.

Nachdem ich die beiden Tabletts beladen hatte, setzte ich mich auf die Couch, um zu essen, und zwar so schnell wie möglich. So richtig genießen konnte ich mein Frühstück nicht, denn ich musste jede Sekunde damit rechnen, dass die Inquisition über mich hereinbrechen würde. Also ließ ich mir keine Zeit, sondern stopfte mir die Kniften rein, so schnell ich konnte. Schon jetzt freute ich mich darauf, mich von Doris oder Isolde bekochen zu lassen, sobald ich hier raus war. Falls ich hier jemals wieder rauskam.

Noch wusste ich nicht, wie meine Strafe aussehen würde. Vielleicht sah ich ja Gudi und Ralf niemals mehr wieder, weil sie gerade eben Kriegsrat hielten und beschlossen, mich hier unten verrotten zu lassen. Vielleicht waren die Reste vom Frühstück die letzten Lebensmittel, die ich zu Gesicht bekäme.

Alles war möglich.

Um mich abzulenken, schaltete ich den Fernseher ein und verschluckte mich prompt. Hustend starrte ich entgeistert auf mein Gesicht, während ein Sprecher sagte: »Wer hat diese Frau gesehen?« Das Bild wechselte und zeigte jetzt Kommissarin Küpper, die ins Mikrofon eines Regionalsenders sprach. »Wir müssen davon ausgehen, dass Frau Luchs entführt wurde. Ich bitte alle Zuschauer, sich bei uns zu melden, wenn sie im Zusammenhang mit Frau Luchs etwas Ungewöhnliches beobachtet haben. Besonders in der Umgebung des alten Friedhofs …«

Oh mein Gott, sie waren auf dem Friedhof gewesen, also war Pascal in Sicherheit. Oder hatten sie nur mein Handy geortet und das Mausoleum links liegen gelassen? Aber nein, Pascal war ja auch verschwunden gewesen. Ich entschied, dass sie ihn gefunden hatten, denn damit war mir eine große Sorge genommen.

Als ich den Schlüssel im Türschloss hörte, machte ich hastig den Fernseher aus und atmete tief durch. Mein Herz klopfte heftig, und mir brach reiner Angstschweiß aus. Mein ganzer Körper war auf Flucht geschaltet.

So oder so ähnlich fühlte man sich wahrscheinlich, wenn man in der Todeszelle saß und zur Begegnung mit dem elektrischen Stuhl abgeholt wurde: Die Zukunft hörte auf, zu existieren. Ich hatte tatsächlich keine Ahnung, ob ich die nächsten fünf Minuten überleben würde. So war das, wenn man Irren auf Gedeih und Verderb ausgeliefert war.

Nebeneinander bauten sie sich auf und sahen mich ernst an. Ich hockte auf dem Sofa und versuchte, ruhig zu atmen und nicht allzu panisch zu wirken. Allerdings konnte zu große Gelassenheit auch wiederum als Provokation aufgefasst werden. Jede nur denkbare Verhaltensweise konnte ebenso richtig wie falsch sein. Mist, verdammter.

»Du weißt hoffentlich, dass du eine Strafe verdient hast«, verkündete Gudi pompös. »Allerdings ist Ralf ...«, an dieser Stelle rollte sie mit den Augen, »dagegen, was mir völlig unverständlich ist.«

Ich blickte zu Ralf, dessen feuerrotes Gesicht mit einer dicken Schicht kühlenden Brandgels bedeckt war. Es sah aus, als hätte er es in noch flüssiges Aspik getaucht. Er wich meinem Blick nicht aus, was mich wiederum alarmierte. Ich ahnte, dass sein Wohlwollen an eine Bedingung geknüpft war.

»Nun, er hat die letzte Entscheidung, was dich betrifft«, fuhr Gudi fort, »immerhin gehörst du ihm.«

Da war ich aber froh, dass die Besitzverhältnisse zweifelsfrei geklärt waren.

Der unmittelbaren, akuten Gefahr für Leib und Leben

für den Moment entronnen, begann mein Gehirn sofort mit der Arbeit: Barg die Tatsache, dass die beiden sich nicht einig waren, eine Chance für mich? Würde ich es schaffen, einen noch tieferen Keil zwischen sie zu treiben und Zwietracht zu säen? Könnte ich Ralf vielleicht sogar – wenn ich es geschickt anstellte – auf meine Seite ziehen und dazu überreden, mich gehen zu lassen? Aber ihre Reaktionen waren für mich nie vorhersehbar: Mal schützte sie mich vor ihm, dann wieder war es umgekehrt.

»Und jetzt gib mir den Schlüssel zurück«, sagte Ralf und streckte die Hand aus.

»Tut mir leid, aber den hab ich nicht mehr«, erwiderte ich so ruhig, wie es mir möglich war. »Den hab ich draußen ins Gebüsch geschmissen.«

»Die lügt doch!«, blaffte Gudi.

Ich schüttelte den Kopf. »Nein, Gudi, das tue ich nicht. Aber bitte, durchsucht gerne das Badezimmer. Eine andere Möglichkeit, ihn zu verstecken, hätte ich ja wegen der Kameras nicht gehabt.«

»Du warst vorhin an der Kommode im Schlafzimmer«, fauchte Gudi.

»Um mir *Socken* zu holen, wie du dann ja auch gesehen haben dürftest. Glaubst du, ich bin so dumm, den Schlüssel vor euren Augen in die Kommode zu legen?« Ich schnaubte. »Wohl kaum. Eigentlich bin ich sogar ziemlich beleidigt, dass du mich für derart dämlich hältst.«

Sie musterte mich durchdringend, aber ich hielt ihrem Blick eisern stand. Schließlich gab sie die Hoffnung auf, mich mittels eines Niederstarr-Duells einer dreisten Lüge überführen zu können, und seufzte. »Wir durchsuchen das Badezimmer.«

Ich zuckte mit den Achseln. »Bitte sehr. Es ist eure Zeit, die ihr damit verplempert.«

Gudi, die bereits auf dem Weg in den Nebenraum war, stoppte abrupt und fuhr zu mir herum. »Werd nicht frech, Frolleinchen. Du solltest besser den Bogen nicht überspannen.«

Ich hob beschwichtigend die Hände und lehnte mich ins Sofa zurück. Von mir aus sollten sie doch jede einzelne Fliese von der Wand reißen, wenn es ihnen Spaß machte.

Zuerst wurschtelten sie nebenan schweigend vor sich hin, aber dann hörte ich Gudi sagen: »Vielen Dank auch, Ralf. Woher wusste sie überhaupt, dass ich nicht im Haus war?«

Seine gemurmelte Antwort verstand ich nicht, aber sie schien Gudi noch mehr auf die Palme zu bringen, denn sie keifte: »Wäre ich nicht gerade noch rechtzeitig zurückgekommen, hätten wir jetzt schon die Polizei im Haus, ist dir das eigentlich klar?«

Worauf du deinen dicken Arsch verwetten kannst, dachte ich, und bei der nächstbesten Gelegenheit werde ich es wieder versuchen.

»Haben wir aber nicht«, entgegnete Ralf. »Ist ja noch mal alles gutgegangen.«

»Ach ja, findest du? Sie hat mit Käthe *geredet*, mein Lieber. Sie hat ihr gesagt, sie soll irgendeine Kommissarin anrufen. Nicht auszudenken, was hätte passieren können, wenn ich ihr das Weib nicht als verrückte Nichte verkauft hätte.«

»Nenn sie nicht so, hörst du? Außerdem: Käthe erinnert sich fünf Minuten nach dem Frühstück schon nicht mehr, was sie gegessen hat. Glaub mir, sie weiß nicht einmal mehr, dass sie mit euch geredet hat.«

Ich hörte die Türen des Spiegelschranks klappen, dann sagte Gudi: »Das Risiko gehe ich nicht ein. Du musst dich darum kümmern.«

Vor Schreck stockte mir der Atem.

Offenbar nicht nur mir, denn Ralf zischte: »Bist du verrückt? Nie im Leben.«

Auch wenn es nicht einer gewissen Ironie entbehrte, dass ausgerechnet er diese Frage stellte, stimmte ich ihm insgeheim aus vollem Herzen zu.

Ja, Ralf, deine Mutter ist komplett verrückt. Genau wie du, übrigens. Aber das nur nebenbei.

»Ach was, plötzlich ziert sich der feine Herr?«, höhnte Gudi prompt. »Als es darum ging, an Loretta ranzukommen, warst du nicht so zimperlich, wenn ich mich recht erinnere. Ich will, dass du es heute noch tust.«

»Nein, das werde ich nicht. Die Kerle waren mir im Weg, und ich ärgere mich immer noch, dass ich diesen Pascal nicht erledigt habe. Aber bei Käthe ist das was anderes.«

»Wieso das denn?«, sagte Gudi. »Auch sie steht dir im Weg, oder etwa nicht? Wenn sie die Polizei anruft, ist dein schöner Traum ausgeträumt. Ich will dir etwas sagen, mein Lieber: Wenn du dich nicht um Käthe kümmerst, wird Loretta darunter leiden müssen. Du weißt, wie wütend ich auf sie bin.« Sie schnaubte genervt und fügte hinzu: »Herrje, Ralf, Käthe ist eine alte Frau. Ihr Leben ist sowieso bald vorbei.«

Mich hielt es nicht mehr auf dem Sofa. Ich schoss los und baute mich im Türrahmen auf. »Ihr tickt doch nicht ganz richtig. Eure Nachbarin ist doch keine Weihnachtsgans, über deren Schlachtung man sich mal eben zwischendurch unterhält. Es kann nicht euer Ernst sein, dass ihr darüber nachdenkt, sie gewaltsam zum Schweigen zu bringen.«

»Loretta, nicht ...«, sagte Ralf.

Gudi schubste ihn zur Seite und kam schnellen Schrittes auf mich zu. Unter Aufbietung sämtlicher Beherrschung verharrte ich eisern, wo ich war, auch wenn mir das Herz in die Hose rutschte.

Nase an Nase mit mir blieb sie stehen. »Leider zwingst du uns dazu, Loretta. Du hast es nämlich verbockt.«

Meine Brauen schossen hoch. »Ach ja?«

Mit einem Lachen trat sie einen Schritt zurück, dann wurde sie ernst. »Ja, Loretta, allerdings. Offensichtlich ist dir nicht klar, dass allein dein verantwortungsloses Handeln uns zu diesem Schritt zwingt. Glaubst du etwa, uns macht es *Spaß*, eine harmlose, alte Dame umzubringen? Deine dumme, unüberlegte Flucht hat Konsequenzen, geht das rein in dein kleines Spatzenhirn? *Du* hast Käthe in die Sache reingezogen. *Du* hast entschieden, bei ihr zu klingeln und sie um Hilfe zu bitten. Und wir müssen nun hinter dir aufräumen.«

Es fühlte sich an, als würde mir der Boden unter den Füßen weggezogen. Haltsuchend tastete ich nach dem Türrahmen und lehnte mich an, sonst wäre ich ohnmächtig geworden.

Wie perfide war dieses Aas, mir die Verantwortung für den geplanten Mord an der hilflosen Nachbarin zuzuschieben. Das Schlimmste war: Auf perverse Art und Weise hatte sie vielleicht recht, das quälte mich schlagartig. Die alte Frau – dement oder nicht – hatte mich gesehen und war damit zu einem unkalkulierbaren Risiko geworden. Für die Irren, Loretta! Du bist doch nicht dafür verantwortlich. Das würde Erwin sagen. Meine Gedanken rasten.

Ja, es konnte sein, dass Käthe sich an den Vorfall an ihrer Haustür schon längst nicht mehr erinnerte und niemals mehr erinnern würde, dass er unrettbar im dichten Nebel ihres Unterbewusstseins verschwunden war. Aber darauf konnten und wollten sie sich nicht verlassen, denn es war ebenfalls möglich, dass ihr defektes Gehirn genau diese Episode abgespeichert hatte oder irgendwann plötzlich in ihr Bewusstsein spülte.

Gudi lachte laut und schallend, während es mir kalt den Rücken herunterlief. Als sie sich halbwegs wieder beruhigt hatte, sagte sie schnaufend: »Großer Gott, Loretta, dein dummes Gesicht – unbezahlbar.«

»Das könnt ihr trotzdem nicht …«, begann ich, aber sie stoppte mich mit einer herrischen Handbewegung.

»Still«, zischte sie und legte den Kopf schief, um zu lauschen. Dann rannte sie zur Kellertür und zog sie ein Stück auf.

Jetzt hörte ich es auch. Jemand bollerte an die Haustür und schrie: »Polizei! Aufmachen!«

Die Kavallerie war da.

Endlich.

Kapitel 26

Das Finale der Daily Soap – und ein Mann tut etwas, das nicht gerade dazu beiträgt, dass Loretta Männer besser versteht

Aber ich wusste, ich war noch längst nicht in Sicherheit. Vermutlich brach gerade die gefährlichste Zeit meines Aufenthaltes bei Gudi und Ralf an. Vielleicht sogar die gefährlichste Phase meines bisherigen Lebens. Jederzeit konnten sie ausrasten und mich nur umbringen, damit ich nicht befreit wurde.

»Du hältst sie in Schach. Ich gehe hoch«, sagte Gudi und zog die Tür hinter sich zu, dann wurde auf der anderen Seite das Regal verschoben.

Von hinten näherte sich Ralf. Ich zuckte zusammen, als er das verfluchte Messer aufspringen ließ; Zehntelsekunden später spürte ich die Klinge an der Kehle.

»Keinen Mucks, Loretta«, flüsterte er mir ins Ohr. »Sonst muss ich das Messer leider benutzen.«

»Gib auf, Ralf«, flüsterte ich zurück. »Noch kannst du dich stellen. Ich lege ein gutes Wort für dich ein, versprochen. Ich werde ihnen erzählen, dass du mich vor deiner Mutter beschützt hast. Dass sie dich zu allem überredet hat.«

Der Druck auf meine Kehle verstärkte sich, dann rann etwas an meinem Hals entlang. Mein Blut. Das war also die falsche Taktik gewesen.

»Du denkst wohl, ich kann nicht meine eigenen Entscheidungen treffen, hm? Du denkst wohl, ich bin ein schwaches Muttersöhnchen, wie? Ich habe sie gezwungen, mir zu helfen!«

Er presste mich an sich, und zu meinem Entsetzen spürte ich seine Erektion.

Jesses – das hier törnte ihn an?

Ich konnte es kaum fassen, als er mich rückwärts ins Schlafzimmer zog. Ohne mir das Messer von der Kehle zu nehmen, zwang er mich rücklings aufs Bett und setzte sich auf meine Beine, dann riss er mit der freien Hand mein Kleid vom Kragen bis zur Taille auf, was dank der Knopfleiste vorne keine ernsthafte Herausforderung war.

»Ich werde dir beweisen, dass ich ein echter Mann bin! Na, wie gefällt dir das?«, keuchte er, während er abwechselnd meine Brüste knetete.

So fassungslos mich einerseits machte, dass er mich offenbar zu vögeln gedachte, während die Polizei vermutlich gerade sein Haus stürmte, so rational fragte ich mich andererseits, wie er das wohl bewerkstelligen wollte. Irgendwann musste er das Messer von meiner Kehle nehmen. Wie wollte er mich zum Stillhalten zwingen?

Immerhin hatte ich zwei Hände zum Zuschlagen und zwei Füße zum Zutreten. Wenn er auch nur den Hauch von Grips in seinem Schädel hätte, läge ich jetzt bäuchlings auf dem Bett und nicht auf dem Rücken. Aber nein, er musste mir unbedingt an die Titten gehen. Selbst schuld.

Ich wartete nur auf eine Gelegenheit.

»Das macht dir Spaß, ja? Eine Frau mit Waffengewalt zum Sex zwingen – das ist wirklich echt männlich«, ätzte ich. »Damit beweist du mir höchstens, dass du ein Versager bist. Du könntest jetzt genauso gut eine aufblasbare Gummipuppe ficken, kapierst du das nicht?«

Plötzlich hörte er damit auf, mich zu betatschen. Das hatte allerdings nicht ich erreicht, sondern die Stimmen vor der Kellertür.

»Das ist Polizeiwillkür!«, hörte ich Gudi kreischen. »Hier ist nichts, das sehen Sie doch selbst! Verlassen Sie mein Haus! Aua, lassen Sie mich los!«

»Mama«, murmelte Ralf und erhob sich halb von meinen Beinen, vermutlich getrieben von dem Bedürfnis, seiner Mutter zu Hilfe zu eilen.

Blitzschnell zog ich die Beine an und trat ihm mit voller Wucht vor die Brust. Als er zurückflog, ritzte die Klinge des Messers an meinem Hals entlang, aber ich hatte den Kopf zur Seite gerissen, sodass sie mich nicht ernsthaft verletzen konnte.

Ich sprang auf, rannte zur Tür und hämmerte dagegen. »Ich bin hier!«, brüllte ich aus Leibeskräften. »Hinter dem Regal! Holt mich raus! Hilfe!«

Das Regal wurde beiseite gerollt, dann hörte ich, dass Gudi sich weigerte, die Tür zu öffnen. Inzwischen war Ralf neben mir aufgetaucht und schrie: »Bleibt draußen, sonst stirbt sie! Ihr kriegt mich nicht!«

Es folgte eine lautstarke Debatte der Kavallerie auf der anderen Seite, was nun zu tun sei; Gudi kreischte wie eine Besessene nach ihrem Sohn, Ralf rief nach seiner Mama – ein verdammtes Irrenhaus. Und ich mittendrin.

»Herrgott, halt endlich den Rand!«, fuhr ich Ralf an, dessen *Mama!-Mama!*-Gequake direkt an meinem Ohr mir gehörig auf den Keks ging.

Er glotzte mich entgeistert an und klappte den Mund zu, dann zischte er: »Wenn ich draufgehe, gehst du mit.«

»Hauptsache, ich muss keinen Sex mit dir haben«, gab ich spontan zurück, ohne nachzudenken.

Aus dem Augenwinkel sah ich, dass er ausholte, um mich zu schlagen. Gerade noch konnte ich mich wegducken, sodass sein Schwinger ins Leere ging.

»Beeilt euch endlich«, schrie ich, »er hat ein Messer!«

Geräusche an der Tür – hatten sie Gudi den Schlüssel abgeknöpft? Hatten sie ihr klargemacht, dass es für ihren Ralf nicht gut ausgehen würde, wenn sie gezwungen waren, die Tür aufzubrechen? Oder aufzuschießen? Ging das überhaupt bei einer Metalltür? Oder war die Gefahr von Querschlägern zu groß?

Keine Ahnung, war mir auch egal. Ich wollte hier nur noch raus, und zwar möglichst lebendig.

Ralf streckte die Hände nach mir aus, und ich rannte los. Wie in einer schlechten Komödie lieferten wir uns eine Verfolgungsjagd durch die Räume, und mein Vorteil war, dass ich kleiner und wendiger war als er. Immer, wenn er mich fast eingeholt hatte, konnte ich ihm entwischen, aber so langsam ging mir die Puste aus.

Gerade hetzten wir am Sofa vorbei, als tatsächlich der Schlüssel ins Schloss der Tür gesteckt wurde. Nur für den Bruchteil einer Sekunde war ich abgelenkt, aber das reichte Ralf, um mich einzuholen und in den Schwitzkasten zu nehmen.

So verharrten wir keuchend mitten im Raum, als die Tür sich ganz langsam öffnete.

Zum ersten Mal starrte ich tatsächlich in den Lauf von Kommissarin Küppers Pistole – die Verwirklichung einer Fantasie, die ich schon häufig gehabt hatte. Hinter ihr standen diverse Polizisten, die ihre Waffen ebenfalls gegen Ralf und mich richteten. Naja, wohl eher gegen Ralf, ich stand nur leider zufällig im Weg. Zwei Uniformierte hatten die tobende, sich windende Gudi zwischen sich. Im Rücken spürte ich die Messerspitze.

So standen wir da und starrten einander an, als hätte ein spielendes Kind dieses Tableau aus Actionfiguren konstruiert. Einen Moment lang herrschte abgrundtiefe Stille und niemand rührte sich, und diese Sekunde dehnte sich zur Ewigkeit – dann sagte Kommissarin Küpper: »Guten Tag, Ralf. Ich darf Sie doch so nennen? Ich bin Astrid Küpper.

Ich bin hier, um Loretta zu holen. Bitte lassen Sie sie gehen.«

Ach, guck mal, sie benutzt die Vornamen, dachte ich, sie will ein vertrautes Verhältnis herstellen … bisher hat sie noch nie meinen Vornamen benutzt …

Gleichzeitig fragte ich mich, über was für einen Quatsch ich in dieser Situation nachzudenken beliebte. Ich sollte mich lieber darauf konzentrieren, diese entscheidenden Minuten zu überleben.

»Nein«, erwiderte Ralf mit erstaunlich fester Stimme, wie ich fand, »Sie werden gehen, dann passiert Loretta nichts.«

Mit so etwas wie Bedauern im Gesicht schüttelte die Kommissarin den Kopf. »Nein, wir können nicht einfach wieder gehen, und ich glaube, das wissen Sie. Wir müssen jetzt und hier eine Lösung finden, ob wir wollen oder nicht.«

Vorsichtig machte sie einen Schritt in unsere Richtung, und sofort spürte ich ein Pieksen im Rücken.

»Stopp«, sagte Ralf, »ich habe ein Messer.«

Die Kommissarin verharrte, nahm aber die Knarre nicht herunter.

»Lassen Sie mich mit meinem Sohn reden!«, rief Gudi von hinten.

Die Küpper nickte. »In Ordnung.« Ohne uns aus den Augen zu lassen, forderte sie die beiden Uniformierten mit einer Kopfbewegung auf, Ralfs Mutter näher zur Tür zu führen.

Als sie beinahe schon die Kommissarin erreicht hatten, sagte diese plötzlich: »Haben Sie wirklich ein Messer, Ralf? Oder behaupten Sie das nur?«

»Sie sollten mir lieber glauben!«, schrie Ralf, der vollkommen vergessen zu haben schien, dass ich die Polizei ebenfalls darauf hingewiesen hatte.

Ich ahnte, was die Kommissarin vorhatte, und machte mich bereit.

Kommissarin Küpper nickte nachdenklich. »Ich glaube, was ich sehe, verstehen Sie? Zeigen Sie mir das Messer, Ralf. Dann kann ich die Situation viel besser einschätzen und angemessen mit Ihnen umgehen.«

Bittebittebittebitte, flehte ich innerlich, und tatsächlich hörte der pieksende Schmerz in meinem Rücken plötzlich auf. Sofort machte ich mich schwer und ließ mich fallen. Ralf war zu überrascht, um mich halten zu können; gleichzeitig riss Gudi sich los und stürmte vorwärts, auf ihren Sohn zu – mitten hinein in die Flugbahn der Kugel, die soeben mit einem ohrenbetäubenden Knall die Waffe der Kommissarin verlassen hatte.

Mit einem erstaunten Ächzen brach Gudi zusammen und landete schwer auf mir. Ihr Kopf rollte zur Seite, ihre wasserblauen Augen brachen. Sie war tot. Dumme Gudi. Mit Sicherheit hatte diese Kugel niemanden töten, sondern allenfalls Ralf kampfunfähig machen sollen.

Einen Herzschlag lang Stille, dann brüllten alle gleichzeitig los. Ralf, weil seine Mutter tot zu seinen Füßen lag. Ich, weil ich unter einer blutenden Leiche begraben war. Die Kommissarin und die Polizisten, dass Ralf sich jetzt aber nun wirklich endgültig ergeben solle. Kurz tobte über mir ein wildes Durcheinander aus Armen und Beinen, dann hatten sie ihn von Gudi weggezerrt und überwältigt.

»Schickt den Notarzt rein«, hörte ich Kommissarin Küpper sagen.

Ich holte tief Luft, kniff die Augen zusammen und schob Gudis Körper von mir herunter. Über mir sah ich eine Hand, die ich ergriff und mich von ihr auf die Füße ziehen ließ.

Es war die der Kommissarin, die mich nun musterte und fragte: »Sie sind voller Blut. Wie viel davon ist von Ihnen?«

»Ein bisschen«, erwiderte ich und fasste mir unwillkürlich an den Hals. »Er hat mich geritzt, aber nicht schwer verletzt.«

Das offene Kleid war durchtränkt; das Unterhemd, das Ralf nicht zerrissen hatte, ebenfalls. Vermutlich sah ich aus, als sei mir ein Alien aus dem Magen geplatzt.

Entsprechend entsetzt reagierte Erwin, der in diesem Moment in den Keller gerannt kam. »Loretta! Du bist verletzt!«, schrie er, von meinem Anblick schockiert. »Wo ist der Notarzt? Der Arzt, schnell!«

Ich wunderte mich, dass die Kommissarin ihm gestattet hatte, mit zum Einsatzort zu kommen. Aber vielleicht hatte er die Kolonne auch einfach nur verfolgt, und sie hatte ein Auge zugedrückt.

»Erwin«, sagte ich ruhig. »Ich stehe aufrecht, ich rede … das ist nicht mein Blut.«

Einen Moment lang starrte er mich verdutzt an, dann war er mit zwei großen Schritten bei mir und riss mich in eine Umarmung, die meine Rippen knacken ließ. Als er mich wieder freigab, war er blutbeschmiert, und in seinen Augen glänzten Tränen. »Wir haben uns entsetzliche Sorgen um dich gemacht«, sagte er mit zittriger Stimme.

»Frag mich mal«, erwiderte ich. »Sag am besten sofort Bescheid.«

Er fummelte sein Handy aus der Jackentasche und drückte eine Kurzwahltaste, dann hielt er es mir hin. Als das Gespräch angenommen wurde und ich Doris' Stimme hörte, fing ich an zu weinen.

Für den Rest des Tages wich Erwin mir nicht mehr von der Seite. Er fuhr dem Krankenwagen hinterher, der mich ins Krankenhaus brachte, dann holte er Klamotten für mich, während man mich von Kopf bis Fuß untersuchte. Ich hatte einige fiese Kratzer vom Messer und etliche Prellungen, war aber ansonsten unverletzt. Zwar wollten sie mich zur Beobachtung dabehalten, aber ich weigerte mich so kategorisch, dass sie schließlich entnervt aufgaben und mich gehen ließen; auf eigene Verantwortung, natürlich.

Danach begleitete Erwin mich ins Präsidium. Kommissarin Küpper ließ ausrichten, ich möchte bitte auf sie warten – sie befand sich noch in Ralfs Vernehmung. Man bat uns, in der Sesselgruppe in ihrem Büro Platz zu nehmen und fragte nach unseren Wünschen, was Essen und Trinken aus der Präsidiumskantine betraf.

Welch ein Unterschied zu meinen bisherigen Aufenthalten hier, bei denen ich meist vor ihrem Schreibtisch gehockt hatte und von ihr zurechtgestaucht worden war, weil ich mich mal wieder in irgendwelche Ermittlungen eingemischt hatte.

Wir hatten noch nicht über die Vorkommnisse geredet, aber jetzt fragte ich: »Wie geht es Pascal?«

Erwin lächelte. »Gut. Er war ziemlich durchgefroren, hat aber ansonsten nichts abgekriegt. Nachdem wir dein Handy auf dem Friedhof geortet hatten, dich aber nicht fanden, wurde dort jeder Zentimeter nach weiteren Hinweisen durchkämmt. So stießen wir auf Pascal.«

»Der euch allerdings nicht viel über meinen Verbleib sagen konnte.«

Erwin nickte. »Stimmt. Das war ätzend. Du hättest sonst wo sein können.«

»War ich ja auch.«

Ein beflissener Jungbulle kam herein und servierte uns heiße Würstchen und Frikadellen, außerdem den furchtbaren Kantinenkaffee und Mineralwasser.

Als er den Raum wieder verlassen hatte, sagte Erwin: »Keine Sorge, Doris steht bereits am Herd. Später kriegst du also noch was Ordentliches zu essen.«

»Eigentlich würde ich lieber ...«

Er schüttelte kategorisch den Kopf. »Keine Chance. Wenigstens heute Nacht sollst du umsorgt sein, da lässt sie nicht mit sich verhandeln. Baghira ist schließlich auch bei uns. Morgen bringe ich euch nach Hause.«

Ich biss in die lauwarme, labberige Wurst und fand die Vorstellung, von Doris betüddelt und bekocht zu werden, plötzlich unglaublich attraktiv.

»Wie habt ihr mich gefunden? Wie seid ihr auf Gudi gekommen? Bestimmt, weil sie davon wusste, dass ich Neumüllers Leiche gefunden hatte, oder?«

»Oh.« Verdutzt schüttelte Erwin den Kopf. »Nee. Astrid war dabei, prüfen zu lassen, welche weiteren Handys zum Zeitpunkt deines Verschwindens am Friedhof eingeloggt gewesen waren. Von Pascal wussten wir, dass dieser Ralf während deiner Fahrt zum Mausoleum per Handy Kontakt zu dir gehalten hatte. Er war zwar größtenteils ohne Bewusstsein, zwischendurch aber wach.«

»Noch ein Hinweis auf Gudi!«, rief ich. »Von irgendwem musste Ralf ja meine Nummer haben!«

»Vielleicht wären wir noch darauf gekommen«, sagte Erwin grinsend. »War aber gar nicht nötig, denn dann kriegte Astrid diesen merkwürdigen Anruf. Eine etwas verwirrte alte Dame wollte wissen, warum Gudis geistig behinderte Nichte im TV zu sehen gewesen war.«

»Käthe, die demente Nachbarin.«

Ich erzählte ihm von meiner kleinen Flucht zwischendurch und wie Gudi mich zurück in den Keller gezerrt hatte.

»Und dann saß die alte Lady vor der Glotze, sah dein Foto und folgte brav Astrids Aufforderung, sich bei ihr zu melden, falls man dich gesehen hatte. Und das hatte sie ja.« Er kicherte und fuhr fort: »Durch irgendeinen sehr glücklichen Umstand erinnerte sie sich an den Vorfall. Ich war dabei, als der Anruf kam. Es war durchaus kompliziert, aber irgendwann hatten wir kapiert, was eigentlich dahintersteckte: die Information, wo wir dich finden würden.«

»Keine Sekunde zu früh, übrigens. Sie planten bereits, die alte Frau umzubringen. Als potenzielle Zeugin sollte sie zum Schweigen gebracht werden.«

»Heilige Scheiße.« Betroffen runzelte Erwin die Stirn. »Wie abgebrüht kann man sein?«

»Du als Exbulle solltest das eigentlich wissen. Übrigens hat Gudi *mir* den Schwarzen Peter dafür zugeschoben: Wenn ich nicht abgehauen wäre und bei Käthe Hilfe gesucht hätte, müssten sie die alte Frau nicht umbringen.«

»Den Schuh hast du dir hoffentlich nicht angezogen.«

Ich zuckte mit den Schultern. »In dem Moment schon.« Ich schüttelte mich unwillkürlich und atmete tief durch. »Auf jeden Fall kriegt Käthe von mir als Dankeschön den größten Blumenstrauß ihres Lebens.«

»Tatsächlich? Ich hätte gewettet, dass du mit Blumen erst einmal nichts mehr zu tun haben willst.«

Da hatte er natürlich auch wieder recht.

Epilog – zwei Wochen später

Ein Kaffeeklatsch unter sehr guten Freundinnen – und Loretta trifft eine längst überfällige Entscheidung

Wieder hatte Isolde den Kaffeetisch liebevoll für uns gedeckt. Vielleicht, weil das Weihnachtsfest nicht mehr allzu weit entfernt war, hatte sie sich für ein Winterwunderland in Weiß und Silber entschieden, wodurch die roten Beeren an den kahlen Zweigen in der silbernen Vase besonders leuchteten. Auf dem Tisch lagen Kiefernzweige, die mit Kunstschnee überpudert waren, und zwischen denen sie wie zufällig silbern glitzernde, künstliche Schneeflocken verteilt hatte. Weiße Kerzen steckten in runden Haltern, die wie Schneebälle aussahen.

Wie vor einigen Wochen schon, passte auch diesmal das Gebäck zur Dekoration – oder war es umgekehrt? Hatten die kleinen, mit weißem Fondant überzogenen und mit silbernen Perlen verzierten Törtchen etwa die Farben des Tisches bestimmt?

»Ich komme mir an diesem wunderschön gedeckten Tisch in meinem ollen Ringelpulli vor wie Aschenputtel, die aus Versehen an eine hochherrschaftliche Tafel im Schloss geraten ist«, sagte ich in die Runde.

»Das schaffst nur du«, gab Isolde grinsend zurück. »Nur du kannst in einem Satz ein Kompliment machen und dich gleichzeitig beschweren.«

Doris winkte ab. »Von mir aus kann sie meckern, so viel sie will. Hauptsache, sie ist gesund und munter.«

Wie auf ein Stichwort sprang Bärbel auf, kam um den Tisch herum und umarmte mich – wie sie es schon viermal getan hatte, seit wir uns bei Isolde begegnet waren. »Ich hab dich so vermisst! Aber wir haben natürlich alle verstanden, dass du erstmal Abstand gebraucht hast.«

Ja, den hatte ich gebraucht.

Meine Freundinnen hatte ich nach meiner Befreiung jeweils nur kurz gesehen oder gesprochen. Nachdem ich bei der Polizei meine Aussage gemacht hatte, war ich direkt zu Diana an die Nordsee gefahren, um mich von den Strapazen zu erholen. Auf endlosen Strandspaziergängen hatte ich mich vom rauen, aber erfrischenden Nordseewind durchschütteln lassen, bis der Stress nach und nach von mir abgefallen war. Stundenlang hatte Diana mir zugehört, bis ich mir das Erlebte von der Seele geredet hatte. Tatsächlich hatte es nicht wenige Momente gegeben, in denen wir über die Absurdität einiger Dinge, die ich in diesem Keller erlebt hatte, kreischend gelacht hatten.

»Ich hätte das Hochzeitskleid als Andenken mitnehmen sollen«, sagte ich. »Damit würde ich perfekt an diesen Tisch passen.«

Die Runde schnappte kollektiv nach Luft, und mir fiel ein, dass sie ja noch keinerlei Details kannten.

»Hochzeitskleid?«, fragte Doris mit hochgezogenen Brauen. »Für dich?«

Ich nickte. »Ja, das hatte Gudi in vorauseilender Mutterliebe bereits besorgt. Sie träumte übrigens auch von Enkelchen, die ich mit ihrem heißgeliebten Sohn fabrizieren sollte.«

»Diese verfluchte, verrückte Natter«, fauchte Doris. »Die kann froh sein, dass sie schon in die Hölle hinabgefahren ist, sonst hätte ich mit Freuden höchstpersönlich nachgeholfen. Ich konnte sie nie leiden, wisst ihr? Ich fand schon immer, dass ein Hauch von Wahnsinn sie umwehte.«

»Im Nachhinein ist es leicht, das zu sagen«, warf Isolde ein, »jetzt wissen wir ja, dass sie nicht ganz richtig im Kopf war.«

»Aber aus ihrer verqueren Sicht war alles vollkommen normal, was sie taten«, sagte ich. »Die Diskussionen, die ich mit ihr hatte, sind an Absurdität nicht zu überbieten, glaubt mir. Für das vermeintliche Glück ihres Sohnes war sie bereit, jegliche Grenzen zu überschreiten. Hat sie ja auch getan.«

Mit weit aufgerissenen Augen blickte Bärbel mich an. »Hat er …«, sie schluckte und fuhr fort: »Hat dieser Kerl dich angefasst? Ich meine … du weißt schon … Hat er dir *Gewalt angetan?*«

Ich kriegte mit, dass Isolde und Doris besorgte Blicke wechselten und dann die arme Bärbel strafend ansahen.

»Wir hatten doch beschlossen, dieses Thema nicht anzusprechen«, zischte Doris sie an, dann wandte sie sich mir zu und lächelte. »Darüber musst du nicht sprechen, wenn du es nicht willst. Wir alle verstehen das.«

Aber meine Freundinnen entspannten sich sofort, als ich strahlend zurücklächelte. »Ich kann euch beruhigen, es ist nichts passiert. Obwohl, es gab da eine Situation …«

Sprachlos lauschten sie meiner Schilderung, wie er sich auf mich geworfen hatte, als die Polizei bereits im Haus war.

»Wie bitte?« Fassungslos schüttelte Isolde den Kopf. »Versteh einer die Männer. In einer solchen Situation Sex zu wollen. Unglaublich.«

Ich zuckte mit den Schultern. »Mir ist ja nichts passiert. Und ich kann euch außerdem mit einer gewissen Genugtuung vermelden, dass es mir trotz der leicht angespannten Lage in meinem gemütlichen kleinen Kellerquartier durchaus gelungen ist, ihm einige sehr schmerzhafte Blessuren zuzufügen. Eine Loretta Luchs ergibt sich nicht kampflos.«

»Was passiert denn jetzt mit ihm?«, fragte Bärbel. »Doris, weißt du irgendwas?«

»Nicht viel«, erwiderte Doris. »Erwin sagt, die haben ihn psychiatrisch untersuchen lassen. Die wollen wissen, ob er immer wusste, was er tat.«

Oha. Prompt wurde ich stinksauer.

»Das soll wohl ein Witz sein! Er wusste absolut, was er tat. Es ist ja nicht so, dass er Stimmen gehört hätte, die ihm all das befohlen haben. Er hat aus purem Eigennutz gehandelt. Alles war sorgfältig geplant und eiskalt ausgeführt. Und anstatt ihn aufzuhalten, hat seine Mutter ihn dabei unterstützt. Klar nennen wir sie verrückt, weil wir ihre Handlungen nicht nachvollziehen können. Wie auch? Wenn sein Anwalt es wagt, auf Unzurechnungsfähigkeit zu plädieren, raste ich aus.«

»Nicht aufregen, Schätzchen.« Doris beugte sich zu mir und tätschelte meine Hand. »Natürlich werden sie es versuchen, aber damit können sie nicht durchkommen. Allein der Mord an Neumüller … der war aus niedrigen Beweggründen, das allein reicht schon. Dann der zweimalige Angriff auf Pascal und deine Entführung. Wie du richtig sagst: Alles war sorgfältig geplant. Das ist von Unzurechnungsfähigkeit weit entfernt, sagt Erwin. Außerdem wirst du ja vor Gericht deine Aussage machen, nicht wahr? Ich bin ziemlich sicher, dass du sehr überzeugend sein wirst, meine Liebe.«

»Hast du nicht jetzt allmählich die Nase voll von deinen Ermittlungen?«, fragte Bärbel.

»Rate mal.« Ich nickte grimmig. »Aber bis obenhin. Stella hat auch gesagt, dass nur ich allein über mein Schicksal und mein Leben bestimme. *Ich* treffe die Entscheidungen. Niemand zwingt mich, Dinge zu tun, die ich eigentlich nicht tun will. Morde aufklären, zum Beispiel.«

»Stella, hm?«, sagte Isolde mit einem feinen, aber wissenden Lächeln. »Sie hat es also doch geschafft, unserer kleinen Zweiflerin Denkanstöße zu geben.«

»Und nicht nur das!« Ich hob den Finger und fuhr fort: »In ihrer Großmutter, Madame Pythia, habe ich zudem einen sehr interessanten Menschen getroffen. Sie hat sich auf höchst bemerkenswerte Weise eingebracht. Und ich möchte euch alle dazu einladen, dass wir uns von ihr die Karten legen lassen. Was meint ihr?«

Meine Freundinnen schnatterten begeistert durcheinander, und ich lehnte mich zurück. In welcher Form Madame Pythia sich eingebracht hatte, würde ich für mich behalten.

Tatsache war: Sie hatte mich als Einzige konkret davor gewarnt, dass mir etwas Schlimmes passieren würde, wenn ich nicht auf der Hut war. Und das war ich tatsächlich nicht gewesen, jedenfalls bei Weitem nicht genug.

Noch immer hatte ich Pascal gegenüber ein schlechtes Gewissen und war insgeheim froh, dass noch einige Monate vergehen würden, bis wir uns wiedersahen.

Vielleicht war es so weit, den Staffelstab weiterzugeben; zumindest für eine Zeitlang. Ich brauchte Abstand zum Irrsinn anderer Leute.

Und so geschah es auch.

Aber das ist eine andere Geschichte.

Die Geschichte der Blumensprache

Während des 18. Jahrhunderts war die Blumensprache eine Zeitlang groß in Mode. Ausgelöst wurde dieser Boom durch Lady Mary Wortley Montague, die ihren Gatten, einen englischen Botschafter, im Jahre 1717 nach Konstantinopel begleitet hatte. Als Frau erhielt sie die Erlaubnis, den Harem zu betreten, wo sie in *Selam*, die geheime Sprache der Blumen, eingeweiht wurde. Fasziniert berichtete sie in ihren Briefen nach Hause davon; diese wurden 1718 veröffentlicht – zack, ein Hype war geboren. Ohnehin war zu der Zeit in Europa alles Orientalische schwer in Mode, was den Siegeszug der Blumensprache zusätzlich beflügelte.

Besonders für heimlich Verliebte bot sich hier die grandiose Möglichkeit, geheime Botschaften auszutauschen; oft wurde dafür sogar ein individueller Code entwickelt. Nicht ohne Grund bekommt Loretta in dieser Geschichte von ihrem verdrehten Verehrer eine Liste, damit sie seine Botschaften versteht und auf sie eingeht (was nicht klappt).

Die Tradition, Blumen symbolhafte Bedeutungen zuzusprechen, ist uralt: Schon in der altägyptischen Hieroglyphenschrift steht die Lotosblüte für Regeneration und Auferstehung, denn sie schließt ihre Blüte bei Sonnenuntergang, taucht unter die Wasseroberfläche und steigt bei Tagesanbruch wieder empor. In der chinesischen Philosophie galten Chrysantheme, Bambus, Pflaume und Orchidee schon vor Jahrtausenden als die ›vier Edlen‹, und der japanische Kaiser sitzt auf dem sogenannten Chrysanthementhron.

Die oben erwähnte Blumensprache des 18. Jahrhunderts war zuweilen recht prosaisch: Wurde man mit einer Klette bedacht, galt man als zu anhänglich – das war dann der

Wink mit dem ganz dicken Zaunpfahl. Andererseits gab es Dutzende Möglichkeiten, seine Liebe und Verehrung auszudrücken oder Verabredungen zu treffen. Dabei konnte es durchaus kompliziert werden, denn allein bei der Rose hatten alle Sorten und Farben, ja sogar die Anzahl im Strauß unterschiedliche Bedeutungen. Es empfahl sich unbedingt, dass zwischen den solchermaßen Kommunizierenden geklärt war, welcher Code benutzt wurde.

Aber nicht nur die Blumen an sich hatten eine Bedeutung, sondern auch die Art, wie sie getragen bzw. überreicht wurden: Zeigten zum Beispiel die Blüten nach unten, konnte man gleich einpacken und tat gut daran, sein Liebeswerben flugs einzustellen.

Auch der Ausdruck ›jemandem einen Korb geben‹ (oder ›einen Korb bekommen‹, ganz wie Sie wollen) stammt aus jener Zeit: Wollte eine Dame einen Verehrer zurückweisen, sandte sie ihm Löwenmäulchen oder Jungfer im Grünen. Aus Taktgefühl wurden dafür geschlossene Körbe benutzt, was aber eigentlich völlig unsinnig war, denn wenn ein geschlossener Korb ohnehin für Ablehnung stand, hätte man die Löwenmäulchen auch gleich offen überreichen können, finde ich.

Noch ein Hinweis zum Schluss: Meine Recherche zu diesem Thema hat ergeben, dass für bestimmte Blumen unterschiedliche Bedeutungen im Umlauf sind. Die im Buch benutzten habe ich mir aus dem Internet zusammengesucht und zu Ralfs persönlichem Code zusammengebastelt.

Die neue Krimödien-Reihe
Start im Frühjahr 2018
• EXKLUSIVE LESEPROBE •
»Planetenpolka«
von
Lotte Minck

Prolog

Arno Tillikowsky langweilte sich. Es war sein erster Arbeitstag nach längerer Auszeit wegen eines komplizierten Beinbruchs, den er sich bei einem Einsatz zugezogen hatte. Krankenhaus, endlos lange Reha – jetzt war er voller Tatendrang. Aber alles, was er heute zu tun hatte, war, sich in die Akten laufender Ermittlungen einzulesen, während seine Kollegen anderweitig beschäftigt waren.

Als das Telefon klingelte, fiel er vor Schreck fast vom Stuhl, aber es weckte seine Lebensgeister. Noch fünf Minuten und er hätte tief geschlafen, garantiert. Bestimmt wäre sein Kopf ungebremst auf die Schreibtischplatte geknallt.

»Tillikowsky.«

Es war die Pforte. »Arno, hast du gerade Zeit? Hier ist jemand, der dich sprechen möchte.«

»Mich?«

»Naja, nicht dich persönlich, aber jemanden vom Morddezernat, hat sie gesagt.«

»Sie? Wer ist es denn?«

Er hörte Gemurmel, dann: »Eine Stella Albrecht.«

»Aha. Worum geht es?«

Der Mann am Telefon seufzte, und garantiert rollte er mit den Augen. Dessen war Arno sich sicher.

»Warum fragst du sie das nicht selbst, Arno? Du fragst mich, dann frage ich sie, dann sage ich dir, was sie geantwortet hat, dann stellst du die nächste Frage … das ist doch dämlich. Worum soll es schon gehen, wenn sie jemanden vom Morddezernat sprechen möchte? Also, was ist: Hast du Zeit für Frau Albrecht?«

Alles war besser als noch mehr Langeweile, entschied Arno. Außerdem schneite ihm ja vielleicht ein spektakulärer Fall ins

Büro, man konnte nie wissen. Dann würde er endlich wieder auf die Jagd gehen, und nichts wünschte er sich mehr.

»Schick sie rauf«, sagte er.

Die junge Frau, die einige Minuten später sein Büro betrat, war genau sein Beuteschema, wie Arno erfreut feststellte. Nicht, dass er diese Formulierung jemals vor Zeugen gebraucht hätte, aber so ganz für sich erlaubte er sich diesen machohaften Gedanken. Sie war klein, schmal, blond und leger gekleidet. Er mochte Frauen in lässigen Jeans und Wildlederjacke. Arno schätzte sie auf Anfang dreißig, damit wäre sie ein paar Jahre jünger als er selbst. Ihr Händedruck war fest. Er stellte sich ihr vor, sie nannte ihren Namen. Sie trug keinen Ehering. Ihr Pferdeschwanz wippte, als sie sich setzte. Sie war auf diese unaufdringliche Art und Weise attraktiv, die ohne Schminke auskam.

»Frau Albrecht«, sagte Arno mit der vertrauenerweckendsten, männlichsten Stimme, zu der er imstande war, »was kann ich für Sie tun?«

»Es geht um einen Todesfall, der mir reichlich dubios erscheint«, erwiderte sie.

Arno Tillikowsky jubilierte innerlich. Ein fragwürdiger Todesfall und eine attraktive Frau – besser könnte der Tag kaum werden.

Bereits wenige Minuten später fragte er sich, warum die Bekloppten eigentlich immer bei ihm landeten, aber auch wirklich immer. Warum bloß hatte er das Telefon nicht einfach klingeln lassen? Warum trugen diese Verrückten nicht einfach einen Aluhut und ein Schild um den Hals, auf dem ›Ich bin total gaga‹ stand? Oder, wie in ihrem Fall: ›Ich bin Astrologin‹? Dann könnte man rechtzeitig in Deckung gehen. Aber nun war es zu spät, er saß in der Falle. Er starrte auf das Blatt Papier, das sie auf seinen Schreibtisch gelegt hatte und das – beziehungsweise die Grafik darauf – ihre Mordtheorie angeblich belegte.

Arno wusste, was das war: ein Horoskop. Er wusste es deshalb, weil seine letzte Freundin ihm zu Beginn ihrer vielversprechenden Beziehung mal so etwas geschenkt hatte, samt seiner Persönlichkeitsanalyse; ein knappes Jahr war das jetzt her. Er hatte schallend gelacht und sie gefragt, ob sie ernsthaft an einen derartigen Mumpitz glaubte, das könne doch wohl nicht ihr Ernst sein, was das zarte Pflänzchen ihrer jungen Liebe leider nicht verkraftet hatte. Tatsache war: Arno war auf diesen Astrologie-Quatsch nicht gut zu sprechen.

»Sagen Sie mal – hören Sie mir überhaupt zu?«, fragte die Frau an seinem Schreibtisch pikiert.

»Ich … äh … selbstverständlich«, stotterte Arno, der natürlich keineswegs aufmerksam zugehört hatte und sich lediglich an Bruchstücke erinnerte.

»Sie wirken aber leicht abwesend.«

Arno fühlte sich ertappt – zu Recht. Er setzte sich sehr aufrecht hin und straffte die Schultern, um Kompetenz und Interesse auszustrahlen. Für irgendwas musste dieses Körpersprache-Seminar ja gut gewesen sein, also konnte er das Gelernte auch gleich mal ausprobieren.

Bei Frau Albrechts Monolog war es um den Tod dieser alten, schwerreichen Firmenchefin gegangen, das wusste er noch. Und sie hatte eingangs gesagt, dass es einen dubiosen Todesfall gab. Er zählte eins und eins zusammen. »Also noch einmal: Sie sind der Meinung, dass Cäcilie von Breidenbach ermordet wurde, habe ich das richtig verstanden?« Als sie nickte, fuhr er fort: »Und der Beweis dafür steht Ihrer Meinung nach in diesem Horoskop?«

»Verstehen Sie denn nicht? Es geht um das Erbe! Und die Erben können sagen: Ist doch klar, dass sie gestorben ist, schließlich gab es an diesem Tag eine Mars-Pluto-Konjunktion.«

Arno Tillikowsky wusste nicht, ob er lachen oder wütend werden sollte, aber ganz allmählich verlor er die Geduld. So eine hübsche Frau – und so verdreht. Eine Schande.

»Hören Sie, Frau Albrecht, keine Staatsanwaltschaft der Welt kauft mir diese Argumentation ab, um es vorsichtig zu formulieren. Wenn ich denen damit um die Ecke komme, mache ich demnächst nächtliche Verkehrskontrollen an einsamen Landstraßen.« Das war natürlich vollkommener Blödsinn, aber Arno fand es witzig.

»Dann nehmen Sie eben Ermittlungen auf und sammeln Argumente.«

Arno seufzte. Die Leute waren heutzutage verdorben durch die zahllosen Krimiserien, die im Fernsehen liefen, und die von hinten bis vorne sachlich falsch waren. »Frau Albrecht, ich kann nicht einfach so Ermittlungen aufnehmen«, sagte er sanft und kam sich dabei sehr diplomatisch vor. »Ich benötige dazu einen sogenannten begründeten Verdacht. Jedenfalls einen stichhaltigeren als eine Mars-Pluto-Koalition, so leid es mir tut.«

»Konjunktion«, fauchte sie.

Oho, jetzt war sie sauer.

»Sind geldgierige, hoch verschuldete Erben in Kombination mit dem plötzlichen Tod der Erbtante etwa nicht verdächtig?«, fragte sie und sah ihn durchdringend an.

Durch ihren Blick fühlte Arno sich unbehaglich, beinahe schon provoziert. Am liebsten hätte er sie rausgeworfen, diese durchgeknallte Astrotante. Aber noch zögerte er. Was, wenn sie doch recht hatte?

»Was wissen Sie über die Erben?«, fragte er. Nicht, dass man ihm irgendwann später einmal vorwerfen konnte, er habe nicht alle Informationen eingeholt …

Was folgte, war die klassische Mischung aus Hörensagen, Gerüchten und vermeintlich hieb- und stichfesten Informationen aus einer angeblich todsicheren Quelle, die sie – und darauf hätte Arno ein Jahresgehalt gewettet – natürlich nicht preisgeben wollte. Gekrönt wurde das Ganze durch eine hanebüchene Geschichte von einer Frau, die sich bei ihr unter falschem Namen ein

Horoskop für die alte Dame hatte anfertigen lassen, um den genauen Zeitpunkt dieses obskuren Planetenzusammentreffens herauszufinden.

Langer Rede kurzer Sinn: Sie hatte nichts in der Hand, mit dem er etwas hätte anfangen können. Sie sah ihn erwartungsvoll an, und Arno wusste, es war am klügsten, sie kurz und schmerzlos mit der Realität zu konfrontieren.

»Gut, Frau Albrecht«, sagte er, »dann danke ich Ihnen für Ihren Besuch, aber ich kann leider nichts für Sie tun.«

Er erhob sich, und sie starrte zu ihm hoch. Sie hatte wirklich schöne, grüne Augen. Es war ein Jammer, dass sie sich unter diesen unglücklichen Umständen kennengelernt hatten. Wäre es anderswo gewesen ... vielleicht in einer Kneipe ... wer weiß. Aber auch dann wäre sie immer noch Astrologin gewesen, und das war und blieb für ihn ein Ausschlusskriterium. Das konnte einfach nicht klappen.

»Wie – das war es jetzt?«, fragte sie. Sie klang ungläubig. »Im Übrigen sollen Sie nichts für mich tun. Sie sollen den Mord an der armen Frau aufklären.«

Arno schüttelte den Kopf und gab sich alle Mühe, sein Gesicht in bedauernde Falten zu ziehen. »Mir sind die Hände gebunden, so leid es mir tut. Kommen Sie wieder, wenn Sie mit Ihrer Quelle gesprochen haben. Oder bringen Sie sie gleich zu mir. Dann reden wir weiter.«

Leider werde ich dann zufällig nicht in meinem Büro sein, dachte er, soll sich doch ein anderer mit diesem Blödsinn herumärgern.

Sie stand auf, murmelte einen Abschiedsgruß und ging.

Lange starrte Arno auf die Tür, die sich hinter ihr geschlossen hatte. Er war hin- und hergerissen. Mal abgesehen von diesem Planetenquatsch war ihre Geschichte durchaus ... naja, vielleicht nicht gerade plausibel, aber sie bewegte sich im Bereich des Möglichen.

Er wandte sich seinem Computer zu. Es konnte ja nicht schaden, mal ein paar Recherchen vorzunehmen.

Immer noch besser, als wieder diese langweiligen Akten zu lesen.

Kapitel 1

Einige Wochen zuvor.

Ein einzelner Spot war auf die schmale Gestalt am Rednerpult gerichtet; der Rest des Raumes lag in Finsternis. Das überwiegend weibliche Publikum hing fasziniert an den Lippen des Redners. Nur in der letzten Reihe saß eine zierliche weißhaarige Dame, die sich immer wieder das Programmheft vors Gesicht hielt. Mehrmals wurde sie von ihren Sitznachbarinnen zischend zur Ruhe gemahnt, denn es gelang ihr nur mangelhaft, ihre Heiterkeit zu unterdrücken. Wann immer ihr ein leises Kichern entfuhr, verwandelte sie es hastig in unterdrücktes Husten, was um sie herum allerdings auch nicht viel besser ankam.

Der Mann auf der Bühne trug einen asiatisch anmutenden Anzug aus dunkelgrauer Rohseide. Die Kristallknöpfe des bis zum Stehkragen geschlossenen Sakkos funkelten bei jeder der sparsamen und sorgsam eingesetzten Gesten des Redners, der mit dunkler Stimme von der unheilverkündenden Planetenkonstellation sprach, um die es an diesem Abend ging. Immer wieder machte er kleine Pausen, in denen er seinen Blick eindringlich ins Publikum richtete, um seinen Worten mehr Nachdruck zu verleihen.

Der Astrologe Holger van Aalen wusste sich zu inszenieren, das musste der Neid ihm lassen.

Er hatte gerufen, und seine Gefolgschaft war wie bei jedem seiner monatlichen Vorträge zahlreich herbeigeströmt. Die zweihundert Plätze des Saals waren innerhalb kürzester Zeit ausverkauft gewesen, also hatte man wegen der großen Nachfrage noch etliche Reihen Klappstühle dazugestellt. Das große Interesse verwunderte nicht, schließlich lautete das Thema: ›Mord und Totschlag – Hätte die Astrologie die Opfer retten können?‹.

»Bei sämtlichen Opfern, deren Horoskope ich für den Zeitpunkt ihres gewaltsamen Todes erstellt habe, findet sich eine Gemeinsamkeit, verehrte Damen und Herren«, verkündete van Aalen nun, wobei er die Lautstärke seiner Stimme dramatisch ansteigen ließ.

Hinter ihm erschien auf einer Leinwand eine Horoskopgrafik. Der Astrologe wirbelte herum und stieß mit einem dünnen Zeigestock aus Metall, den er wie ein Florett führte, auf einen Punkt im Kreis, an dem sich zwei Planetensymbole überlappten. Im Publikum herrschte atemlose Stille; nur ganz hinten im Saal war zu seinem Verdruss leises Husten zu hören.

Sehr langsam wandte van Aalen sich seinen Zuhörern wieder zu und rief mit donnernder Stimme: »Bei sämtlichen Opfern fand ich zum Zeitpunkt ihres Todes die Konjunktion von Mars und Pluto! Mars, der Zerstörer, und Pluto, der Herrscher der Unterwelt, begegnen sich alle zwei Jahre und bilden diese verhängnisvolle Konstellation – sie tanzen einen tödlichen Pas de deux!« Er machte eine Kunstpause und blickte ernst in sein Publikum. »Diese Kräfte zu verdrängen, kann gefährlich sein. Wer seine Wut unterdrückt, strahlt dennoch Aggression aus, die von anderen unterbewusst wahrgenommen wird. So kann man zum Opfer derer werden, die diese Aggressionen spiegeln. Sie leben sie stellvertretend aus, und zwar in Form von tödlicher, physischer Gewalt!«

Holger van Aalen grinste innerlich, als er das eine oder andere entsetzte Keuchen vernahm. Bewusst hatte er diesmal auf eine besonders theatralische Performance gesetzt.
Im Publikum wurde aufgeregt getuschelt. Er wartete, bis Ruhe eingekehrt war, und sagte leise, beinahe flüsternd: »Ich will Ihnen keine Angst machen. Natürlich wird nicht jeder unter dieser Konstellation eines gewaltsamen Todes sterben. Aber ich rate Ihnen während dieser Phase Ihrer Planeten zu erhöhter Vorsicht. Man kann mit jeder Gefahr umgehen, wenn man von ihr weiß.«

Seine Klienten würden ihm die Bude einrennen, um zu erfahren, wann diese Konstellation in ihrem Horoskop auftauchte, und dann würde er sie mit Freuden – und gegen viel Geld – durch diese stürmischen Zeiten begleiten.

Natürlich würde es dann mit einer Sitzung zu diesem Thema bei Weitem nicht getan sein. Auch dachte er darüber nach, seine Preise zu erhöhen. Zwar war er bereits der teuerste Astrologe im Ruhrgebiet, aber er hatte schließlich auch einiges zu bieten. Während sich etliche seine Kollegen als schlichte Lebensberater präsentierten – was sowohl für ihr Äußeres als auch für ihre Räumlichkeiten galt –, bot er stilvolles, teures Ambiente und persönliche Betreuung durch einen echten Guru der Szene. Er war nicht irgendein Astrologe – er war Holger van Aalen.
Wie gesagt: Holger van Aalen wusste sich zu inszenieren. Was er nicht wusste: Er hatte jemanden im Publikum gerade auf eine Idee gebracht.

Kapitel 2

»Ehrlich – mich hat gewundert, dass er nach seiner affigen Show nicht wie der Heiland persönlich zum Himmel aufgefahren ist«, sagte Maria Schmidt und schüttelte kichernd den Kopf. Die lange Pfauenfeder, die ihren Turban zierte, wippte fröhlich. »Aber dann hätte er ja hinterher nicht durch die Schar seiner Jüngerinnen wandeln können, die am liebsten den Saum seines Gewandes geküsst hätten. Und zwar jede einzelne von ihnen. Bis auf mich natürlich.«

Sie saß zusammen mit ihrer Enkelin Stella im Wintergarten der Villa, die sie gemeinsam bewohnten.

»Interessant. Vor allem, dass gerade du als Hohepriesterin der dramatischen Inszenierung dieses Urteil über ihn fällst«, erwiderte Stella amüsiert.

Das entlockte ihrer Großmutter nur ein Achselzucken. »Das Mädchen mag zwar vom Jahrmarkt verschwinden, aber der Jahrmarkt umgekehrt nie gänzlich aus dem Mädchen. Einmal Gaukler, immer Gaukler. So ist es nun mal, und ich schäme mich dessen nicht. Aber ich inszeniere mich nicht als allwissender, göttlicher Guru; das ist der kleine, aber feine Unterschied. Im Gegensatz zu ihm sind mir die Menschen, die zu mir kommen, wirklich wichtig. Für ihn sind sie nur Goldesel auf zwei Beinen.«

»Ich verstehe sowieso nicht, dass du zu seinem Vortrag gegangen bist«, sagte Stella, »wenn du van Aalen doch so blöd findest.«

Maria hob das Messer, mit dem sie gerade eine großzügige Schicht Butter auf ein Croissant gestrichen hatte. »Allein das Thema hat mich gelockt. ›Mord und Totschlag‹ – ich bitte dich. ›Hätten die Opfer gerettet werden können?‹« Sie hob die Brauen. »Das war dermaßen lächerlich. Aber es ist nie verkehrt, den Markt aufmerksam zu beobachten, Stella, die Konkurrenz schläft nicht. Außerdem war es höchst amüsant.«

»Ich betrachte ihn nicht als Konkurrenten, wie oft soll ich das noch sagen? Bochum ist groß genug für mehr als einen Astrologen, zumal er eine ganz andere Zielgruppe hat als ich. Oder als du. Apropos Zielgruppe: Darf ich erfahren, warum du dich so spektakulär aufgebrezelt hast? Für mich doch wohl nicht.«

Tatsächlich war Stellas Großmutter Maria in ihre Rolle der Wahrsagerin Madame Pythia geschlüpft: wallender Kaftan, jede Menge Klimperschmuck und ebendieser Turban mit Pfauenfeder. Das war ungewöhnlich, denn privat kleidete sie sich ganz normal.

Maria grinste spitzbübisch. »Deine Mutter wird uns gleich Gesellschaft leisten. Sie möchte mit uns reden.«

Aha, daher wehte also der Wind: Sie wollte Felicitas provozieren.

»Tatsächlich? Hast du eine Ahnung, worum es geht?«, fragte Stella.

Maria zuckte mit den Achseln. »Ich habe sie nicht gefragt. Aber rein turnusmäßig steht die Toilettendiskussion mal wieder an, meinst du nicht?«

Ehe Stella antworten konnte, betrat Felicitas Albrecht die Bildfläche, wie immer tadellos frisiert und mit Twinset und schmalem Rock so angezogen, als würde sie gleich zur Arbeit fahren. Als Konrektorin einer Gesamtschule legte sie größten Wert auf ein stilvolles Äußeres und besaß nach Stellas Schätzung einige Dutzend Twinset-Varianten.

»Ihr seid noch beim Frühstück?«, fragte Felicitas nach dem Offensichtlichen und rümpfte dezent, aber unübersehbar die Nase.

»Setz dich, greif zu«, erwiderte Maria, »ein paar Pfund mehr auf den Rippen würden dir gut zu Gesicht stehen. Du bist viel zu mager, Kind.«

Stella kicherte innerlich. Einmal Kind, immer Kind, auch wenn Maria Dank ihrer Lebhaftigkeit so viel jünger erschien als die eigene Tochter.

Felicitas setzte sich und stellte das Gedeck auf ihrem Platz zusammen. »Ich habe mein Frühstück bereits vor Stunden zu mir genommen, wie ihr euch denken könnt. Aber ich hätte gern eine Tasse Kaffee.«

Sofort sprang Stella auf und holte die Kanne von der Anrichte, um ihrer Mutter einzuschenken.

Eigentlich schön, dass wir mal zusammensitzen, dachte sie, als sie wieder Platz nahm, das kommt viel zu selten vor.

Obwohl sie alle drei in der Villa wohnten – jede hatte ein Geschoss für sich – verbrachten sie wenig Zeit miteinander. Stella und Maria hatten ein enges Verhältnis, aber Felicitas blieb immer ein wenig außen vor – zu suspekt war ihr, womit die beiden ihr Geld verdienten.

»Was verschafft uns denn überhaupt die Freude deiner Anwesenheit?«, fragte Maria.

»Wie – hat deine Glaskugel dir etwa nichts dazu gesagt?«, gab Felicitas spitz zurück. »Du bist doch in Arbeitskleidung, da dachte ich ...« Geziert nippte sie an ihrer Tasse und stellte sie dann mit einem Klirren zurück auf den Unterteller. »Ich würde gern die Toilettensituation mit euch besprechen.«

Maria hatte also recht gehabt mit ihrer Prognose. Die Toilettensituation war Folgende: Sowohl Maria als auch Stella hatten ihre Räumlichkeiten, in denen sie ihre jeweiligen Klienten empfingen, in einem großen Gewächshaus im Garten der Villa. Beim Umbau der Orangerie hatte man zwar die bestehende Wasserzuleitung für zwei kleine Küchen nutzen können, aber es gab dort keine sanitären Anlagen. Bei entsprechendem Bedarf benutzten die Kunden das Gäste-WC im Foyer der Villa – und in sehr seltenen Fällen kam es vor, dass sie Felicitas begegneten.

»Mir ist neulich mal wieder eine eurer Patientinnen über den Weg gelaufen«, verkündete Felicitas so vorwurfsvoll, als hätte man in ihrer Küche Kakerlaken ausgesetzt.

»Das sind keine Patienten, Mutti«, sagte Stella sanft, »sie sind unsere Klienten. Oder Klientinnen, je nachdem.«

So, wie sie guckte, war Felicitas entschieden anderer Meinung, ahnte Stella. Irgendwann einmal, als es in einem Streit um Astrologie gegangen war, hatte Felicitas gesagt, ihrer Meinung nach müsse man geistig schwerkrank – oder wenigstens hochgradig instabil – sein, wenn man Rat bei Astrologen suche.

»Patienten, Klienten … für mich macht das keinen Unterschied«, fauchte Felicitas. »Jedenfalls stand ich in meinem Haus plötzlich vor dieser fremden Frau. Das ist vollkommen inakzeptabel.«

»Und was weiter? War sie dir gegenüber unhöflich?«, fragte Maria.

»Nein, das nicht. Sie grüßte mich, aber das ist ja wohl das Mindeste unter einigermaßen zivilisierten Menschen. Aber wie sie mich anstarrte! Bestimmt hat sie gedacht, ich bin auch eine von euch.«

Stella lächelte. »Wäre das so schlimm?«

»Wie bitte?« Felicitas schnappte hörbar nach Luft. »Immerhin habe ich einen Ruf zu verlieren. Ich habe einen Beruf, in dem ich eine Respektsperson bin, da kann ich mir nicht den kleinsten Makel erlauben.«

Maria prustete los. »Welcher Makel denn? Niemand unserer Klienten kennt dich oder weiß, welchen Beruf du hast! Und selbst wenn: Denkst du etwa, sie könnten glauben, du liest deine beruflichen Entscheidungen aus meiner Glaskugel? Mach mal halblang.« Ihr Gesicht wurde ernst, und sie fuhr fort: »Außerdem ist dies unser Haus. Wenn ich einen meiner Gäste das WC im Foyer benutzen lasse, ist das mein gutes Recht. Und dafür möchte ich mich vor dir nicht rechtfertigen müssen. Ich verlange etwas mehr Respekt, junge Dame. Vielleicht sollten wir darüber nachdenken, für dich einen eigenen Eingang zu bauen, damit du unseren verrückten Patienten nicht mehr begegnen musst. Dann musst du auch mir oder deiner Tochter nicht mehr begegnen! Na, wie klingt das?«

»Respekt?«, fauchte Felicitas und sprang auf. »Sieh dich doch bitte mal an! Du läufst herum wie eine vom billigsten Tingeltangel!«

Sie stolzierte hinaus, und wenige Sekunden später knallte Marias Wohnungstür ins Schloss.

Stella seufzte. So oder so ähnlich endeten beinahe alle Diskussionen zu diesem Thema. Es war Felicitas' größter Kummer, welcher Profession sie nachgingen – und das galt ganz besonders für Stella.

Fröhlich summend zog Maria den Turban vom Kopf und stellte ihn auf den freigewordenen Korbsessel, dann fuhr sie sich mit den Fingern durch die schneeweißen Locken. »Deine verklemmte Mutter ist mal wieder auf Hundertachtzig«, stellte sie sichtlich zufrieden fest.

»Womit du dein Ziel ja erreicht hättest«, sagte Stella. »Du hast dich doch nicht ohne Grund im vollen Ornat hier hingesetzt. Du weißt genau, wie sie darauf reagiert.«

»Das nennt man Konfrontationstherapie. Je öfter sie mich so sieht, desto eher härtet sie ab. Klassische Psychologie.«

»Das denkst auch nur du. Eigentlich solltest du deine Tochter besser kennen. Sie wird niemals aufhören, sich für uns zu schämen.«

Maria kicherte. »Und sie wird sich ewig darüber ärgern, dir den Namen Stella gegeben zu haben; das ist der beste Witz für mich. Wer, der deinen Beruf kennt, käme auf die Idee, dass deine intellektuelle Mutter dich nach einem Theaterstück von Goethe genannt hat? Beinahe jeder weiß, dass dein Name ›Stern‹ bedeutet – kann es für eine Astrologin einen passenderen Namen geben?«

Erscheint im Frühjahr 2018

Ein Angriff auf die Lachmuskeln!

Band 5: Tote Hippe an der Strippe
ISBN 978-3-7700-1525-2

Band 6: Cool im Pool
ISBN 978-3-7700-1526-9

Band 7: Die Jutta saugt nicht mehr
ISBN 978-3-7700-1559-7

Band 8: Voll von der Rolle
ISBN 978-3-7700-1560-3